Bleu de Delft

DU MÊME AUTEUR

La Mémoire assassine, Presses de la Cité, 2010

Simone van der Vlugt

Bleu de Delft

roman

Traduit du néerlandais (Pays-Bas)
par Guillaume Deneufbourg

Philippe Rey

L'éditeur remercie la Fondation néerlandaise pour la littérature
pour son soutien à cet ouvrage.

En couverture : Johannes Vermeer, *La Femme en bleu lisant une lettre*,
vers 1662-1663 © Universal History/Archive/Getty images
Design graphique : Cheeri

Titre original : *Nachtblauw*

7, rue Rougemont – 75009 Paris
www.philippe-rey.fr

1

De Rijp, mars 1654

Une semaine après les funérailles, c'est toujours le soulagement qui prédomine. Je sais que ce n'est pas excusable, que je devrais porter le deuil, mais c'est impossible.

Les bras croisés, j'observe par le battant ouvert de la porte les prés et les champs qui entourent la ferme, mais mes pensées sont ailleurs.

Les choses n'auraient pas dû aller si loin. Après coup, je ne sais toujours pas ce qui m'a prise ce soir-là, il y a un an. Pendant des années, j'ai considéré Govert comme un villageois parmi d'autres, je ne faisais pas vraiment attention à lui. Cette pensée ne m'avait tout simplement jamais traversé l'esprit. Non qu'il ne fût pas séduisant car, d'une certaine façon, il l'était. Je ne m'en suis aperçue que lors de la fête du village, quand il m'a entraînée sur la piste et m'a serrée contre lui. J'avais bu, bien sûr j'avais bu, mais pas au point d'ignorer le contact de son corps contre le mien, sa respiration profonde, ses bras musclés qui m'enlaçaient avec tant de précautions.

À chaque tour, mes hanches effleuraient les siennes, tandis qu'il m'étreignait de plus belle en me faisant tournoyer entre les autres couples. C'était grisant. J'ai compris qu'il était amoureux de moi, que son regard insistant lorsqu'on se croisait, cet intense froncement des sourcils, n'étaient pas l'expression d'une contrariété mais celle du désir.

Étais-je flattée par cette attention ? Était-ce la peur de rester sur le carreau après avoir éconduit trop de jeunes hommes dans l'espoir de trouver mieux ? Ou étais-je moi aussi amoureuse ?

Quand il m'a agrippé la main et m'a entraînée dehors, dans le calme d'un verger, je n'ai pas protesté.

Govert a accueilli la nouvelle de ma grossesse avec bonheur, il voulait m'épouser, fonder une famille. Veuf depuis ses quarante ans, plutôt aisé, il n'était pas un mauvais parti, sans incarner pour autant mon idéal.

En même temps, je n'avais pas l'embarras du choix. Un moment de légèreté lors de la fête, ou plutôt de pure folie, et mon avenir était joué. Mes chances de quitter un jour le village pour commencer une autre vie s'étaient envolées, mes rêves s'étaient évanouis.

Le pire est que je me demandais ce que j'avais bien pu lui trouver ce soir-là. Mais quoi que ce fût, le lendemain matin, il n'en restait rien.

Nous nous sommes mariés un mois plus tard. Six semaines après, ma grossesse s'est terminée prématurément. L'enfant, un garçon, était mort-né. Il y a déjà un an.

Govert gît à présent lui aussi dans les ténèbres de la terre froide. Le seul miroir de la maison est retourné contre le mur, les volets sont clos depuis plusieurs semaines. Je les rouvre aujourd'hui. Je suis heureuse de laisser entrer la lumière du matin. La pièce à vivre, qui n'a pas désempli pendant des journées entières, est étrangement calme. J'ai habité toute ma vie à De Rijp, et le soutien de la famille, des voisins et des amis est réconfortant. Seule ma belle-famille manque à l'appel. Ils ont probablement du mal à avaler que j'hérite de tous les biens de Govert après seulement une année de mariage. C'est compréhensible, mais je n'y peux rien. Dieu sait que j'ai mérité cet héritage.

Je balaye la pièce du regard : la table ronde sous la fenêtre, le foyer, le mobilier que j'ai peint. La lumière du soleil s'étire sur les tomettes et apporte un peu de chaleur. Pas beaucoup, nous ne sommes que début mars. La fumée remonte le long des poutres où pendent les saucisses et le lard, puis s'élève jusqu'au grenier, encore à moitié rempli des provisions de l'hiver.

Il est étrange d'avoir la maison à moi seule, mais je manque de temps pour y prêter attention. J'ai du pain sur la planche, encore plus depuis que Govert est parti.

Même si j'ai une domestique et un valet de ferme à mon service, j'ai plus qu'à faire. Les jours de la semaine se suivent et se ressemblent. Je trais les vaches, je nourris les cochons et les poules, je travaille dans le jardin potager, je baratte le beurre et prépare le fromage. J'utilise le temps qu'il me reste pour laver et ravauder le linge, pour filer et tisser et, très rarement, pour peindre.

Parfois, lorsque mon visage se reflète sur la surface polie d'un chaudron en cuivre, c'est ma mère que j'entrevois, ses cheveux tressés dissimulés sous une coiffe blanche. Elle est toujours occupée, toujours fatiguée. J'ai vingt-cinq ans, mais je me sens tout aussi âgée.

« Tiens bon, encore un peu », me dis-je en allant m'occuper des bêtes à l'étable. La période de deuil ne dure que six semaines, je peux y arriver.

Jacob, le valet de ferme, a déjà commencé la traite. Il me salue en relevant légèrement le menton. Je hoche la tête en guise de réponse.

« J'ai peut-être trouvé une place chez Abram Groen, m'annonce-t-il alors que je m'assieds sur mon tabouret.

– Excellente nouvelle.

– Jannetge, par contre, elle a encore rien.

– Elle finira par trouver. Si c'est pas ici, ce sera à Graft. »

Nous travaillons quelques instants en silence. Mes mains sont rapides, le lait gicle dans le seau.

« Vous partez quand ? me demande Jacob.

– Dès que j'aurai vendu les affaires. Les enchères ont lieu la semaine prochaine. »

Jacob opine.

« Jannetge aimerait reprendre la baratte. Pour faire son beurre.

– Pas possible. Je l'ai déjà promise à ma mère.

– Ah ! dommage. »

Il attrape le seau plein sous la vache et se redresse. Il semble sur le point de parler. Je l'interroge du regard.

« Il y a encore quelque chose, au sujet du patron…

– Du patron ?

– Son frère fait courir des bruits. »

J'arrête la traite.

« Quel genre de bruits ? »

Il hésite.

« Qu'y a-t-il, Jacob ? »

Ma voix, un rien trop aiguë, trahit mon impatience.

« Je crois que vous le savez ! » lâche-t-il en tournant les talons.

Hier, j'ai égoutté le petit-lait. J'ai étalé la substance acidulée ce midi sur une tranche de pain de seigle. Jacob et Jannetge sont assis à table avec moi. Personne ne parle, nous sommes tous trois plongés dans nos pensées.

Après le repas, je les laisse travailler. J'enfile mes galoches et m'engage sur la digue qui nous relie à De Rijp. Notre ferme se situe au bord du canal qui entoure le polder de Beemster, au milieu des plaines marécageuses. Pour me rendre à la ferme de mes parents, de l'autre côté du village, le chemin le plus court est de le traverser. Je prends l'Oosteinde, puis j'emprunte la Rechtestraat, où les maisons misérables font place à des bâtisses plus imposantes, aux façades peintes en vert ou en rouge. Plus près du centre, quelques maisons de pierre surmontées d'un pignon à redans semblent avoir été posées là par hasard.

Chemin faisant, je salue quelques connaissances, qui me répondent avec hésitation. J'ai l'impression qu'on m'évite, qu'on m'observe du coin de l'œil.

Une fois sur la Kleine Dam, où le commerce bat son plein autour du poids public, je dois me rendre à l'évidence : les regards se font scrutateurs, on chuchote sur mon passage. Quelqu'un s'avance vers moi, me demande comment je vais et s'il est vrai que je pars.

Les habitants de De Rijp sont fiers de leur village, leur famille vit ici depuis des générations. Partir est un acte inqualifiable, presque une trahison. Mais les villageois m'ont toujours plus ou moins considérée comme une marginale, mes projets ne devraient donc pas les étonner.

« Cette commode que tu avais si joliment peinte, tu t'en sépares aussi ? » Sybrigh, la brocanteuse, me considère avec intérêt. « Parce que j'aimerais bien te la racheter…

– La vente aux enchères a lieu la semaine prochaine », dis-je avec un sourire d'excuse avant de poursuivre ma route. Je m'engage dans l'étroite Kerkstraat, puis je quitte le village. Au loin, j'aperçois la ferme de mes parents. Sur le sentier boueux, je presse le pas.

« Mart vient juste de partir. »

Ma mère rince les bidons de lait sous la pompe. Dans la lumière dure de l'hiver, son visage est maigre et usé. Elle porte la main à son dos en se redressant.

« Il voulait te parler, mais il était tellement hors de lui que je lui ai dit de partir. »

Je saisis un bidon, que je pose sous la pompe.

« Il a appris que tu partais, il était furieux, Catrijn.

– Pourquoi ? Cela ne regarde que moi !

– Oui, mais là tout de suite, juste après l'enterrement… Beaucoup trouvent ça curieux. Pourquoi es-tu si pressée de partir à Alkmaar ? Tu as ta ferme, ton bétail, tout t'appartient à présent. Les prétendants se bousculent à ta porte. Guerrit, par exemple. En mettant vos possessions en commun, vous pourriez être riches.

– Je pars à la ville.

– Pour y travailler comme domestique ! Alors que tu es entièrement libre ici. »

Je soupire.

« Maman, nous avons déjà eu cette discussion des dizaines de fois. Je n'ai pas l'intention de rester domestique toute ma vie. Je veux mettre de l'argent de côté, me remarier et reconstruire ma vie en ville.

– Oui, c'est ce que tu as toujours voulu. Petite, déjà, tu aimais nous accompagner lorsque nous allions porter les fromages à la ville. Je n'ai jamais compris pourquoi, tu étais bien la seule. Quatre heures de barge pour quelques instants sur place, et encore quatre heures pour rentrer !

– Et j'étais en pleurs, parce que je ne voulais pas revenir. »

Nous échangeons un regard, puis un sourire. Ma mère marque une pause, et reprend :

« Tu as raison de satisfaire tes envies. Tu n'es plus une petite fille, je ne peux pas te retenir. C'est juste que… »

Je la scrute pendant le silence qui suit.

« Quoi ?

– Les gens causent.

– Comme toujours dans les villages ! C'est bien pour ça que je veux partir. J'en ai ma claque des cancans, de ces gens qui fourrent leur nez partout ! »

Une expression de résignation se dessine sur le visage de ma mère.

« Tu vas me manquer, me dit-elle. Mais tu as raison, il vaut peut-être mieux partir. »

2

Une semaine plus tard, tout est vendu. Govert et moi louions la ferme et les terres, mais le bétail et le mobilier étaient à nous. Pendant la vente aux enchères, qui a lieu dans la ferme, je vois mes possessions passer en d'autres mains. Je ne crache pas sur la recette, plus de cent florins. C'est assez pour voir venir, peut-être même pour me lancer à mon compte. Comme peintre sur céramique, par exemple. J'en ai toujours rêvé. Quand j'étais petite, je décorais le mobilier au jus de betterave rouge. Plus tard, j'ai utilisé de la vraie peinture pour décorer les commodes et chaufferettes des riches fermiers et notables du village qui me passaient commande.

« Cela me fait penser à la peinture de Hindeloopen, m'a un jour dit Cornelis Vinck, le notaire. Tu as du talent, Cat. Tu devrais essayer de vendre ce que tu fais à la ville.

– Je ne peux pas, monsieur. Je ne fais pas partie de la guilde.

– À la foire annuelle, les extérieurs ont le droit de vendre ce que bon leur semble, du moment qu'ils ne montent pas leur propre affaire. »

Pendant mes rares moments de temps libre, j'ai commencé à peindre des assiettes et des tabourets, qui ont en effet trouvé assez facilement preneurs à la foire annuelle. Depuis ce jour, la ville m'attire comme un aimant.

Je ne connais qu'une poignée de villageois qui aient quitté De Rijp : tous de jeunes hommes enrôlés sur des navires marchands de la Compagnie unie des Indes orientales ou ayant choisi la vie de baleinier. Une jeune fille de Graft, le village voisin, a aussi travaillé comme domestique à Alkmaar – une idée qui me plaît assez. Évidemment, la vie de domestique n'a rien d'une sinécure, mais, au moins, je n'aurais plus à vivre les pieds dans la boue. La ville est le lieu où tout se passe, celui des plaisirs et des distractions, celui où l'on vit, et moi, je veux en être. Mes amis d'Alkmaar, Melis et Brecht, m'ont dit qu'un notable en ville recherchait une domestique. L'autre jour, puisque je devais passer au marché aux fromages, j'ai fait un crochet par l'Oudegracht pour proposer mes services. À mon plus grand étonnement et à ma plus grande joie, j'ai été engagée sur-le-champ.

Mon regard parcourt l'étable, la lumière du matin éclaire le sol de terre battue. Les affaires que j'y avais entreposées ont été emportées par leurs nouveaux propriétaires. Il n'y a plus que quelques bijoux, quelques vêtements.

Mes parents et mes frères sont dans la cour, ils m'attendent dans la brume matinale. Étant la seule fille qui leur reste, j'ai toujours pu compter sur eux, sur leur protection et, à en juger par la tête des garçons, ils ne sont pas enchantés de me voir partir. Plusieurs fausses couches et des décès prématurés ont séparé la naissance de mon frère aîné Dirk de celle de Lau. Voilà peut-être pourquoi nous sommes si proches, Lau et moi : nous avons dû combler le vide.

Les adieux sont brefs. Je les prends dans mes bras, mes parents un peu plus longtemps. Lau doit se rendre à Alkmaar, il me tiendra compagnie pour le voyage. Une aubaine, vu tout l'argent que j'ai sur moi.

« À très vite, me dit mon père. Je viens à Alkmaar la semaine prochaine avec une cargaison.

– À la semaine prochaine, papa. Tu as mon adresse. »

Un dernier baiser, une dernière accolade et nous partons. Lau prend sous son bras le sac qui contient mes affaires, et nous nous engageons sur l'Oostdijkje en direction du port. Je me retourne deux ou trois fois pour leur faire signe. Je ressens beaucoup d'émotion, mais pas de regret.

Le voyage jusqu'à Alkmaar est long. Assis entre les marchandises, l'un contre l'autre pour nous tenir chaud, nous regardons les polders défiler sous nos yeux. Lourdement chargée, la barge n'avance pas très vite, mais j'y suis habituée. J'ai fait ce trajet tant de fois, je connais chacun des virages de la voie d'eau, chacun des hameaux que nous traversons. Le vent est très faible sur certains tronçons et notre barge avance à peine, obligeant le batelier à manœuvrer à la gaffe. Il s'appuie de tout son poids sur la perche, la plonge dans les fonds boueux et pousse le bateau en avant.

Blottie contre mon frère, je pointe le doigt vers les éléments du paysage qui attirent mon attention. Il réagit peu.

« Tu ne reviendras pas, hein ? » me demande-t-il enfin, alors que je viens d'abandonner toute tentative de conversation.

« Si, bien sûr ! De temps en temps.

– À ta place, je ne resterais pas à Alkmaar. Mart est en train de monter tout le village contre toi.

– Et les gens croient ce qu'il raconte ?

– J'en sais rien. »

Il marque un silence, puis reprend :

« Sinon il y a aussi Haarlem ou Amsterdam. »

À mon tour de me taire un instant.

« Si loin ?

– Ce n'est pas non plus le bout du monde. Ce que je veux dire, Cat, c'est que tu ne dois pas agir en fonction de nous. Si une autre ville te… convient mieux, vas-y. Nous savons que ce qu'il raconte est faux, mais tout le monde n'en est pas convaincu.

– J'aurais dû porter le deuil plus longtemps, pleurer davantage. »

Je relève la tête et regarde mon frère.

« Est-ce un péché de se réjouir de la mort de quelqu'un ? »

Lau passe son bras autour de moi et m'attire contre lui.

« Non. Dans ton cas, c'est juste humain. »

Nous traversons le lac d'Alkmaar, puis passons Akersloot. Les rayons du soleil percent la brume, dissipent le voile terne qui nous enveloppe et réchauffent un peu l'atmosphère. Le vent souffle dans les voiles et pousse le bateau avec vigueur sur les vagues. Au loin, on aperçoit les tours et les murs d'Alkmaar, et son champ des supplices.

Je suis parcourue d'un frisson à la vue sinistre des potences et des cadavres qui se balancent. Je détourne bien vite le regard et le pose sur les nombreux bateaux qui, un peu plus loin, s'agglutinent au pied de la Tour des accises.

Scintillantes sous le soleil, les eaux du Zeglis s'étendent sous nos yeux. Sur les berges, une foule de gens marche vers la ville, un homme pousse un petit troupeau de cochons devant lui. Les carrioles cahotent et ballottent, un mendiant manque tout juste de se faire écraser.

Nous amarrons près des murs de la ville. Lau et moi nous redressons et payons le batelier. Quelques instants plus tard, nous traversons l'étroit pont de bois conduisant à la Boompoort. Nous nous quittons à la Tour des accises : Lau a rendez-vous dans une auberge de la Bierkade.

Il semble hésitant, comme s'il voulait me dire quelque chose, mais sans trouver les mots.

« Bonne chance, petite sœur. Je viendrai te voir quand je repasserai dans le coin. » Il me serre contre lui. « Pense à ce que je t'ai dit. »

Je l'embrasse sur la joue et reprends mon baluchon. Nous nous sourions et partons chacun de notre côté. Lorsque je me retourne, je constate que mon frère me suit des yeux. Je lui fais un dernier signe, puis bifurque à droite.

Encore un peu fourbue par le voyage, je traverse le Verdronkenoord, mon sac serré contre ma poitrine. Le canal est envahi de gabarres et de bateaux à fond plat. Partout, on charge et on décharge des marchandises.

D'un pas décidé, je sillonne des rues qui me sont familières et gagne l'autre côté de la ville, où la Grande Église surplombe les toits des maisons. J'y pénètre par le portail de la Koorstraat. Je m'avance lentement dans la nef colossale, entre les piliers et les vitraux, jusqu'au pied de l'autel. Je prends place sur la première rangée de bancs et je ferme les yeux. Je reste assise là quelques instants, à écouter ma respiration et les battements irréguliers de mon cœur.

Quand j'ai retrouvé mon calme, je rouvre les yeux. Le silence qui règne entre les arcades et les murs blancs a un effet apaisant.

Je joins les mains et récite les mêmes prières que dans l'église de De Rijp, mais ce n'est pas pareil. Comme si le Seigneur m'entendait mieux ici, sous ces imposantes voûtes de pierre. J'ignore si mes prières seront exaucées, je ne ressens encore aucune consolation. Je quitte l'église la tête basse. Dehors, éblouie par le soleil, je reste plantée là quelques instants, hébétée, avant de me laisser de nouveau emporter par l'agitation de la ville.

L'auberge des Treize Poutres se situe tout près de la Grande Église. Elle est tenue par mes amis, Brecht et son mari Melis. Ils y font de bonnes affaires : l'auberge est la première que croisent les voyageurs arrivant en ville par la Geesterpoort. Une bâtisse imposante avec un pignon à redans et une enseigne en fer forgé, qui se balance gaiement sous le vent.

Je pousse la porte, les mains ankylosées par le froid. Je m'imprègne, soulagée, de la chaleur des lieux qui vient à ma rencontre. La petite salle est bondée. Je me faufile avec difficulté jusqu'au comptoir entre les clients debout et assis. Melis y sert la bière, Brecht part à l'instant avec deux chopes mousseuses dans les mains.

« Melis ! » Je me penche en avant.

« Cat ! Je suis content de te voir ! Il y a pas mal de monde pour l'instant, mais je suis à toi dans une seconde, d'accord ? »

Je hoche la tête et me retourne lorsqu'une main se pose sur mon épaule. C'est Brecht. Ses boucles sombres se sont échappées de sa coiffe et pendent autour de son visage. Elle m'embrasse sur la joue.

« Te voilà ! Tu veux manger ?

– Avec plaisir. »

Elle disparaît dans la cuisine et revient avec un bol de soupe bien épaisse et un morceau de pain. Après quelques efforts, je finis par trouver une place. L'auberge est un peu plus calme quand j'ai terminé, Brecht vient s'asseoir à côté de moi. Elle me demande comment était le voyage.

« Long et froid. Lau était avec moi. Je peux dormir ici, cette nuit ? Je ne commence que demain chez mon employeur. »

Le visage de Brecht s'assombrit.

« Quoi ? C'est complet ? Ce n'est pas grave, je peux aussi aller à l'auberge Moriaenshooft.

– Tu peux rester ici aussi longtemps que tu le souhaites, mais j'ai une mauvaise nouvelle. L'homme chez qui tu devais travailler, Wollebrant Nordingen, est décédé il y a deux jours. Il est tombé malade, un problème aux poumons. Il avait déjà de l'âge, mais sa mort n'en reste pas moins inattendue. »

Pendant un instant, je ne sais plus quoi dire. C'est en effet une mauvaise nouvelle. Non seulement pour ce Monsieur Nordingen, qui m'avait semblé fort aimable, mais aussi pour moi.

« Que vais-je faire ? J'ai vendu tout ce que j'avais, résilié le bail de fermage !

– Tu peux toujours acheter ou louer une maison ici et chercher un autre travail.

– Il n'y a rien d'autre à faire. Pas question en tout cas de rentrer au village.

– Tu peux compter sur nous, dit Brecht. Tu peux rester ici jusqu'au moment où tu auras trouvé un logement. Dans l'intervalle, nous allons demander autour de nous si quelqu'un a du travail à te proposer. Une auberge est l'endroit idéal pour ce genre de recherche. »

Il est réconfortant de savoir que je ne suis pas seule, mais il me faut du temps pour digérer le fait que rien ne se passe comme je l'avais imaginé. Heureusement, j'ai assez d'argent pour tenir un moment.

Melis vient près de moi et se veut rassurant :

« Tu trouveras autre chose. Le travail ne manque pas à Alkmaar. »

3

Pendant une semaine entière, je cherche du travail sans relâche. Je parcours la ville de long en large, des maisons bourgeoises de la Mient aux sauneries de l'Oudegracht, en passant par les brasseries du Houttil. Je tente ma chance à l'orphelinat de la Doelenstraat, à la soierie juste à côté, au couvent de Sainte-Catrijn, et dans diverses auberges et tavernes. Peu importe ce que je dois faire – nettoyer, soigner des malades ou me tuer à la tâche –, du moment que j'ai un travail.

À la fin de la semaine, attablée à l'auberge avec Brecht, je suis désabusée.

« Je n'imaginais pas que ce serait aussi dur. Pour les hommes, le travail ne manque pas, mais pour les femmes, c'est une autre histoire.

– Pourquoi ne pas monter ta propre affaire ? Un petit magasin, par exemple.

– Pour vendre quoi ? Des pots et des poêlons ? On en trouve déjà partout en ville !

– Mais toi, tu es très douée pour les peindre. Et puis, tu habites désormais à Alkmaar, tu pourrais t'installer à ton compte. »

Je secoue la tête.

« Ce n'est pas si simple, tu le sais comme moi. Je devrais aller en apprentissage, payer les frais, passer la maîtrise. Et tout cela sans savoir si la guilde m'acceptera.

– Il y a quelque temps, une femme a rejoint la guilde de Saint-Luc. Une certaine Isabella Bardesius. Elle travaille aujourd'hui comme peintre indépendante.

– Elle vient sûrement d'une famille aisée qui a payé son apprentissage. Ils n'acceptent personne sans formation. »

Je regarde devant moi en réfléchissant.

« Je devrais peut-être accepter ce travail au lazaret des pestiférés. C'est le seul qu'on m'ait proposé.

– Au lazaret ? Tu as perdu la tête ?

– Il n'y a pas de peste en ce moment, les patients ont d'autres maladies.

– Oui, mais tout aussi contagieuses et dangereuses ! C'est la dernière chose à faire.

– Mais justement, c'est la dernière. Si je ne trouve pas rapidement un travail, je vais devoir rentrer à De Rijp. »

Un toussotement se fait entendre à côté de nous. Un homme d'une trentaine d'années, cheveux blond foncé mi-longs, se tient à côté de notre table.

« Bonjour, Brecht. Pardonnez-moi de vous déranger, mais j'ai entendu votre conversation.

– Mattias, quel plaisir de te revoir ! Comment vas-tu ? »

Un large sourire se dessine sur le visage de Brecht.

« Très bien ! Je suis en route pour Den Helder, de passage à Alkmaar pour quelques affaires.

– Monsieur Van Nulandt est l'un de nos clients fidèles », m'explique Brecht.

L'homme ôte son chapeau et s'incline légèrement.

« Enchanté », dit-il avec un sourire agréable.

Je hoche la tête et me présente. Mattias s'assied face à moi.

« Ce n'est pas tout à fait un hasard si j'ai entendu votre conversation, dit-il à Brecht. Melis m'a parlé de la situation de ton amie et m'a demandé si je n'avais pas eu vent d'une occasion.

– Et ? rétorque-t-elle d'emblée.

– Eh bien si, justement. Mon frère cherche une intendante. Serait-ce là un travail pour vous ? »

Mattias m'interroge du regard.

« Je ne sais pas. Enfin, je veux dire, oui, je pense que oui. Mais vous ne me connaissez pas, dis-je, confuse.

– Melis et Brecht vous connaissent, cela me suffit. Melis m'a beaucoup vanté vos qualités. »

Je sens l'excitation s'emparer de moi.

« Intendante, ce serait formidable. Qui est votre frère et où habite-t-il ?

– Il s'appelle Adriaen van Nulandt, il vit à Amsterdam. »

Amsterdam ! L'affolement doit se lire sur mon visage, car Mattias me fixe d'un air interrogateur.

« Est-ce un problème ?

– C'est tellement loin. Et je ne connais personne là-bas… »

Mattias hausse les épaules.

« C'est moins loin que tu ne l'imagines, et tu pourras faire de nouvelles rencontres sur place. »

J'échange un regard avec Brecht, qui a l'air un peu déconfit.

« C'est une belle occasion, finit-elle par dire. Il n'y a de toute évidence pas de travail pour toi, ici. C'est Amsterdam ou De Rijp. »

Je ne dois pas réfléchir bien longtemps. Même si je redoute de laisser derrière moi tous ceux qui me sont chers, je n'ai pas le choix. Et, à vrai dire, c'est même mieux. Je ne serais pas allée au-delà d'Alkmaar de ma propre initiative. C'était peut-être écrit.

Mattias est sorti pour régler ses affaires. Je l'interpelle à son retour, le soir.

« J'ai décidé d'accepter votre proposition ! Je vous serais très reconnaissante de bien vouloir me recommander auprès de votre frère.

– Naturellement. J'écrirai une lettre élogieuse. Mais j'aimerais qu'on fasse un peu connaissance. Tu prends un verre avec moi ? »

Nous nous installons à une table dans le coin de la salle, Mattias commande un pichet de vin.

« Dis-moi, pourquoi as-tu quitté ton village natal ? » me demande-t-il en remplissant mon gobelet.

Je lui raconte : mon attirance pour la ville, ce fameux soir de fête où ma vie a pris un tout autre tournant. Mon fils mort-né et le décès inattendu de Govert. Mattias m'écoute avec attention.

« Tu es donc veuve, conclut-il lorsque je m'arrête. Une très jeune veuve. J'en suis navré pour toi.

– Ce n'était pas vraiment un mariage heureux. »

Je regarde droit devant moi, pensant à ce qu'aurait été ma vie si Govert n'était pas mort.

« Il me battait. Il a commencé juste après notre mariage, et cela n'a fait qu'empirer par la suite. Je ne sais pas pourquoi, il n'y avait pas le moindre motif. On ne se disputait pas, je ne répliquais pas, je travaillais dur. » Je ris d'une voix un peu rauque. « Je faisais tout pour éviter les conflits et pour ne pas le contredire, mais il me frappait quand même. »

Ma voix trahit l'effroi que je ressens encore à l'évocation de ces violences. Mattias me regarde avec compassion.

« Certains hommes sont comme ça, dit-il doucement. Mais pas tous. »

Je pousse un soupir.

« Non… Le problème est qu'on ne le sait pas à l'avance. On ne le comprend que lorsqu'il est trop tard, une fois qu'on est mariée.

– Si cela devait encore t'arriver, je te conseille de traîner le type devant la justice. La violence conjugale est punie par la loi, tu sais ? Ce n'est pas ainsi que Dieu a voulu les relations entre les hommes et les femmes.

– Tu es marié ?

– Non, et je n'en ai pas l'intention ! Je veux découvrir le monde. Je travaille pour mon frère. Il est marchand, c'est l'un des dirigeants de la Compagnie unie des Indes orientales. Voyager ne l'intéresse pas, c'est donc moi qui m'en charge.

– Où ces voyages te conduisent-ils ?

– Essentiellement en Italie et en Norvège, pas très loin donc. Mais j'aimerais aller voir ailleurs. Vers l'est, en Chine et en Inde. Tu ne t'es jamais demandé ce qu'il y avait de l'autre côté de la Terre ? À quoi ressemblent les paysages, comment les gens vivent ?

– Je suis déjà contente de savoir ce qui existe en dehors de De Rijp ou d'Alkmaar ! »

Il se met à rire. J'ignore si c'est sa manière intime de me parler, le plissement de sa peau autour de ses yeux quand il rit ou le timbre de sa voix, mais je ne cesse de me rapprocher de lui. Il est charmant. Vraiment charmant. On dirait que je lui fais la même impression, car il se penche aussi vers moi et m'effleure incidemment la main pendant notre conversation. Son visage est constamment en mouvement, et je ne peux m'empêcher de le regarder. Je suis parcourue de picotements, comme si de petites bulles d'air couraient sous ma peau.

Tandis que la soirée touche à sa fin, notre univers se réduit à la table où nous sommes assis, éclairés par la lumière vacillante d'une bougie. Bien après minuit, je me décide à aller dormir. Mattias m'accompagne dans l'escalier. Une fois sur le palier, il m'interroge du regard. Il approche ses lèvres des miennes et, le vin ayant affaibli mes résistances, je le laisse m'embrasser. Son baiser est à la fois ferme et délicat. Je sens le désir jaillir en moi, j'enroule mes bras autour de son cou. Il répond en me caressant le dos, sa main glisse ensuite sur mes fesses, puis remonte sur ma taille.

Ce n'est que lorsqu'il tente de dénouer les lacets de mon bustier que je le repousse avec douceur, mais fermeté. Il me sourit d'un air désolé.

« Tu me plais, Catrijn, me murmure-t-il à l'oreille. Tu me plais beaucoup. Je suis heureux de t'avoir rencontrée. J'espère que nous nous reverrons à Amsterdam.

– Oui, je l'espère aussi.

– Si mon frère était assez bête pour ne pas t'engager, dis à la servante où je peux te trouver. »

Je hoche la tête. Nous nous embrassons encore, d'abord avec retenue, puis plus intensément. Je sens de nouveau mon corps réagir, si fortement que j'y mets un terme en faisant un pas en arrière et en ouvrant la porte de la chambre. Je souris à Mattias et me glisse à l'intérieur. Il me souffle un baiser avant que je ne referme la porte.

« On se voit à Amsterdam », me dit-il.

Tôt le lendemain matin, je descends dans la salle de l'auberge, mais à ma grande déception Mattias est déjà parti.

« Il devait arriver tôt à Den Helder. Il m'a demandé de te remettre ceci. »

Melis me tend une feuille de papier roulée.

La lettre de recommandation. Je la retourne plusieurs fois entre mes mains.

« A-t-il dit autre chose ?

– Que tu devais te rendre sur le Keizersgracht et qu'il espérait te revoir très vite. »

Je sais un peu lire, le pasteur de De Rijp tenait une classe de lecture quand j'étais petite. Il était important, à ses yeux, que les filles apprennent à lire pour qu'elles puissent plus tard inculquer la religion à leurs enfants. Je donnerais beaucoup pour savoir ce que contient la lettre, mais le rouleau est cacheté.

« Vous aviez l'air de bien vous entendre hier soir. »

La voix de Melis est interrogative.

« Oui, dis-je en esquissant un sourire. Très bien même. »

Je fais mine de ne pas avoir remarqué sa curiosité et vais m'installer près de la fenêtre.

Après un petit déjeuner léger composé de pain et de fromage, je prends congé de mes amis.

« Ils risquent de s'inquiéter à la maison en apprenant que j'ai quitté Alkmaar, dis-je en prenant Brecht dans mes bras.

– Nous leur expliquerons. Tu nous envoies un message quand tu as du travail ? »

Je le lui promets, je dis au revoir à Melis et je prends la route. Par la Langestraat, je me dirige vers la Mient, puis sur le marché aux poissons, dont la saleté n'a d'égale que l'effervescence. J'essaie de ne pas glisser sur les déchets et j'achète quelques harengs pour le trajet. Je traverse ensuite le canal de Verdronkenoord et, une fois arrivée au Zeglis, je pousse un soupir de soulagement. J'aime l'animation de la ville, mais je dois encore m'y faire.

Après quelques tentatives, je finis par trouver un bateau qui accepte de m'embarquer.

« Je ne vais pas plus loin que Haarlem, mademoiselle. Mais de là, vous n'aurez pas de mal à arriver à Amsterdam en coche. »

J'en ai déjà entendu parler, de ces coches d'eau. Cependant je n'en ai jamais pris, car il n'y en a pas à Alkmaar. D'après le batelier, ils naviguent très bien. Près du village de Halfweg, un long canal droit a été creusé et un chemin de halage permet aux chevaux de tirer les coches.

« Ils vous conduiront tout droit à Amsterdam ! »

Je lui donne la somme qu'il me demande, lui confie mon sac qu'il pose dans le bateau et monte à bord. Je me trouve une place entre les paniers et les caisses, et je m'installe sur une couverture que le batelier a posée là pour les passagers.

Blottie dans mon manteau, mon capuchon sur la tête, je regarde Alkmaar s'éloigner. Je n'ai jamais été au-delà de l'enceinte de cette ville, je n'ai aucune idée de ce que me réserve Amsterdam. Tout ce que je sais, c'est que je suis désormais seule face à mon destin.

4

Le voyage jusqu'à Haarlem dure toute la journée. Ce n'est qu'à partir de Beverwijk, où nous pouvons naviguer sur le Wijckmeer, que les choses s'accélèrent. À hauteur de Spaarndam, nous sommes de nouveau ralentis par des canaux plus ou moins étroits, mais Haarlem est déjà en vue. Le soir commence à tomber et je me sens épuisée. Lorsque la barge accoste près du Gravestenenbrug, je me redresse avec peine et monte sur le quai. Je suis si fatiguée que j'entre dans la première auberge venue. Par chance, il reste un lit. Je dois partager la chambre avec d'autres voyageurs, mais ça m'est bien égal.

Assise près du feu dans la salle principale, devant un repas chaud, je rassemble mes esprits. Du coin de l'œil, je remarque que quelques hommes me fixent. Évitant tout contact visuel, je fais en sorte de paraître le plus inaccessible possible, ce qui n'est pas difficile compte tenu de mon état de fatigue. Heureusement, ils me laissent en paix. L'auberge s'anime au fur et à mesure de la soirée, mais je suis déjà au lit. Malgré cette longue journée, je peine à trouver le sommeil. Les yeux fermés, j'écoute les ronflements et la respiration de mes compagnons de chambrée, et les bruits qui s'échappent de la salle de l'auberge. Mes pensées se tournent vers ma famille et se mettent à remonter le fil du temps jusqu'à mon enfance.

Un jour, quand j'étais petite, j'ai failli me noyer. Lors d'une violente tempête de nord-ouest, la digue maritime du Waterland, puis la petite digue du polder de Beemster ont cédé. Beaucoup d'habitants et d'animaux sont morts, les fermes aux murs en torchis et au toit de chaume ont été balayées par les eaux. Le cœur de De Rijp, légèrement surélevé, a été épargné, même si les riches et les notables du village qui habitaient là n'ont pas gardé les pieds au sec.

J'avais cinq ans lors de ces inondations. Je ne connais les détails de la catastrophe que par ouï-dire. Ce dont je me souviens, en revanche, c'est d'un sentiment d'impuissance, au moment où le toit de notre maison s'est effondré et où nous avons été emportés par les flots. Je ne savais pas nager, le contraire n'aurait de toute façon rien changé. Dès que la mer s'est retirée, le courant a impitoyablement entraîné tout le monde. Ceux qui n'avaient pas eu la chance de pouvoir se cramponner à quelque chose étaient condamnés. Un voisin m'a repêchée et tirée à bord d'une barge. Mes parents et mes frères ont réussi à se sortir d'affaire tout seuls. Aeltje et Johanna, mes deux sœurs aînées, sont mortes noyées.

Dans la lueur blême de l'aube, je reste un moment allongée en pensant à ma famille. Les autres sont déjà levés. On bâille, on marmonne un bonjour. Certains discutent à voix basse. Je quitte à mon tour ma paillasse, mais je reste à l'écart.

Je m'habille sans hâte : chemise en lin, cotte, tablier, châle, corselet, chape et coiffe. Je jette un œil distrait par la fenêtre.

Dehors, le quai est déjà animé. Le transport de marchandises et de personnes démarre dès les premières lueurs du jour.

Je rassemble mes affaires. Je souris en voyant la lettre de Mattias au milieu de mes vêtements. Si j'obtiens ce travail, je le reverrai. Un peu plus sûre de ma décision de me rendre à Amsterdam, je redresse les épaules. Je peux encore embarquer dans le premier coche d'eau, à condition de ne pas traîner.

Comparé au voyage d'hier, le trajet jusqu'à Amsterdam est presque une promenade de santé. La distance est plus courte, et le coche offre aussi un confort bien supérieur à la barge ouverte que j'ai prise en quittant Alkmaar. Il est doté d'un rouf garni de banquettes, où les passagers peuvent s'abriter. Et comme l'embarcation ne dépend pas du vent, nous avançons à un rythme régulier. Le canal est bordé d'auberges où les voyageurs peuvent débarquer pour prendre un repas et l'équipage changer de cheval. Le Haarlemmertrekvaart s'étend en ligne droite vers Amsterdam à travers un paysage de polders, de moulins et de fermes.

De temps à autre, je sors du rouf pour sentir le vent et le soleil sur mon visage, et pour admirer la beauté des prairies et des nuages qui parsèment le ciel. Des laitières, des marchands, des voyageurs à cheval et en carriole circulent sur la digue voisine. Parfois, quelqu'un fait un signe de la main. Je ris et je salue en retour.

Ce n'est qu'à l'approche d'Amsterdam que la tension monte d'un cran. J'ai beaucoup entendu parler de cette ville, de son étendue, de l'extraordinaire effervescence qui y règne et je me demande, un peu angoissée, si la jeune paysanne que je suis y trouvera sa place.

Cette incertitude se transforme en excitation lorsque j'aperçois les hauts murs de la cité se dresser à l'horizon. J'observe avec respect les moulins bâtis sur les remparts extérieurs, dont les ailes tournent à plein régime.

La circulation est dense sur les voies d'accès et sur l'eau, comme si la moitié de la planète s'était donné rendez-vous à Amsterdam. Le golfe de l'IJ grouille d'allèges, de gabarres, de bateaux-navettes et de bateaux de pêche. Un peu à l'avant de la rangée de poteaux de bois qui délimitent l'enceinte du port, la poupe des navires marchands réfléchit les rayons du soleil. Après un dernier tronçon le long de la berge de l'IJ, nous accostons à hauteur de la Tour aux harengs.

Je prends mes affaires, puis on m'aide à sortir du bateau. Le mieux serait de me mettre directement en quête du Keizersgracht, mais je suis fatiguée et j'ai faim ; je décide donc d'aller d'abord manger un morceau. À l'auberge de la Ville, construite sur un appontement au-dessus de l'IJ, je commande un repas léger.

J'avale en vitesse mon poisson et mon pain, je règle le tout au comptoir et ressors sur le quai.

Me voilà donc à Amsterdam, le centre du monde. Quelle effervescence, quelle vie ! Partout, les mâts des navires s'élancent vers le ciel, le quai est couvert de sacs, de caisses et de paniers, on hèle, on crie.

Curieuse de découvrir la ville, je bifurque à droite, m'engage sur un quai nommé Damrak et arrive sur une vaste place où trônent un hôtel de ville en bois et un poids public. Il y a des marchands dans tous les coins, les langues se mélangent. Je croise un homme curieusement vêtu, un turban sur la tête et un singe sur l'épaule, des dames élégantes se saluent et font la causette. J'inspire profondément. Au lieu de m'effaroucher, cette cacophonie m'emplit de joie. C'est bien ici que tout se passe, que les univers se rencontrent.

Je reste un instant immobile au milieu de la place, observant le nouveau monde vertigineux qui m'entoure, et je comprends que je ne retournerai jamais dans mon village natal.

Contrairement au Damrak, le Keizersgracht semble flambant neuf. Les joints entre les pierres sont encore immaculés, la peinture des portes et des fenêtres brille et les pavés de la rue donnent l'impression d'avoir été lustrés. De jeunes tilleuls ont été plantés le long du canal ; ils lui ajouteront un jour de la grandeur, même s'ils prennent appui pour l'instant de façon un peu misérable sur leur tuteur.

J'ai demandé où réside la famille Van Nulandt et je lève à présent la tête pour observer la façade de leur grande maison. Un rien nerveuse, je franchis le perron et laisse retomber le heurtoir sur la porte. Une jeune fille vient ouvrir et m'interroge du regard.

« Je suis Catrijn Barentsdochter et j'ai une lettre pour Monsieur Van Nulandt, de la part de son frère. »

La fille tend la main, je secoue la tête.

« Je préfère la lui remettre en main propre.

– Je vais prévenir Monsieur. » Elle me laisse entrer et disparaît dans le couloir.

Pendant ce temps, je regarde dans le hall l'escalier en colimaçon orné de bois sculpté, les tableaux accrochés aux murs et les vases de valeur posés sur les tables basses.

Une porte s'ouvre et un homme d'une quarantaine d'années, sobrement vêtu de noir, s'avance vers moi. Je fais une petite révérence et répète la raison de ma venue.

« Une lettre de mon frère ? Pourquoi ? Lui est-il arrivé quelque chose ? s'inquiète Adriaen van Nulandt.

– Non, ne vous inquiétez pas, monsieur. Nous nous sommes rencontrés à Alkmaar, où il passait la nuit. Dans la conversation, je lui ai dit que je cherchais du travail et votre frère m'a parlé de vous. »

Adriaen van Nulandt prend la lettre, la décachette et la lit. À mi-chemin, il relève la tête, me lance un regard, puis reprend sa lecture.

« Vous cherchez donc un emploi d'intendante, conclut-il quand il a terminé.

– Oui, monsieur. »

Il m'observe encore, un peu plus longtemps cette fois.

« Suivez-moi. »

Il me précède dans une pièce magnifiquement aménagée. Une table en chêne est entourée de six chaises, mais il ne semble pas disposé à les utiliser, car il s'assoit sur le bord de la table et me laisse debout. Les épaules bien droites, je subis son regard scrutateur.

« Donne-moi une seule bonne raison de t'engager, finit-il par dire.

– J'ai l'habitude de travailler dur, monsieur.

– Mon frère écrit que tu es une paysanne. Tu n'en as pas l'air. »

En guise de réponse, je lui montre mes mains rêches et calleuses. Il n'y jette qu'un œil furtif et me fixe ensuite pendant de longues secondes. Son regard me rend nerveuse, mais je ne laisse rien transparaître. Aussi calme que possible, je soutiens ce regard, puis baisse les yeux avant que cela ne devienne inconvenant.

Monsieur Van Nulandt finit par rompre le silence.

« Parle-moi de toi. Que venez-vous chercher à Amsterdam ?

– Je suis veuve, monsieur. J'aurais pu me remarier, mais j'ai toujours voulu vivre à la ville. Des amis m'avaient aidée à chercher un travail à Alkmaar, mais cela ne s'est pas fait. J'ai bien cru devoir retourner à De Rijp. Puis, par chance, j'ai croisé la route de votre frère, comme si Dieu me l'avait envoyé. »

Cette dernière phrase est habile, car elle souligne ma piété. Les tableaux autour de moi dépeignent tous des scènes religieuses, Van Nulandt ne doit donc pas y être insensible. Je lève les yeux vers les siens et j'y perçois une once de considération, ce qui me donne du courage.

« Je pourrais faire un essai de quelques jours. »

Son visage reste impassible.

« Tu n'as pas froid aux yeux, Catrijn Barentsdochter.

– Je sais ce dont je suis capable, monsieur. »

Van Nulandt parcourt de nouveau la lettre, puis relève la tête.

« J'ai besoin de quelqu'un qui organise le ménage et donne les instructions à la bonne. Je peux t'offrir vingt sous par mois, avec le logis et les repas. Tu auras une journée libre toutes les deux semaines. Quand peux-tu commencer ?

– Tout de suite, monsieur.

– Bien, nous allons donc te prendre à l'essai, Catrijn. Je vais te présenter à mon épouse. Suis-moi. »

5

Adriaen van Nulandt me précède jusque dans le hall et entre dans une pièce située à l'avant de la maison. La lumière du jour inonde l'espace, accompagnée du bruit de la rue et de l'eau.

Debout près de la fenêtre, une femme peint derrière un chevalet, absorbée par sa tâche. Irritée, elle lève la tête.

« Brigitta, je te présente notre nouvelle intendante, Catrijn Barentsdochter. »

Je m'avance de quelques pas dans la pièce et fais la révérence. Madame Van Nulandt est encore jeune, à peu près mon âge. Elle me toise sans montrer d'intérêt particulier.

« Enchantée, madame, dis-je pour combler le silence.

– Elle commence aujourd'hui ? » demande-t-elle à son mari. Adriaen hoche la tête. Elle lui sourit, manifestement satisfaite.

« Parfait, Griet ne viendra donc plus me déranger ! Maintenant, si vous voulez bien m'excuser, j'ai du travail. » À ces mots, elle revient à son tableau et trempe son pinceau dans la peinture.

Adriaen m'indique de passer devant lui et me fait visiter la maison qui est immense. En haut se trouvent les chambres et le grenier, où sont installées les paillasses du personnel. Au rez-de-chaussée, le hall et le salon de réception occupent le devant de la maison, la pièce à vivre, la salle à manger et la cuisine, l'arrière. Adriaen m'explique que le salon de réception sert uniquement lorsqu'il y a des visiteurs et qu'il me revient d'y faire le ménage. Il est défendu à la servante d'y mettre les pieds.

« Surtout, fais attention à ceci », dit-il en pointant du doigt deux brillants vases blanc et bleu posés à même le sol, de part et d'autre de l'âtre.

« Ne les déplace jamais, veille à les contourner. Et prends garde de ne pas les heurter du pied, ils sont très précieux.

Je les regarde avec admiration.

– Je comprends, monsieur, ils sont magnifiques !

– Ils sont en porcelaine, importés de Chine. Une céramique unique en son genre.

– Puis-je les observer de plus près ?

– Oui, du moment que tu ne les touches pas. »

Je m'avance avec prudence et m'accroupis humblement devant l'un des deux pour en examiner les motifs exotiques, peints dans différentes teintes de bleu sur un fond blanc éclatant. Je n'ai encore jamais vu de céramique aussi blanche.

« La Chine, dis-je, j'imagine que c'est très loin d'ici ?

– À l'autre bout du monde... Tu viens ? »

Je me redresse et lui emboîte le pas. Il est étrange de recevoir les instructions du maître de maison et pas de sa femme. De toute évidence, Brigitta van Nulandt ne semble pas se préoccuper trop des tâches ménagères.

Tandis qu'Adriaen poursuit ses explications, je l'écoute avec attention, découvrant avec surprise mon nouvel environnement. C'est donc ainsi que vivent les notables d'Amsterdam, dans des maisons remplies de tableaux, de porcelaine orientale et d'argenterie ! Les meubles sont en chêne, décorés de motifs sculptés, les alcôves ornées de rideaux de velours, les sols recouverts de carrelage noir et blanc, et les murs de boiseries ou de carreaux.

La cuisine m'étonne tout autant. Elle est bien plus grande que celles auxquelles je suis habituée, et même équipée d'un évier. Les étains et céramiques sont rangés dans des armoires au lieu de simples étagères de bois accrochées au mur. L'âtre occupe une grande partie du mur et une longue table meuble le centre de la pièce. Une porte, dont le battant supérieur est ouvert, donne accès à une petite cour intérieure.

Adriaen sort, je le suis. Une jeune fille, en train d'étendre le linge, se tourne à notre arrivée.

« Griet, voici Catrijn, la nouvelle intendante. Elle commence aujourd'hui. Je compte sur toi pour lui dire ce qu'il lui reste à savoir. »

La jeune fille me fait un signe de tête craintif.

Sans rien ajouter, Adriaen quitte les lieux. Griet et moi restons silencieuses.

« Bien, mettons-nous au travail, Griet, dis-je finalement. Étends le reste du linge et viens ensuite m'aider dans la cuisine. Nous pourrons y faire connaissance. »

Je lui souris avec bienveillance, me détourne et rentre dans la maison.

Griet vient d'avoir quinze ans. Elle a dû se débrouiller un moment sans intendante, elle avait donc beaucoup de liberté, mais aussi deux fois plus de travail.

« Haesje est tombée malade, elle est morte quelques jours plus tard. Elle était déjà vieille, elle avait bien quarante ans », m'explique la jeune fille en me guidant dans le marché aux légumes du Prinsengracht, le midi.

« Je suis heureuse que vous soyez là. C'était beaucoup trop de travail pour moi toute seule.

– Quand tu as besoin de quelque chose, tu t'adresses à Monsieur ou à Madame ?

– À Monsieur, même s'il n'est pas souvent à la maison. Madame se fâche quand je la dérange dans son atelier.

– Elle ne peint pas toute la journée, si ?

– Non, mais même quand elle a fini, elle n'a pas envie de m'écouter. Elle ne s'intéresse pas à l'entretien de la maison, elle a toujours l'air ailleurs. »

Je repense au regard absent que Brigitta m'a lancé et je comprends à quoi Griet fait allusion.

« Je crois savoir que Monsieur a aussi un frère. Tu le vois souvent ?

– Oui, il vit chez nous quand il n'est pas en voyage. Sa chambre est à l'arrière de la maison. Monsieur Mattias est très gentil. Un jour, il m'a rapporté un peigne. Je ne sais plus d'où, mais de très loin.

– Une belle attention ! Sais-tu quand Monsieur Mattias revient ?

– D'après ce que je sais, il est parti pour la semaine.

– Bien… Et toi, Griet, d'où viens-tu ?

– De Sloterdijk. C'est un petit village près d'ici.

– Tu y retournes souvent ?

– Quand je peux, mais depuis que Haesje n'est plus là je n'y suis pas allée. »

Du coin de l'œil, je lis la tristesse sur son visage.

« Tu pourras sûrement revoir bientôt ta famille. J'en parlerai à Monsieur. »

Griet se déride aussitôt.

« Ce serait merveilleux ! Tenez, le marché est juste là, sur le pont. J'y achète toujours les légumes. Je prends le poisson sur le Dam, mais le hareng est meilleur au pied de la Tour aux harengs. Le marché au lait se trouve vers le Droogbak. Et la bière, je l'achète près de la maison, le long du Brouwersgracht, à la brasserie Hasselaer. »

Il ne reste plus trace de sa timidité, elle me dresse, d'une traite, la liste de tous les marchands et de tous les vendeurs à la sauvette qu'elle connaît.

Quand nous rentrons à la maison avec nos paniers remplis, je nous sers deux gobelets de bière que je pose sur la table.

« Assieds-toi, Griet, nous allons boire un verre. »

La jeune fille s'assied, étonnée.

« Très bien, dis-je. Il y a un temps pour travailler et un temps pour se reposer. Et il me semble que tu en as déjà beaucoup fait ces dernières semaines.

– Haesje me criait dessus quand je me reposais…

– Je n'ai pas l'intention de te crier dessus. Du moment que le travail est fait. Et à nous deux, on devrait s'en sortir ! »

Nous ne restons pas longtemps assises. Un grand fracas s'échappe de l'atelier, comme si quelqu'un le mettait sens dessus dessous. S'ensuit une effusion de sanglots. Affolée, je relève la tête.

« C'est Madame, elle a souvent des crises.

– Je vais jeter un œil, dis-je en repoussant ma chaise.

– Prenez ça avec vous. »

Griet se lève, saisit un cruchon et remplit un gobelet de vin.

« Son médicament.

– Quel médicament ?

– J'oublie toujours le nom. On le mélange avec du vin. »

Je hoche la tête, prends le gobelet et me dirige vers le hall. De nouveaux bruits émanent de l'atelier de Brigitta. J'accélère le pas et ouvre la porte sans frapper.

Brigitta est postée près de la fenêtre, les cheveux en bataille, sa robe bleue couverte de peinture. Elle a arraché sa coiffe et l'a jetée par terre, entre les pots de peinture et les pinceaux. Son chevalet gît au milieu de l'atelier, sur le tableau qu'elle était en train de peindre.

Quelques pots de peinture ont été jetés contre le mur, où s'expose désormais une nature morte d'un nouveau genre.

Je balaye la pièce du regard pour évaluer la situation. J'en conclus que le désordre peut attendre, j'apporte une chaise à Brigitta et lui tends le vin.

« Buvez, madame, cela va vous faire du bien. »

Comme vidée soudain de toute énergie, Brigitta s'effondre sur une chaise. Elle saisit mollement le gobelet.

« Tout allait si bien. Je n'en ai pas eu besoin pendant deux jours.

– Vous en prenez tous les jours, d'habitude ?

– Mon mari trouve que c'est mieux. Je préférerais m'en passer, mais quand je n'en prends pas… »

Brigitta examine la pièce et, comme si elle prenait seulement conscience de ce qu'elle a fait, éclate en sanglots.

Ignorant si mon geste sera apprécié, je pose prudemment une main sur son épaule.

« Ce n'est rien, madame. Je vais tout nettoyer. Et votre tableau ne semble pas être abîmé. »

Elle renifle avec mépris.

« Qu'est-ce que ça change ? Ce tableau est raté. Comme tout ce que je fais !

– Pour ce que j'en ai vu, je le trouve très réussi.

– Tu dis cela parce que tu es une domestique et que tu ignores tout de l'art. Ces barbouillages n'ont pas leur place dans mon milieu ! »

Je me tais. En fait, je n'ai pas bien vu le tableau quand j'ai été présentée à Brigitta l'autre jour, mais cela me semblait être la chose à dire. Tandis qu'elle avale le vin à petites gorgées, je redresse le chevalet. Je replace le tableau dessus et fais quelques pas en arrière. La toile n'a effectivement rien d'exceptionnel. Les fleurs de la nature morte manquent de relief et les couleurs de réalisme.

« Tu vois, toi aussi, tu trouves qu'il ne vaut rien ! Je le lis sur ton visage. »

Brigitta repose sèchement le gobelet sur la table. Elle regarde dans le vide quelques instants, puis se remet à sangloter.

« Je ne sais pas ce que je ferais si je ne peignais pas. Je passerais toutes mes journées enfermée, j'irais au marché de temps à autre, je jouerais un peu de clavecin en espérant que mon mari ne rentre pas trop tard… Tu parles d'une vie ! Je m'ennuierais à mourir !

– Vous n'avez pas à vous arrêter, madame. Il n'y a pas que le résultat qui compte, il y a aussi le plaisir.

– Évidemment que le résultat compte ! Tu ne t'imagines quand même pas que j'ai envie de consacrer des journées entières à peindre des toiles médiocres ? C'est peut-être difficile à concevoir pour quelqu'un comme toi, mais j'ai de l'ambition. Il est normal que je sois critique envers moi-même. Sais-tu que les artistes sont des gens très sensibles et très émotifs ?

– Oui, je l'ai entendu dire, madame.

– Alors, tu peux comprendre à quel point la vie est dure quand on est, en plus, perfectionniste. La création artistique est un processus, avec ses hauts et ses bas. »

Je réfléchis, pèse mes mots.

« Dans mon village, il y avait une fille qui adorait la peinture, elle aussi. Tout le monde disait qu'elle avait du talent. Beaucoup de talent. Mais malheureusement, il ne lui servait pas à grand-chose.

– Pourquoi donc ?

– À cause du travail à la ferme où elle a grandi. Quand elle avait un peu de temps, elle peignait avec du jus de betterave rouge sur des panneaux de bois qu'elle avait poncés. Elle pensait constamment à la peinture. Elle observait le monde comme on regarde un tableau, a-t-elle dit une fois. Le soleil qui illumine les prairies et les fossés, la ferme au milieu de la campagne, et même les bidons de lait dans la cour. Elle voyait des natures mortes partout autour d'elle. Mais elle n'avait ni temps ni matériel pour les réaliser. »

Brigitta essuie ses larmes dans sa manche.

« Que lui est-il arrivé ?

– Elle s'est mariée et elle a eu encore moins de temps. »

Nous échangeons un regard.

« Je comprends ce que tu veux dire, Catrijn. J'ai conscience de la chance que j'ai d'être issue d'une famille riche et d'avoir un mari qui accepte de me voir passer toutes mes journées dans mon atelier. Mais, pour moi, la peinture est plus qu'un passe-temps. Je ne dois pas en faire mon gagne-pain, mais ce n'est pas une raison pour ne pas placer la barre haut. Tu as déjà entendu parler de Rembrandt van Rijn ? Nous avons quelques-unes de ses toiles à la maison. Des œuvres d'art que tout le monde admire, mais dont il n'était lui-même pas satisfait. Un véritable artiste pense toujours que son travail n'est pas assez bon.

– C'est vrai, madame, mais tout le monde ne peut pas être Rembrandt van Rijn. Je crois que nous devons nous contenter du talent qui nous a été donné et essayer d'en profiter. »

En silence, Brigitta observe la rue à travers les vitraux.

« Ce que je veux dire, madame, c'est que vous devez peindre pour vous-même. Pour votre plaisir, et s'il le faut, mettre la barre un peu moins haut. »

Très lentement, Brigitta tourne la tête vers moi. Je crains un instant d'être allée trop loin. Elle soutient mon regard quelques secondes, puis se lève.

« Tu veux bien ranger mon atelier, Catrijn, je vais marcher un peu dans le jardin. J'ai besoin de réfléchir. »

Je hoche la tête et me baisse pour ramasser les pots de peinture éparpillés sur le sol. Brigitta sort de la pièce, le bruissement de sa robe fait place à un agréable silence. Je baisse la guillotine de la fenêtre pour laisser entrer un peu d'air, puis je me mets au travail. Quand tout est rangé, je nettoie les pinceaux. Du bout des doigts, je caresse leurs poils soyeux. Je m'imagine trempant l'un d'eux dans la peinture et effleurant une toile de sa pointe. Sans nul doute, la sensation doit être bien différente que celle des pinceaux en soies de porc que j'ai bricolés moi-même. Avec délicatesse, je les tamponne sur un chiffon, puis je les repose soigneusement sur la table, les uns à côté des autres.

6

Les journées se passent bien. Je me lève aux premières lueurs du jour pour m'occuper des tâches qui m'attendent et, le soir, je me couche tard. Le travail me détourne des pensées que je ne veux pas avoir, du silence que je ne veux pas entendre. Mais ce que je refoule le jour dans un coin de ma tête ressurgit aux heures de la nuit. En dépit du froid, je laisse toujours les portes du lit-clos ouvertes. Sinon, j'ai l'impression d'être enterrée vivante. Je me réveille souvent en sursaut d'un cauchemar où je me débats sauvagement. Je suffoque, je sors de mon lit et me précipite vers la fenêtre pour prendre le frais et me calmer. Le bleu profond de la nuit a toujours un effet apaisant sur moi. À la maison, quand je n'arrivais pas à dormir, j'aimais m'asseoir à la fenêtre pour admirer les étoiles, en me demandant ce qu'il y avait là-haut. Le paradis ? Que faut-il faire pour y entrer ? Et quels péchés nous conduisent en enfer ?

Avant, ces questions ne faisaient que traverser mon esprit. Aujourd'hui, elles m'empêchent de dormir.

« Alors ce nouveau travail, tu commences à t'y habituer ? »

Adriaen van Nulandt m'a convoquée dans son bureau. Il m'observe de sa table de travail.

« Oui, monsieur. Griet m'a beaucoup aidée.

– Je m'en réjouis. Et avec Madame, cela se passe bien ?

– Très bien, monsieur. Madame est très gentille.

– Gentille. »

Pensif, Adriaen observe le Keizersgracht par la croisée.

« Oui, elle est très gentille, en effet. Mais pas toujours. Et pas avec elle-même en tout cas.

– Madame est très exigeante quand elle peint. »

Adriaen soupire.

« Elle ne devrait pas prendre la peinture tellement au sérieux. C'est une belle activité, et j'accrocherais avec plaisir ses toiles partout dans la maison, mais cela ne lui suffit pas. Elle veut absolument conquérir les cercles d'artistes et vendre ses œuvres. Mais si elle passe son temps à les détruire, elle n'y arrivera jamais.

– Puis-je vous demander quel médicament votre femme prend, monsieur ?

– Du laudanum. C'est un vin aux herbes auquel on ajoute quelques gouttes d'opium. Un tranquillisant, qui stimule aussi la créativité. Un peu trop même, car elle ne fait plus rien d'autre.

– À Alkmaar, une femme a été admise à la guilde de Saint-Luc. Elle a suivi une formation et travaille aujourd'hui dans son propre atelier comme maître-peintre. »

Adriaen passe la main sur sa barbiche et se cale dans le fond de sa chaise.

« Je vois où tu veux en venir, mais il ne peut être question que ma femme suive une formation de maître-peintre.

– Ce n'est pas ce que je voulais dire, monsieur. C'est juste que, de plus en plus souvent, la peinture représente plus qu'un simple passe-temps pour les femmes. C'est pourquoi je me demandais… »

Je marque une hésitation.

« Quoi donc ? Parle en toute liberté, je n'y vois aucune objection.

– Madame pourrait prendre des cours et améliorer sa technique. Il y a beaucoup de peintres à Amsterdam qui pourraient lui venir en aide. Et elle n'aurait plus besoin de son médicament. »

Adriaen reste silencieux, je crains un instant d'avoir été trop loin. Mais à voir son visage, il semble plus pensif qu'irrité. Il finit par dire :

« Je vais y réfléchir. »

Diverses tâches m'occupent le reste de la journée. Je récure un chaudron quand Brigitta entre dans la cuisine.

« J'ai faim, y a-t-il du fromage ?

– Bien sûr, madame. Dois-je vous en couper un morceau ?

– Laisse donc, je vais me servir. » Brigitta saisit le plat en étain sur la table, tranche un morceau de fromage, l'engloutit, puis balaye la pièce du regard.

« Cet endroit est très propre. Bien plus qu'avant.

– Merci, madame.

– Tu es une bonne intendante, Catrijn. Nous sommes très contents de toi. » Elle s'avance jusqu'à la fenêtre, observe le jardin.

« Comment s'appelle l'endroit d'où tu viens ?

– De Rijp, madame.

– C'est loin d'ici ! Pourquoi avoir fait tout ce chemin jusqu'à Amsterdam ?

– Mon mari est décédé il y a deux mois, madame. »

Elle me fait face.

« Quelle triste nouvelle ! Mais est-ce une raison suffisante pour quitter ton village ?

– Je voulais partir, j'ai toujours voulu vivre à la ville, madame.

– Je peux le comprendre. » Elle m'examine quelques instants. « Était-ce un mariage d'amour, Catrijn ? »

La question me met mal à l'aise. Alors que ma réponse se fait attendre, Brigitta pousse un soupir compatissant.

« J'en déduis que non, n'est-ce pas ? Les gens se marient rarement par amour. Je suis jalouse de tous ceux qui y parviennent. »

Il me semble inconvenant de réagir.

« Ton mari est donc décédé, relance-t-elle. De quoi est-il mort ?

– Un matin, je l'ai retrouvé dans son lit.

– Il n'était pas malade ? »

Je secoue la tête.

« Mais il buvait beaucoup. Vraiment beaucoup.

– Dans ce cas, tu peux t'estimer heureuse d'en être débarrassée. Il n'y a rien à tirer d'un mari qui boit. »

La facilité avec laquelle elle arrive à cette conclusion, sans se soucier de mes sentiments, ne m'étonne pas. Les riches ont cette habitude, comme si leurs gens de maison n'étaient pas des êtres humains. Je lui adresse un sourire poli, sans rien ajouter.

Au moment même où Brigitta s'apprête à rouvrir la bouche, le heurtoir frappe la porte d'entrée. Je m'essuie les mains sur mon tablier et m'engage dans le couloir. Désireuse de savoir qui est le visiteur, Brigitta me suit et se poste près de l'escalier.

J'ouvre la porte, une onde de joie me traverse de part en part. Mattias. Il discute avec un passant, puis se retourne vers moi. L'espace d'un instant, un très court instant, je crois que le large sourire qui illumine son visage m'est adressé. Mais il regarde par-dessus mon épaule. Brigitta, qui s'est avancée juste derrière moi, se jette à son cou.

« Voilà la plus belle femme d'Amsterdam ! Tu l'es toujours, au moins ? » Mattias s'écarte d'elle, fait mine de l'examiner.

« Oui, tu l'es toujours ! Je ne serai jamais déçu de te revoir, très chère belle-sœur. »

Brigitta se met à rire, lui donne une petite tape sur le bras.

« Voilà à peine une semaine que tu es parti.

– Tant de choses peuvent se passer en une semaine ! »

Mattias tourne les yeux vers moi et enlève son chapeau. Je m'attends à ce qu'il s'incline pour me saluer, mais il me tend le chapeau, que je saisis.

« Je te présente Catrijn, la nouvelle intendante.

– Je sais, c'est moi-même qui l'ai recommandée à Adriaen. Bienvenue, Catrijn. »

Nos regards se croisent, quelques secondes de plus que nécessaire. Je crois lire dans ses yeux une intention un rien plus avenante, mais ce sentiment s'évapore aussitôt que Mattias s'engage dans le couloir avec Brigitta.

« Apporte-nous du vin et du fromage dans le petit salon », me lance Brigitta en tournant à peine la tête. Elle passe le bras sous celui de son beau-frère et l'entraîne avec elle.

Je retourne à la cuisine, la marmite est encore sur la table. Je la récure de toutes mes forces. Je demande ensuite à Griet d'apporter le fromage et le vin au petit salon.

Je ne quitte pas la cuisine de l'après-midi. Brigitta et Mattias parlent dans la pièce à vivre, mais leurs voix et leurs rires traversent les murs. Je travaille plus dur encore que d'habitude. En mon for intérieur, je me fais la morale. Je suis l'intendante. Si je ne veux pas me retrouver de nouveau enceinte et sans mari, je ferais mieux de m'en souvenir.

Tard le soir, alors que je vérifie que les portes sont bien fermées à clé et que je couvre le feu, je me suis ressaisie.

Mais je ne peux m'empêcher de sursauter quand Mattias pénètre dans la cuisine. Seule sa silhouette est perceptible dans la lumière de la lune et de la bougie que je tiens en main.

« J'ai attendu que nous soyons seuls pour venir te parler. » Sa voix est douce et chaleureuse.

J'envisage un instant de lui demander poliment en quoi je peux lui être utile, mais je finis par dire :

« Pourquoi ?

– Parce que je ne pouvais pas te saluer comme je l'aurais voulu quand je suis arrivé. » Il s'approche lentement de moi.

Je serre fermement le bougeoir devant moi pour tenir Mattias à distance. Sans dire un mot, il le saisit doucement d'une main, le pose sur la table et me tire à lui.

Mes bonnes résolutions se sont envolées. Le seul son de sa voix suffit à les dissoudre dans le néant. Tous mes sens me poussent vers lui et dès que ses lèvres effleurent les miennes, je lâche prise. Notre baiser est tantôt prudent et délicat, tantôt puissant et fiévreux. Soudain, je reprends mes esprits. Je repousse Mattias et, hors d'haleine, nous nous regardons.

« Ce n'est pas raisonnable, dis-je.

– Non, en effet. Je regrette. Enfin, pas totalement, mais je… » Il passe la main dans ses cheveux broussailleux.

« Catrijn, j'ai beaucoup pensé à toi.

– Ce qui explique pourquoi tu m'as complètement ignorée cet après-midi quand je t'ai ouvert la porte ?

– Comment aurais-je dû agir selon toi ? Te prendre dans mes bras comme je l'ai fait à l'instant ? »

En dépit de tout, il m'arrache un sourire, qui l'incite à m'enlacer de nouveau.

« Si je t'avais prise dans mes bras à la place de Brigitta, elle t'aurait renvoyée sur-le-champ. Je ne pouvais pas me permettre de t'accorder trop d'attention, même si j'en mourais d'envie quand tu as ouvert la porte. »

Il m'embrasse longuement et je le laisse faire. Puis je m'écarte de lui et le regarde d'un air grave.

« On ne peut pas continuer ainsi, Mattias. Cette situation ne nous mènera à rien. Je suis l'intendante et je veux garder mon travail.

– Les deux ne sont pas incompatibles.

– Si, ils le sont. Tu viens d'une famille bourgeoise, qu'attends-tu d'une fille comme moi ?

– Ma famille n'est pas ce que tu imagines. Mes parents tenaient une faïencerie, ils devaient travailler dur pour gagner leur pain. Si mon père n'avait pas acheté une part de l'expédition de la Compagnie unie des Indes orientales, j'aurais été potier et nous ne serions pas ici à en parler. »

Le regard qu'il porte sur sa vie me plaît, mais je n'arrive pas à mettre nos différences de côté aussi facilement.

« Il ne faut pas recommencer, dis-je d'une voix calme et ferme. Tu n'as rien à perdre dans cette histoire, moi si.

– Tu as raison. »

Sa voix se fait plus grave.

« Je ne veux pas t'attirer d'ennuis. Je resterai à distance aussi longtemps que tu travailleras dans cette maison. Je pars pour Anvers dans un mois. J'aimerais qu'on en reparle à mon retour. »

Il pose la main sur ma joue, plonge son regard dans le mien.

« Oui, nous verrons bien. »

7

Nous n'avons que très peu de contacts les jours qui suivent. À peine un regard, un frôlement imperceptible ou quelques mots murmurés, mais c'est suffisant. Quelle que soit l'attirance que j'éprouve pour Mattias, mon travail reste ma priorité. Et malgré ses belles paroles, je ne suis pas naïve au point de croire qu'un homme de son rang puisse sérieusement s'intéresser à moi. Je suis bien trop souvent confrontée aux effets de son charme sur les femmes. Même Griet est folle de lui. Qu'a-t-il donc de si particulier ? Est-ce l'intérêt sincère dont il fait preuve quand il vous regarde et vous écoute ? Son caractère enjoué ? La beauté de son visage ? Mattias est séduisant et il le sait. Je le vois à sa coquetterie devant le miroir, à l'élégance de ses costumes gris et marron clair, qui tranchent avec le noir désuet qu'affichent la plupart des marchands d'Amsterdam. Il doit peut-être cette avance sur les autres à ses voyages en Italie. Il ne porte pas de fraise, mais une fine dentelle qui ne lui couvre que les épaules ; pas de haut chapeau noir, mais un couvre-chef plus frivole décoré d'une plume.

« Il ne pourrait pas donner plus d'attention à son apparence, commente Brigitta, assise à son chevalet. Si Adriaen s'habillait de cette façon, on le trouverait ridicule. Mais à Mattias cette tenue lui va comme un gant. »

Je lui ai apporté le déjeuner dans l'atelier et servi un gobelet de lait. Une intonation dans la voix de Brigitta m'incite à lever la tête.

« Mattias est un homme très moderne. Les femmes n'ont d'yeux que pour lui.

– Tu as raison, Catrijn. Je suis bien curieuse de connaître celle qui finira par le conquérir.

– Monsieur Mattias ne prévoit donc pas de se marier ? »

Brigitta éclate de rire.

« Pas du tout ! Pourquoi ferait-il une chose pareille ? Il aime trop sa liberté. Tu imagines Mattias dans une petite vie bien rangée, toi ?

– Pas vraiment, madame.

– Moi non plus ! Et c'est justement la raison pour laquelle je me suis mariée avec son frère et non avec lui. »

Je retiens mon souffle.

« Monsieur Mattias voulait se marier avec Madame ?

– Il ne me l'a jamais demandé officiellement, mais c'était évident. Tu n'as pas remarqué comme il me dévore des yeux ? Il n'a jamais vraiment accepté que je choisisse Adriaen. »

Le pot au lait fermement serré contre ma poitrine, je la sonde du regard.

« Qu'en pense votre époux ? »

Brigitta hausse les épaules.

« Aucune idée. J'imagine que ce sujet le gêne. Mais bon, c'est lui que j'ai épousé, il n'a donc pas à s'inquiéter. C'est un bon mari, je suis très attachée à lui. Es-tu au courant de ce qu'il a fait pour moi ? »

Je secoue la tête.

« Je vais suivre des leçons de peinture ! Avec Nicolaes Maes, un élève de Rembrandt van Rijn !

– Quelle grande nouvelle, madame !

– Oui », dit-elle. Après quelques secondes de silence, elle ajoute :

« Il paraît que Rembrandt a entendu parler de mes talents et qu'il s'est informé à mon sujet. Il n'a lui-même pas le temps de donner des leçons, mais il tenait absolument à ce que je poursuive mon apprentissage. Il m'a donc recommandée à l'un de ses meilleurs élèves. Adriaen et moi allons rendre visite au maître cet après-midi dans son atelier.

– Madame ira suivre ses leçons là-bas ?

– Bien sûr que non. Nous allons lui acheter un tableau. Nicolaes viendra ici une fois par semaine, dans mon atelier. Il ne serait pas convenable que je sois seule en sa compagnie, tu devras donc rester avec nous, Catrijn. Tu pourras prendre quelque ouvrage à ravauder si tu crains de t'ennuyer. »

Brigitta relève la tête, je m'empresse d'afficher une expression neutre.

« Vous pouvez compter sur moi, madame. »

Je vais rencontrer un élève de Rembrandt van Rijn ! Rembrandt, le grand peintre, le nom que tous les amateurs de peinture connaissent. Qui sait, peut-être pourrai-je moi-même un jour le rencontrer ? En attendant, j'apprendrai à connaître Nicolaes Maes. Je n'ai jamais entendu parler de lui, mais s'il est un élève du grand maître, il doit avoir du talent.

« Tu parais joyeuse », observe Mattias, alors que j'étends le linge.

Je me retourne vers lui.

« Je vais rencontrer un élève de Rembrandt van Rijn ! »

Il retire la pipe qu'il a en bouche.

« Tu le connais ?

– L'élève ? Non, mais je connais Rembrandt. J'ai beaucoup entendu parler de lui.

– J'ignorais que sa réputation dépassait les murs d'Amsterdam. Tu es donc contente de tenir compagnie à Brigitta pendant ses leçons ?

– Et comment ! Chez moi, à De Rijp, il m'arrivait de peindre à l'occasion.

– Ah bon ?

– Oui, mais pas sur toile. Je décorais des meubles et des assiettes. »

Mattias rit.

« Ce n'est pas tout à fait la même chose. »

Il remet sa pipe en bouche, inhale la fumée.

« Adriaen se rend cet après-midi à l'atelier de Van Rijn pour lui acheter un tableau. Il te plairait d'y aller ? »

Je le regarde, étonnée.

« C'est possible ?

– Je vais leur dire qu'ils ne peuvent rendre visite à cet homme les mains vides et que tu dois te charger de porter le cadeau. »

Adriaen ne voit aucune objection à ce que je les accompagne. Selon lui, personne ne doit manquer l'occasion de rencontrer le plus grand artiste du moment, pas même une intendante.

« Tâche toutefois de te faire discrète », a-t-il ajouté.

À bord d'un coche de location, nous quittons le Keizersgracht dans l'après-midi pour la Breestraat, où vit et travaille Rembrandt van Rijn. L'atelier se trouve dans la partie ouest de la ville, où je ne suis encore jamais allée. Je n'ai, à vrai dire, pas encore vu grand-chose d'Amsterdam, ma vie se limitant aux environs immédiats de la maison. Je profite donc du voyage, j'observe le ballet chaotique des chevaux, des coches et des piétons. Au bout du Keizersgracht, le chantier de la future ceinture de canaux nous barre la route. Sonneurs de pilotis et menuisiers en bâtiment s'affairent dans la boue à l'aménagement des fondations. Des moulins évacuent l'eau, et aux endroits où les fondations ont déjà été posées maçons et charpentiers sont à pied d'œuvre. Les travaux attirent tous les regards.

« Nous aurions été plus vite à pied, commente Brigitta lorsque nous tournons enfin à gauche.

– Je ne crois pas, c'est un peu trop loin. Surtout pour toi, avec ces mules en satin aux pieds. Sans compter qu'elles auraient été bonnes à jeter à notre retour », lui répond son époux.

Maintenant que nous avons quitté le nouveau quartier des canaux, les rues sont effectivement crasseuses. Sur le Dam, le marché aux poissons vient de se terminer, des têtes et des écailles restent collées aux roues du coche. Le cheval se fraye un chemin dans la Damstraat, où les étals de marchandises rendent le passage difficile. Nous tournons à droite au bout de l'Oude Doelenstraat et entrons dans la Breestraat dans un bruit de crécelle.

« Nous y sommes. » Adriaen met pied à terre et tend la main à sa femme.

Je descends seule, tenant contre moi la cruche de vin que nous avons apportée. Je lève les yeux, pleine d'admiration. La maison, avec sa façade rouge et ses volets verts, est splendide.

La servante nous fait entrer et nous conduit vers un hall au carrelage noir et blanc, sur lequel donnent plusieurs portes. Elle nous précède dans l'escalier, jusqu'au deuxième étage. L'atelier se trouve côté rue : c'est un grand espace lumineux où cinq élèves sont à l'œuvre. Le maître-peintre est installé devant son chevalet, il ne lève pas la tête. Ce n'est que lorsque la servante toussote qu'il se décide à poser son pinceau.

« Monsieur Van Nulandt, Madame Van Nulandt. » Rembrandt van Rijn se retourne, s'essuie la main sur sa chemise et nous salue.

« Nous sommes enchantés de vous rencontrer », dit Brigitta, manifestement intimidée.

Van Rijn adresse un vague sourire, puis un silence s'installe. Juste avant qu'il ne devienne embarrassant, Adriaen pointe le tableau sur le chevalet.

« Vous semblez fort occupé.

– Je le suis toujours, monsieur. Toujours. Cette commande doit être prête dans quatre semaines. »

Van Rijn contemple sa toile, visiblement impatient de se remettre au travail.

« Nous ne vous dérangerons pas longtemps. » Adriaen me fait signe.

Je suis restée à côté de la porte. Je tends la cruche de vin, qu'il remet à Van Rijn avec déférence.

S'ensuit une discussion convenue que je n'écoute pas. Je n'arrive pas à détourner les yeux du tableau sur lequel Rembrandt travaille. Sur la toile, une jeune femme me regarde. Ses yeux sont peints avec un tel réalisme qu'ils semblent me dévisager. Comment peut-on atteindre un tel degré de fidélité ? C'est incroyable.

Van Rijn a semble-t-il remarqué ma fascination. Il se retourne vers moi.

« Il te plaît ? »

D'abord totalement déstabilisée par cette question, je me ressaisis.

« Cette femme me donne l'impression de lire dans mon âme, de tout savoir sur moi. J'en ai des frissons. Et puis cette lumière et ces couleurs ! C'est le plus beau tableau que j'aie jamais vu, monsieur. »

Un sourire se dessine sur le visage de Rembrandt.

« Tu aimes l'art ? »

J'opine avec conviction, puis croise le regard de mes employeurs. Je fais rapidement un pas en arrière. Tandis qu'Adriaen et Brigitta prennent le relais de la conversation, je déambule dans l'atelier. Je regarde les élèves piler les couleurs, essuyer les pinceaux ou préparer des toiles. Je m'attarde devant les œuvres du maître, posées ou accrochées un peu partout dans la pièce en désordre.

Adriaen et Brigitta prennent congé beaucoup trop vite. Dernière à sortir de l'atelier, je jette un ultime regard autour de moi avant de passer la porte. Van Rijn m'adresse un sourire, que je lui retourne.

« Eh bien ! » s'écrie Brigitta lorsque nous sommes remontés dans le coche. Elle semble contrariée. « Je ne m'attendais pas à un tel accueil. Quel rustre ! Il ne nous a même pas proposé quelque chose à boire.

– Je crois qu'on le dérangeait, il était très occupé.

– Et alors ? Nous sommes des commanditaires, il aurait pu nous accorder un peu de son temps. »

Brigitta se tourne vers moi.

« Tu ne l'as pas trouvé désagréable, toi ?

– Il aurait en effet pu nous proposer quelque chose à boire, madame. D'un autre côté, je crois savoir que les peintres n'aiment pas être dérangés pendant leur travail. »

Brigitta reste pensive quelques instants.

« Tu as raison. Les vrais artistes ne peuvent se permettre de perdre leur temps en verbiage. Mais je l'ai quand même trouvé rustre. Je ne l'apprécie pas vraiment, ce Van Rijn. »

Tout en observant l'effervescence de la ville, je ressens encore en moi la chaleur du sourire de Rembrandt.

8

Mattias part pour Anvers quelques jours plus tard. Malgré ma décision de garder mes distances, il me manque. La maison baigne dans le silence, on n'entend ni rires ni sifflements. Certains jours, Griet et Brigitta sont les seules avec qui j'échange quelques mots. Madame se limite au strict nécessaire. Depuis le début de ses leçons, elle travaille encore plus. Nicolaes Maes vient deux fois par semaine pour parfaire son apprentissage. C'est un garçon aimable, encore jeune. Un jour, à son arrivée, nous avons parlé un peu en attendant Brigitta. Il a vingt ans et vient de Dordrecht. Même si la vie à Amsterdam lui plaît, il envisage de retourner dans sa ville natale cette année, une fois sa maîtrise terminée.

« Je resterai toujours un habitant de Dordrecht, a-t-il dit en souriant, comme pour s'excuser. J'ai le mal du pays.

– Je comprends très bien », ai-je répondu en lui retournant son sourire. Je l'ai ensuite invité à entrer dans l'atelier.

Depuis le coin de la pièce, derrière mon panier de ravaudage qui ne désemplit pas, je suis en bonne place pour voir la toile sur laquelle travaillent Brigitta et Nicolaes. Comme je suis dans leur dos, ils ne s'aperçoivent pas que, moi aussi, je suis attentivement les leçons.

Parfois, quand mon travail me laisse un peu de répit, je repense en souriant au moment où j'hésitais à partir pour Amsterdam. Je n'aurais pas pu prendre de meilleure décision ! Dès les premiers instants, quand j'ai foulé le quai pour la première fois, j'ai senti battre le pouls de cette ville, j'ai pris conscience de sa vitalité.

Elle est d'ailleurs contagieuse. Je dois travailler dur, mes journées sont longues, mais ces conditions me conviennent. Que ce soit au bord du Keizersgracht, quand je regarde le soleil du printemps se refléter dans l'eau, que ce soit quand je flâne dans l'agitation des marchés ou quand je vais au port assister au retour d'un navire de la Compagnie unie des Indes orientales, je m'abreuve de l'effervescence qui m'entoure. Les semaines passent vite, nous sommes déjà en mai.

Lors de mon jour de congé, je quitte la ville pour la campagne, avec ses polders et ses jardins potagers. En voyant les paysans et les paysannes embarquer pour Amsterdam sur leur barge pleine de bidons de lait et de fromages, je ressens toujours une pointe de nostalgie.

J'ai écrit une lettre aux parents et j'ai reçu quelques mots en réponse. Je dois m'en contenter.

Le dimanche, nous allons à l'église. Monsieur et Madame s'installent sur des banquettes spéciales, réservées aux patriciens. Le bas peuple doit rester debout. Cela ne me dérange pas. J'ai mal aux pieds et aux genoux, mais je reste immobile, les yeux rivés sur la chaire, je chante et je prie.

Adriaen loue ma dévotion. « Tu restes debout du début à la fin du service et pourtant, tu es toujours la dernière à quitter l'église. Beaucoup devraient en prendre de la graine. »

Mattias et lui sont originaires de Delft, où leur frère aîné Evert vit toujours. Leurs parents y possédaient une faïencerie, les affaires marchaient bien. Investir dans la première expédition vers l'Est était un grand risque qu'avait pris Coenraed van Nulandt. Le premier voyage n'avait pas rapporté grand-chose, mais le deuxième lui avait fait gagner beaucoup d'argent. Il avait ouvert une seconde faïencerie, qui s'était, elle aussi, très bien portée. À la mort de leurs parents, Evert avait repris la plus grande faïencerie et ses frères avaient revendu la seconde. Adriaen était parti pour Amsterdam avec sa part de l'héritage, qu'il avait confiée à l'un des notables de la Compagnie unie des Indes orientales. Mattias, qui avait moins de vingt ans au décès de ses parents, avait croqué une grande partie de sa fortune avant d'aller travailler pour son frère Adriaen.

Par une journée venteuse du mois de juin, Adriaen m'annonce qu'il part pour Delft rendre visite à son frère aîné.

« Je serai de retour dans une semaine. Tu veilleras à ce que Madame ne manque de rien ?

– Vous pouvez compter sur moi, monsieur. Ne vous inquiétez pas.

– Comment se passent ses cours de peinture ?

– Monsieur Maes lui donne de précieux conseils, monsieur.

– Donc tout va bien ? Il est content de ses progrès ?

– Son travail s'améliore de jour en jour, monsieur.

– Heureux de l'entendre. Tu peux y aller, Catrijn. Merci. »

Je presse le pas vers le salon, qui a grand besoin d'être nettoyé. Griet peut cirer les meubles et briquer le sol, mais elle ne doit pas toucher à la porcelaine.

Munie de quelques chiffons, je dépose sur la table tous les objets qui décorent le buffet. J'essuie la poussière, frotte l'argenterie et mets de côté les vases en porcelaine. Ils ne sont pas aussi imposants que ceux du salon de réception, mais tout aussi beaux. Soulagée de ne rien avoir cassé, je fais un pas en arrière. Comme chaque fois, je m'accorde un moment pour admirer les motifs bleu cobalt.

Regarder ces vases, c'est comme regarder un autre monde. J'ai toujours été fascinée par ces personnages, leur longue barbe en pointe et leurs manteaux amples, par ces paysages de montagne, ces oiseaux que je ne connais pas, ces maisons étranges.

Les décorations sont peintes de façon si délicate que je peine à croire qu'elles ont été faites par une main humaine. Pour être aussi précis, il faut avoir le geste extrêmement assuré. Les lignes, les courbes et les spirales sont parfaitement identiques. À aucun endroit la peinture n'a coulé ou n'a été déposée en couche plus épaisse ; les scènes représentées sont de véritables chefs-d'œuvre. J'ai du mal à imaginer que quelqu'un, à l'autre bout du monde, ait passé tant de temps à les décorer, et que ces vases aient ensuite été transportés dans la cale d'un navire pendant des mois pour être débarqués ici.

« Catrijn ? »

Je sursaute. Brigitta se tient près de la porte, les cheveux en bataille. Elle a l'air fatiguée.

« Voudrais-tu m'aider à mélanger la peinture ? Je n'en ai plus une goutte.

– Ne dois-je pas d'abord finir mon travail ici, madame ? »

Brigitta se met à gesticuler d'impatience.

« Cette pièce n'est pas importante, j'ai besoin de toi !

– Je donne les instructions à Griet et je viens, madame. »

Piler les couleurs. Comme si j'en avais le temps ! Dans un soupir, je marche vers la cuisine, j'explique à Griet ce qu'elle a à faire et je gagne l'atelier.

Brigitta m'attend devant une table couverte de bols.

« Je vais te montrer comment faire », dit-elle.

Elle tient un pilon de pierre et un morceau d'ivoire.

« Je sais comment piler la couleur, madame. Je l'ai déjà fait.

– Très bien. Je n'ai besoin que de bleu et de noir. Sois prudente avec le lapis-lazuli, c'est hors de prix. Ne renverse pas le bol.

– Non, madame. »

Nous nous mettons immédiatement au travail, transformons les morceaux d'ivoire noir et de lapis-lazuli en poudre en les broyant avec le pilon. Nous ajoutons ensuite un trait d'huile de lin, auquel nous mélangeons la poudre jusqu'à l'obtention d'une texture lisse.

Quand Adriaen vient nous dire au revoir, le tablier et les mains de sa femme sont couverts de bleu et de noir. Il se met à rire.

« Tu es sûre de ne pas vouloir venir à Delft ? Tu t'en sortiras sans moi toute une semaine ?

– Bien sûr que je m'en sortirai, lui répond-elle sèchement. Tu as le tableau que j'ai fait pour Evert ?

– Il est dans mes bagages. Ménage-toi quand même. Tu as l'air un peu pâle.

– Je me sens très bien. À la semaine prochaine, mon chéri. »

Brigitta interrompt son mélange pour embrasser son mari, mais ne s'éternise pas. À la porte, Adriaen jette un regard pardessus son épaule. Voyant Brigitta absorbée dans son travail, il tourne les talons et quitte la pièce.

9

Nous travaillons tranquillement toutes les deux une grande partie de la matinée. Au bout d'un moment, Brigitta prend une toile, la pose sur le chevalet et arpente l'atelier en quête d'objets à peindre.

« Je ne veux pas de fleurs. Nicolaes souhaite que je peigne un objet unique, avec le moins de couleurs possible.

– Vous pourriez prendre pour modèle l'un des magnifiques vases exposés sur le dressoir. »

Brigitta réfléchit un instant, puis hoche la tête.

« Bonne idée. Va donc en chercher un. »

Je m'essuie les mains sur mon tablier et vais à la cuisine les laver minutieusement au savon. Je me rends ensuite dans la pièce à vivre. Avec prudence, je soulève l'un des vases et l'emporte dans l'atelier.

« Pose-le là, sans le faire tomber. »

D'un signe de tête Brigitta m'indique une table basse, à quelques pas du chevalet.

J'y place l'objet avec délicatesse.

« Je n'arrive pas à imaginer qu'il vienne de Chine ! Je ne sais même pas où se trouve ce pays.

– Une carte du monde est accrochée au mur du salon, jettes-y donc un œil. C'est en effet très loin. Il faut au moins six mois de bateau pour y arriver. »

Le vase semble stable, je fais un pas en arrière.

« Combien vaut ce genre de vase, madame ?

– Celui-là ? Je dirais une centaine de florins. Pour les deux grands qui sont à côté de la cheminée dans le salon de réception, certainement le double. » Brigitta sourit.

« Si mon mari te voyait déambuler avec son vase dans les bras, il aurait certainement une attaque ! »

Je regagne la table de travail et continue à piler la couleur bleue. Ce travail me plaît, mais je m'inquiète des achats qu'il me reste à faire. Griet ne pourra pas tout transporter à elle seule.

Mon regard se tourne soudain vers Brigitta, qui se cramponne au bord de la table.

« Tout va bien, madame ?

– Je ne sais pas… Je ne me sens pas très bien.

– Puis-je faire quelque chose pour vous ? » Inquiète, je la scrute avec attention.

Brigitta n'a jamais le teint très vif, mais à présent elle est livide. De larges cernes sont apparus sous ses yeux. Elle se met à vaciller, je me précipite vers elle.

« Madame a un malaise ?

– Cela va passer, j'ai juste un peu la tête qui tourne.

– Madame est peut-être restée penchée trop longtemps en avant…

– Oui, probablement. »

Brigitta se laisse tomber sur une chaise, pousse un gémissement. Je m'accroupis à ses côtés, examine son visage blême et pose la main sur son front.

« Vous avez de la fièvre, madame ! Vous êtes malade.

– Mais non, ça va. Je n'ai rien… »

Elle gémit de nouveau, je lis la détresse dans ses yeux.

« Tu as raison, je ne me sens pas bien du tout.

– Il faut vous aliter, madame. Je vais vous aider.

– Non, je ne peux pas. Je dois finir mon tableau. Nicolaes vient cet après-midi pour me faire travailler mon clair-obscur et je dois…

– Vous ne pourrez pas suivre votre leçon dans cet état, madame. Je vais prévenir Monsieur Maes que vous êtes malade. »

Avec détermination, j'accompagne Brigitta dans la pièce à vivre, où se trouve son lit-clos, tandis qu'elle continue de protester sans grande conviction. Sur place, elle cesse toute résistance. Elle me laisse l'aider, grelottante, à retirer ses vêtements et à la mettre au lit.

« Froid, balbutie-t-elle.

– Je vais allumer la cheminée et remplir la bassinoire, madame. Voulez-vous une autre couverture ? »

Je quitte la chambre et presse le pas vers la cuisine.

« Griet, Madame est malade. Peux-tu remplir la bassinoire de braises et aller chercher une couverture ? »

Alors que Griet s'en va, je verse de la petite bière dans un gobelet, que j'emporte dans la pièce à vivre et que je pose sur une table basse à côté du lit-clos. Je passe de nouveau la main sur le front de Brigitta. Elle est bouillante. Pourtant, elle claque des dents et a remonté la couverture.

« J'ai posé quelque chose à boire à côté du lit, madame. Si vous avez besoin de quoi que ce soit, dites-le-moi, je reste à vos côtés. Essayez de dormir un peu. »

Je glisse une chaise à son chevet et m'y assois. Au bout d'un moment, la respiration de Brigitta se fait plus régulière. Une fois sûre qu'elle est endormie, je me lève, fais un signe à Griet, qui m'observe du coin de la pièce, et lui dis à voix basse :

« J'aurais aimé aller au marché avec toi cet après-midi, mais quelqu'un doit rester auprès de Madame. Vas-y seule et fais-nous porter les marchandises que tu ne peux pas prendre. Allons voir ce dont nous avons besoin.

– Je dois nettoyer à l'étage.

– Plus tard. De toute façon il n'y a personne ici, à part nous deux. J'aimerais aussi que tu passes chez le docteur et que tu lui demandes de venir voir Madame. Cette fièvre m'inquiète.

– Vous croyez que c'est grave ? Ou contagieux ?

– Non. Je crois surtout que Madame n'a pas pris assez soin d'elle ces derniers temps. Nous allons y remédier.

– Et cette boisson ? J'ai oublié le nom…

– Le laudanum. C'est bien que tu en parles, nous n'en avons presque plus. Passe donc aussi chez l'apothicaire du Rokin et rapportes-en un flacon. Je sais que ce n'est pas à côté, mais tu devras aussi faire un détour par l'atelier de Monsieur Maes pour lui dire que la leçon de Madame est annulée. »

Griet jette un œil dehors et se réjouit de voir qu'il fait beau. Elle enfile son châle et saisit un panier. La porte d'entrée se referme derrière elle, je regarde autour de moi. Que faire ? Griet m'a beaucoup déchargée en allant faire seule les courses, et maintenant que je n'ai plus à mélanger la peinture de Madame, j'ai un peu de temps devant moi. Cette pensée me rappelle le voile de poudre qui s'est déposé sur la table et le sol de l'atelier.

Quelques instants plus tard, je traverse le couloir munie d'un seau d'eau savonneuse. Une fois dans l'atelier, j'observe un moment la peinture que Brigitta avait commencée. Elle a tracé au crayon les contours du vase et la décoration, et peint une partie du tableau.

Tandis que je nettoie le sol sous la table, mes yeux sont constamment attirés par la toile posée sur le chevalet. Quelque chose dans le traitement de la lumière me dérange. Je ne peux dire exactement quoi, mais ça ne va pas. J'étudie le tableau avec attention. Le bleu est trop foncé, Brigitta aurait dû utiliser une teinte beaucoup plus claire sur les côtés. Elle aurait dû aussi laisser les endroits plus pâles en blanc. Nicolaes le lui a encore rappelé la dernière fois.

Je m'approche de quelques pas pour examiner les coups de pinceau. Le tableau peut encore être sauvé si Brigitta atténue l'excès de bleu et qu'elle repeint certaines zones, même si le mieux serait de tout recommencer en utilisant le blanc de la toile. Il est certain que j'aurais débuté tout autrement.

La lumière du soleil traverse les vitraux, s'abat sur la pièce et réchauffe mes doigts qui ne tiennent pas en place. Et si je faisais un essai ? Pas le tableau complet, je n'en ai pas le temps, mais juste une partie. Seulement pour savoir l'effet que font un vrai pinceau et une vraie toile. Je pourrais prendre la petite toile que Brigitta délaisse toujours au profit des plus grands formats. Il me faudra en racheter une nouvelle par la suite, mais comme Brigitta est malade, elle ne remarquera pas qu'il lui en manque une.

Tandis que ma tête me hurle de ne pas le faire, mes mains sont déjà à l'œuvre. Elles prennent la toile de Brigitta, la retournent contre un mur, cherchent la toile plus petite et la placent sur le chevalet. Elles tremblent, mais je ne parviens pas à me convaincre de revenir sur ma décision. Tout en moi désire ardemment faire courir un pinceau sur une toile. Je dessine d'abord une esquisse. À l'aide d'un bâtonnet de fusain, je trace délicatement les contours du vase, qui se forme rapidement. Les motifs sont un peu plus compliqués. Je me limite à l'essentiel sans entrer dans les détails.

Je choisis ensuite mon pinceau avec soin.

Au début, mes gestes sont mal assurés, puis je prends confiance en moi. Comme c'est différent de peindre sur une toile! La céramique poreuse absorbe la peinture, la toile permet beaucoup plus de finesse. Et ce pinceau! Il caresse le tableau, semble suivre son propre chemin. En le tenant tantôt avec fermeté, tantôt avec délicatesse, et en ajoutant plus ou moins d'eau, j'obtiens différentes nuances de bleu et je parviens à reproduire les fantaisies du vase. Chaque coup de pinceau apporte un peu plus de vie à mes personnages et à mes animaux.

Absorbée dans mon travail, je perds la notion de temps. Je ne relève la tête qu'au bruit du heurtoir sur la porte d'entrée. Ce ne peut être Griet, les gens de maison passent par l'entrée de service. Je range précipitamment le pinceau, vérifie que je n'ai pas de peinture sur les mains et me dirige vers le hall. En ouvrant la porte, je découvre un homme assez âgé, vêtu d'un costume noir. Il porte un chapeau et une fraise.

« Je suis le Docteur Geelvinck. J'ai cru comprendre que Madame Van Nulandt était souffrante.

– Quelle chance que vous ayez pu venir si vite, docteur! Suivez-moi. »

Je referme la porte et l'accompagne dans la pièce à vivre. Brigitta se réveille au bruit de nos pas.

« Catrijn? appelle-t-elle d'une voix rauque.

– Je suis là, madame. Le Docteur Geelvinck est avec moi.

– Bonjour, madame Van Nulandt, comment vous sentez-vous? »

Geelvinck s'approche du lit-clos. Brigitta essaie de se lever, mais retombe lourdement sur son oreiller.

« J'ai des vertiges et j'ai mal à la tête, docteur. »

Tandis que le médecin examine Brigitta, je me tiens derrière lui, mains jointes. Il est impensable de laisser Madame seule avec un homme, même un médecin.

Le Docteur Geelvinck passe la main sur le front de Brigitta, examine sa langue et pose quelques questions, puis quitte la pièce pour qu'elle puisse uriner dans le pot de chambre. À son retour, il verse l'urine dans un flacon qu'il expose à la lumière. Il regarde le liquide et le sent.

« Rien de grave, décrète-t-il finalement. La couleur et l'odeur sont normales. Je présume que vous vous êtes épuisée à la tâche, madame Van Nulandt. Vous travaillez trop et ne sortez pas assez. Il n'est pas bon pour vous de rester toute la journée dans les vapeurs de peinture et de vernis. »

Le docteur se tourne vers moi.

« Veille à ce qu'elle se repose. Quand sa fièvre sera tombée, qu'elle aille marcher dans le jardin. »

Il prend congé de Brigitta et se fait raccompagner dans le hall.

« Dois-je aussi lui donner cette boisson, docteur, le laudanum ?

– Certainement, oui. Il soulage les tensions et apaise les nerfs. Ce remède contient des substances bienfaisantes, comme l'opium. Il agit même contre la peste. J'en prends moi-même à chaque épidémie. »

Il jette un œil distrait à l'atelier, dont la porte est restée grande ouverte. Son regard est d'abord absent, comme s'il était tombé là par hasard, puis une lueur s'allume dans ses yeux.

« Est-ce là un tableau de Madame Van Nulandt ? C'est du beau travail. Du très beau travail. »

10

Je suis prise de panique quand le docteur s'avance dans l'atelier pour regarder mon tableau de plus près. Il examine ma toile à moitié achevée avec intérêt.

« Quel sujet intéressant ! D'ordinaire, Madame Van Nulandt peint des fleurs. J'ignorais qu'elle aimait la porcelaine de Chine. La réalisation est admirable. Regarde la lumière tomber sur le vase, et la précision des personnages. Il faut une main très ferme et très habile pour arriver à pareil résultat. »

Derrière lui, je reste silencieuse. Le docteur ne semble guère attendre une réaction de ma part, pas un instant il ne songe à se tourner vers moi.

« Ce tableau figurerait en bonne place chez moi, au-dessus de la cheminée. La porcelaine d'Orient est trop chère pour moi, mais la toile serait tout aussi agréable à regarder. »

J'entends du bruit dans la cuisine. Je jette un coup d'œil pardessus mon épaule, craignant que Griet n'apparaisse soudain à la porte.

Le docteur, qui a aussi entendu le bruit, retourne dans le hall d'entrée. Après m'avoir rappelé les soins à prodiguer à Brigitta, il finit par s'en aller. Je referme la porte et je me retourne vers Griet, qui vient juste d'arriver.

« J'ai tout trouvé ! Il y avait beaucoup de marchandises, mais j'ai réussi à rapporter presque tout moi-même. Seuls quelques vivres arriveront plus tard. C'était le docteur ?

– Oui. »

Je ferme la porte de l'atelier.

« Madame n'a rien de grave, elle est simplement fatiguée.

– Ce n'est pas étonnant, elle passe toutes ses journées enfermée dans cette pièce. Je suis allée chercher la potion chez l'apothicaire. Madame doit-elle en prendre ?

– Je la lui donnerai moi-même. Va donc ranger ce que tu as acheté. »

Je la regarde s'avancer dans le couloir et disparaître dans la cuisine. Sans attendre, je pénètre dans l'atelier et échange les deux tableaux. Ma toile sous le bras, je monte les escaliers quatre à quatre et la cache dans le tiroir de mon lit-clos. Une fois revenue au rez-de-chaussée, j'inspire profondément. Demain, très tôt, j'irai acheter une toile neuve.

Le lendemain la fièvre a disparu, mais Brigitta se sent encore faible et fatiguée.

« Restez donc au lit, madame. Dois-je vous apporter de la lecture ? *Le Journal de bord de Bontekoe*, peut-être ? Vous m'avez dit la dernière fois que vous n'aviez jamais pris la peine de le lire.

– À vrai dire, je préférerais peindre.

– Cela ne me semble pas raisonnable, madame. Le docteur m'a demandé de veiller à ce que vous vous reposiez. Si votre fièvre n'est pas revenue cet après-midi, nous pourrions marcher un peu dans le jardin. Il fait un temps magnifique. »

À mon grand étonnement, Brigitta se montre coopérante.

« Tu as peut-être raison, va donc me chercher ce carnet de voyage. »

Je prends le livre dans la bibliothèque et le lui donne. Si Brigitta avait préféré dormir, je serais vite allée chercher la nouvelle toile et un morceau de lapis-lazuli.

« Griet, je vais faire un tour au marché. Nous n'avons plus de sirop de sucre pour confire la volaille.

– Si, il nous en reste une cruche à la cave.

– Il n'est plus bon, il a une odeur bizarre. Je vais en racheter par sécurité. »

J'enfile mon châle.

« Voulez-vous que j'y aille ?

– Non, merci. Je m'en charge. »

Sans rien ajouter, je presse le pas vers la portée d'entrée. La voix de Brigitta me coupe dans mon élan.

« J'aimerais aller me promener un peu. Allons donc faire un tour jusqu'aux travaux d'extension de la ville, Catrijn. Si les affaires continuent de bien marcher, Adriaen aimerait y acheter une maison. Les jardins des nouvelles habitations sont bien plus grands qu'ici. »

Je me retourne.

« Il vous faudrait marcher beaucoup, madame. Je ne suis pas sûre que votre état le permette.

– Un petit tour me fera le plus grand bien ! Tu étais sur le point de sortir ?

– Oui, madame, nous n'avons plus de sirop de sucre.

– Eh bien, nous le prendrons en passant. Griet, pousse-toi, laisse-moi passer. Et ne mouille pas le sol de cette façon, tu vas finir par me faire glisser ! »

Brigitta s'avance dans le hall en prenant appui sur les murs. Elle attrape son manteau.

« Je me sens déjà beaucoup mieux qu'hier. Demain je me remets au travail. »

Quand nous rentrons à la maison en milieu d'après-midi, il ne reste plus trace de l'énergie débordante de Madame. Je l'aide à se mettre au lit et referme doucement la porte derrière moi.

« Ne fais pas de bruit, dis-je à Griet, qui pénètre à grand fracas dans la cuisine avec deux seaux au bout des bras. Je ne veux pas que Madame se réveille, je vais vite aller chercher ce sirop de sucre.

– Vous ne deviez pas le prendre en passant ?

– Madame a eu un coup de fatigue au retour et nous sommes revenues par le chemin le plus court. Je ne serai pas longue. »

Sans attendre sa réaction, je quitte la maison. Habituellement, quand je vais acheter des vivres, je prends mon temps, car je n'ai pas si souvent l'occasion de sortir. Mais cette fois, je file au pas de course.

Il n'y a heureusement pas grand monde chez l'apothicaire. J'ai pris quelques pièces de monnaie dans ma bourse, avec lesquelles j'achète le lapis-lazuli. Cette pierre est littéralement hors de prix, mais je n'ai pas le choix. Je me rends ensuite chez l'encadreur et lui indique une toile au format exactement identique à celle que j'ai utilisée. Munie de la pierre et de la toile, je reprends la route du Keizersgracht.

À la maison, je rentre par l'entrée de service, me faufile dans l'atelier et place la toile contre la cloison. Je pose le morceau de lapis-lazuli sur la table de travail. Je reviendrai le broyer plus tard. De retour dans le hall, je tombe nez à nez avec Brigitta.

« Madame ! dis-je, frappée d'effroi. Vous êtes déjà levée ?

– J'avais soif. Pourquoi n'as-tu pas réagi quand j'ai sonné ? me demande-t-elle, irritée.

– Je ne vous ai pas entendue, madame. J'étais à la cave. »

Brigitta m'examine d'un air inquisiteur.

« Alors, que faisais-tu dans mon atelier ? »

Je fouille mon esprit en quête d'une excuse.

« J'y déposais un morceau de lapis-lazuli, madame. Je viens d'en acheter.

– Et pourquoi donc ?

– J'ai renversé le bol de couleur, madame. J'en ai racheté un morceau avec mon argent.

– Ah bon ? Mais il a dû te coûter une fortune !

– Hélas oui, madame. Mais ce n'est rien, j'aurais dû faire plus attention.

– Que cela te serve de leçon ! Arrange-toi pour me piler rapidement la couleur. Je vais me coucher, mais dès demain, je me remets au travail.

– Je m'en occupe tout de suite, madame. Allez tranquillement vous reposer, je vous apporte quelque chose à boire. »

Le heurtoir s'abat sur la portée d'entrée, je me retourne.

« C'est probablement Adriaen, présume Brigitta. Il devait rentrer aujourd'hui ou demain. »

Sur le perron, ce n'est pas Adriaen, mais le Docteur Geelvinck. Brigitta s'avance vers lui.

« Quel plaisir de vous voir, docteur. Je vais déjà beaucoup mieux et ma fièvre est tombée depuis un moment.

– Et vos vertiges ?

– Ils ont disparu, eux aussi. Je suis juste un peu fatiguée. Je me ménage encore aujourd'hui, mais dès demain, je recommence à peindre. »

Geelvinck jette un œil vers l'atelier, dont la porte est close.

« J'ai eu l'occasion de voir le tableau sur lequel vous travaillez en ce moment. Vous avez beaucoup de talent, madame. »

Une lueur de joie illumine le regard de Brigitta.

« Vous avez vu mon vase ? Il vous a plu ?

– Beaucoup. Vous arrive-t-il de vendre vos œuvres, madame ?

– Oui, bien entendu, quand on s'y intéresse. Je peux difficilement conserver tous mes tableaux, j'en peins énormément. »

Postée derrière Brigitta, je toussote pour attirer son attention.

« Madame souhaite-t-elle que je nettoie à l'étage ou bien…

– Pas maintenant, Catrijn, tu vois bien que je suis occupée ! »

Agacée, Brigitta se retourne vers le médecin. Le Docteur Geelvinck lui adresse une petite révérence.

« Dans ce cas, je pense que vous avez devant vous un acheteur, madame. Il me plairait d'acquérir ce tableau quand il sera terminé. »

Son regard revient sur la porte de l'atelier et, l'espace d'un instant, je crains qu'il ne demande à y entrer.

« J'aimerais tout de même savoir ce qu'il reste à faire, madame.

– Je suis à toi dans un instant ! Docteur, si vous voulez bien m'excuser… »

Après quelques échanges de politesses, Brigitta raccompagne Geelvinck à la porte. Une fois le médecin parti, Brigitta se retourne vers moi. Son regard est lumineux.

« Tu as entendu ? Il a adoré mon tableau !

– J'ai entendu, madame.

– J'ai toujours su que le Docteur Geelvinck avait du goût ! Il a le coup d'œil. Et c'est un homme aisé qui ne soigne que les notables de la ville. S'il achète mon tableau, d'autres suivront peut-être. Je pourrais même commencer à peindre sur commande !

– Ce serait fantastique, madame.

– Je ne te le fais pas dire! Tu as déjà pilé le lapis-lazuli? J'aimerais m'y remettre tout de suite, je me sens suffisamment bien.

– Madame est sûre que…

– Va donc piler cette pierre, Catrijn. Je n'ai aucune envie de perdre mon temps dans mon lit. Dépêche-toi!»

J'ai le repas du soir à préparer, mais il me paraît inutile de le lui dire. Je pousse la porte de l'atelier et regarde le tableau sur le chevalet. En fin de compte, il n'est peut-être pas si mauvais. Mais qu'est-ce qui a bien pu me passer par la tête? Quand on apprendra la vérité, je serai à coup sûr renvoyée sur-le-champ!

L'esprit tourmenté, je prends le pilon et me mets au travail.

11

Mattias revient d'Anvers quelques jours plus tard. J'entends le son de sa voix alors que je viens de poser dans l'armoire une pile de linge soigneusement repassé. Un frisson me parcourt. J'aurais aimé me précipiter dans le hall, mais je reste figée sur place et les écoute se saluer, Brigitta et lui. Après avoir rangé les autres piles de vêtements, je retourne dans la cuisine. Je jette un œil furtif dans le hall en passant, juste à temps pour voir Mattias serrer sa belle-sœur contre lui.

Tous deux disparaissent dans le salon, puis vont marcher dans le jardin, bras dessus, bras dessous, tête l'une contre l'autre. Je peine à me concentrer sur mon travail et je ne peux m'empêcher de les observer subrepticement par la fenêtre.

« Monsieur Mattias est revenu ! »

Griet fait irruption dans la pièce, l'euphorie se lit sur son visage.

« Je sais, il se promène dans le jardin avec Madame. »

Je m'efforce de quitter Mattias des yeux et prends un morceau de fromage sur l'étagère.

« Monsieur Mattias doit avoir faim. Apporte-leur un peu de pain et un pichet de vin rouge. Ils vont visiblement rester à l'extérieur. »

Je regarde dehors : Mattias et Brigitta s'installent au soleil sur un banc. Brigitta agite un objet et rit de bon cœur. Assise là, elle semble si jeune et si heureuse.

« C'est vraiment à moi d'y aller ? Je suis mal arrangée, j'ai les cheveux en pagaille et je suis rouge comme une pivoine ! Je ne tiens pas trop à ce que Monsieur me voie comme ça… » supplie Griet d'un ton affolé.

« Inutile de te faire du mauvais sang, il ne fait pas attention à toi. »

Ce n'est qu'en voyant sa mine déconfite que je prends conscience de la portée de mes paroles, mais Griet est déjà partie avec le pain et le fromage. Elle enfouit trois mèches de cheveux sous sa coiffe et fait une petite révérence avant de poser l'assiette sur l'accoudoir. Mattias tourne la tête, lui sourit et échange quelques mots avec elle.

La façon dont il traite une simple servante en dit long sur l'homme qu'il est. D'un autre côté, cette attitude peut aussi créer des malentendus et tromper Griet sur ses intentions. Il me faut un moment pour prendre conscience que ce raisonnement vaut tout aussi bien pour moi.

Je ne m'attends pas à le voir surgir dans la cuisine un instant plus tard. Brigitta peint dans son atelier, Griet époussette les meubles et je viens de suspendre une marmite de panais au-dessus du feu.

« Bonjour, Catrijn. »

Je me redresse et m'essuie les mains sur mon tablier. Il se tient devant moi, grand, beau, plein d'assurance.

« Tu es occupée ?

– Comme toujours.

– Tu trouveras bien quelques minutes à m'accorder. Je t'ai rapporté quelque chose. »

Mattias me tend un petit sac. Même si je me suis promis de garder mes distances, je m'avance vers lui et accepte son cadeau.

« Quand je l'ai vu à Anvers, je me suis dit qu'il avait été fait pour toi. »

Prudemment, je sors du sac un objet de forme allongée.

« C'est un éventail italien. »

Mattias me le prend des mains et l'ouvre devant moi : un morceau de toile très joliment décoré se plie et se déplie.

« En Italie, les dames de haut rang s'en servent pour se donner un peu de fraîcheur, la chaleur est accablante là-bas en été.

– Je ne suis pas une dame de haut rang.

– Mais un peu de fraîcheur te ferait du bien. Essaie-le donc. »

J'agite un peu l'éventail, sans quitter Mattias des yeux.

« Il est magnifique. Merci d'avoir pensé à moi, c'est très gentil. »

Il m'attire alors vers lui et m'embrasse tendrement sur les lèvres.

« Tu m'as manqué, Catrijn. »

Ses yeux sont à quelques centimètres des miens. Je m'apprête à dire quelque chose, mais il m'embrasse encore, plus longuement cette fois. Il ne relâche son étreinte que lorsqu'il entend des bruits de pas dans le couloir.

« Cache l'éventail, Brigitta ne doit pas voir qu'il est plus beau que le sien ! »

Il me fait un clin d'œil et sort de la pièce.

Je reste un moment sans bouger, écoutant les battements de mon cœur dans ma poitrine et tenant fermement l'éventail contre moi. Je le laisse ensuite glisser dans la poche de mon tablier avant de me remettre au travail.

Adriaen rentre de voyage le lendemain, la maison retrouve son animation, les voix qui s'entremêlent, le bruit des talons et les portes qui claquent. Il est presque impossible de me retrouver seule à seul avec Mattias, et ce n'est pas plus mal. L'attention qu'il me porte me gêne. Comment le prendre au sérieux ? J'ai entendu tant de fois parler de servantes qui ont succombé aux charmes du maître. Ces histoires se sont rarement bien terminées, même si toute règle a ses exceptions. Brigitta m'a raconté que Rembrandt van Rijn avait entamé une relation avec sa servante à la mort de sa femme Saskia. Une certaine Geertje Dircx. Le maître et sa servante vivent apparemment leur amour au grand jour. Je ne connais pas beaucoup d'histoires de ce genre, mais celle-là me donne de l'espoir.

Brigitta a fini son tableau. D'ordinaire si critique sur son travail, elle déborde à présent d'enthousiasme. Prenant son mari par la main, elle l'emmène béatement dans son atelier en lui racontant à quel point le Docteur Geelvinck a aimé son œuvre.

Alors que je traverse le hall d'entrée, je les vois debout devant la toile. J'hésite un instant entre passer mon chemin et prêter l'oreille. Je choisis finalement la seconde option.

« C'est… autre chose, commente Adriaen avec embarras.

– Oui, c'est justement l'idée ! Une artiste doit pouvoir sortir des sentiers battus. Alors, tu aimes ? » Brigitta scrute la réaction de son mari.

Mon cœur se serre.

Adriaen caresse sa barbichette. Il fait un pas en arrière et réexamine le tableau.

« Tu n'aimes pas ! intervient Brigitta, apparemment bouleversée. Je le vois dans tes yeux !

– Ma chérie, mon avis n'a pas beaucoup d'importance. Je ne connais rien à l'art. Le Docteur Geelvinck, lui, est un vrai amateur. Si ton tableau lui plaît, il est forcément bon.

– Mais je veux que tu l'aimes aussi ! Cela compte beaucoup pour moi. Est-ce que tu comprends ? explique-t-elle, la voix tremblante.

– Je comprends, bien sûr. Ton tableau est magnifique. Il m'a fallu un moment pour m'y habituer, je m'attendais à une nature morte aux fleurs. Mais tu as raison, il faut savoir sortir des sentiers battus. Tu as très bien fait d'essayer autre chose.

– Vraiment ? Alors tu aimes ?

– Tu as beaucoup de talent, ma chérie. »

Adriaen embrasse sa femme et jette encore un regard à la toile.

« Et Nicolaes, qu'en a-t-il pensé ?

– Il ne l'a pas encore vu. J'ai dû annuler ma leçon quand j'étais malade. Mais quelle importance ? Il n'est pas la seule référence de la ville.

– Il serait quand même intéressant d'avoir son avis. Quand comptais-tu le lui montrer ?

– Pourquoi, tu crois qu'il ne va pas aimer ? Je ne suis pas sûre de bien comprendre ? »

La voix de Brigitta monte dans les aigus.

Pendant qu'Adriaen s'efforce de l'apaiser, j'enfile mon manteau, descends les escaliers à la hâte et quitte la maison par la cave.

Une brise vigoureuse souffle sur le Keizersgracht en cette journée ensoleillée. Quelques bandes de nuages blanchissent le ciel, le vent ride l'eau du canal et, au loin, les ailes des moulins tournent à plein régime sur les remparts de la ville. L'air me vivifie, mais n'emporte pas mes tourments.

Que faire ? Avouer au docteur que le tableau qu'il a vu n'est pas de Brigitta ? Impossible. Autant démissionner sur-le-champ.

Broyant du noir, je tourne à droite dans le Brouwersgracht, traverse le Singel et arrive sur le port. Le vent est encore plus fort ici, les odeurs de poisson, de goudron et de sel me parviennent en rafales. Je respire profondément et m'approche de l'eau, aussi près que je l'ose. L'IJ s'étire devant moi, houleuse et grise, parsemée de navires. Mon arrivée ici sur un coche d'eau, en quête d'une autre vie, me semble si loin. Je suis submergée par une vague de nostalgie. Ma mère saurait me conseiller. Dans ma tête, j'entends sa voix me murmurer son avis : « Avoue ce que tu as fait, Catrijn, tu n'as pas le choix. »

Dans un soupir, je m'avance vers l'un des étals à poissons au pied de la Tour aux harengs. Il y a foule, je dois attendre mon tour, mais le monde ne me dérange pas, je n'ai pas envie de rentrer trop vite à la maison.

Après une longue attente, je dépose un paquet de harengs frais dans mon panier. Sur le chemin du retour, tandis que je parcours le quai, une silhouette se détache de la façade d'une taverne. Un homme se met à marcher à mes côtés. Sans le regarder, je presse le pas. Il me saisit alors brutalement le bras. Je tourne la tête, affolée.

« Alors, Catrijn, on ne me reconnaît plus ? »

12

J'ai en effet du mal à le reconnaître sans son sarrau. Puis je me rends compte qu'il s'agit de mon ancien valet de ferme.

« Jacob ! Que fais-tu ici ? » L'inquiétude s'empare de moi. « Ma famille ? Il leur est arrivé malheur ?

– Tu crois vraiment que j'aurais fait tout ce chemin jusqu'à Amsterdam pour te parler de ta famille ? dit-il en relevant le sourcil.

– J'en serais étonnée, en effet. Que fais-tu ici ? »

Quelque chose me dit que notre rencontre n'est pas le fruit du hasard. Jacob s'est volontairement avancé vers moi, comme s'il m'attendait.

« Je dois te parler. »

Il glisse les mains dans ses poches et me regarde.

Je suis prise d'une nouvelle angoisse. Je lis sur son visage que Jacob n'est pas simplement venu faire un brin de causette, et j'ai un mauvais pressentiment sur les raisons de sa présence.

« Tu ne peux pas m'accompagner jusqu'à la maison où je travaille.

– Ce n'est pas nécessaire. Nous pouvons très bien discuter à l'intérieur de la taverne. »

Il m'indique le bâtiment contre le mur duquel il était appuyé, quelques instants plus tôt. Je hoche la tête avec résignation.

Nous entrons dans l'établissement et nous attablons dans un coin de la pièce.

Je décide de prendre l'initiative avant qu'il n'en vienne au fait.

« Comment vont mes parents et mon frère ?

– Bien.

– C'est donc tout ce que tu as à me dire ?

– Que dire d'autre ? Ils vont bien. La routine. »

Il fait signe à l'aubergiste et lui montre deux chopes de bière vides laissées sur une table. L'homme hoche la tête. Quelques instants plus tard, il se présente devant nous avec deux chopes pleines. Après une longue gorgée, Jacob finit par dire :

« J'aurais préféré que tu me demandes comment je vais, moi.

– C'était ma question suivante. »

Ses yeux se plissent.

« Parce que ça t'intéresse ?

– Bien sûr que oui. Que se passe-t-il, Jacob ? Arrête de tourner autour du pot.

– En fait, il se trouve que… » Il pèse minutieusement ses mots.

« … les choses ne vont pas très bien pour moi en ce moment. Je croule sous les dettes et je n'ai pas de travail pour les rembourser.

– Ce n'est sûrement pas facile pour toi.

– Je ne te le fais pas dire. C'est fou quand même, comme la vie peut changer du jour au lendemain. Les choses suivent leur cours, puis soudain tu dois quitter ton village. Mais tu connais cela, j'imagine ?

– Tu as quitté De Rijp ?

– Je n'ai pas eu le choix. J'ai tenté ma chance dans d'autres villages, mais personne ne cherchait de valet de ferme, je suis donc venu à Amsterdam.

– Et ? Il y a du travail pour toi ici ?

– Peut-être. Mais j'aimerais autant m'installer à mon compte. »

La façon dont il prononce ces mots tout en me regardant par-dessus le bord de sa chope de bière ne m'inspire rien qui vaille.

« Bonne idée, dis-je finalement.

– N'est-ce pas ? Je suis aussi de cet avis. Mais le souci, c'est que je n'ai pas d'argent pour me lancer. »

Je le regarde en silence.

« C'est un souci, oui.

– Oui et non. Nous savons tous les deux pourquoi j'ai perdu mon travail. Tu es partie les poches pleines et je suis resté en plan.

– Je pensais que tu allais te débrouiller. »

Il se met à rire. Un rire amer, désagréable.

« Il ne faut jamais penser pour les autres, Catrijn. Se dire que les choses s'arrangeront d'elles-mêmes, c'est jouer avec le feu. »

Comme pour essayer de noyer mon angoisse, j'avale une gorgée de bière.

« Tu te croyais seule, n'est-ce pas ? » Jacob se penche vers moi. Sa voix reste douce, mais son regard se durcit.

« Tu aurais dû regarder autour de toi, veiller à ce que personne ne t'observe depuis la porte ou la fenêtre. J'ai vu ce que tu as fait, Catrijn. »

Seuls les battements de mon cœur dans ma poitrine troublent le silence qui s'abat sur la table. Les voix des autres clients s'estompent en un murmure sourd. L'absence de bruit est telle que je peux entendre la respiration de Jacob, qui n'est qu'à quelques centimètres de moi. Les bras croisés sur la table, il se penche encore plus en avant et j'ai un mouvement de recul. À aucun moment ses yeux ne quittent les miens et je me rends compte qu'il scrute ma réaction, que mes premiers mots seront d'une importance capitale.

« De quoi tu parles ? Je croyais que tu avais quelque chose à me dire. Si tu es venu jouer aux devinettes, je préfère partir, j'ai encore beaucoup à faire. »

Je repose ma chope sur la table un peu trop violemment, la mousse gicle par-dessus le bord.

Il rit de nouveau.

« N'aie pas peur, je ne compte pas te dénoncer. Nous allons nous en sortir, tous les deux.

– Jacob, pour la dernière fois, de quoi parles-tu ?

– Tu as fait vite. »

Il se rassied dans le fond de sa chaise et regarde dans le vide, comme s'il revivait la scène.

« Je me suis demandé pourquoi il ne se débattait pas. Il en était probablement incapable, vu son état. Il a bougé un peu, les bras, les jambes, et aussi la tête, mais tu as eu vite fait d'y mettre un terme. »

Pétrifiée, je regarde ce visage qui me fait face, cette bouche dont les mots réduisent mon avenir en miettes.

« J'ignore ce que tu crois avoir vu, mais mon mari était mort quand je l'ai retrouvé dans son lit. J'étais affolée, je l'ai secoué dans l'espoir qu'il se réveille !

– Avec un oreiller dans les mains ? Non, Catrijn, tu mens. Mais je ne t'en veux pas. Govert était un salaud. Du moins avec les femmes. Je n'ai jamais eu de problèmes avec lui, il ne m'a jamais frappé. Je comprends ton geste et je suis prêt à tenir ma langue. Mais d'un autre côté, cette histoire m'a coûté mon travail et je suis le seul à en avoir payé les pots cassés. Tu ne crois pas ?

– Qu'est-ce que tu veux ?

– Cinquante florins.

– Mais c'est la moitié de ce que je possède !

– Je sais. C'est ce qu'il me faut pour prendre un nouveau départ. Estime-toi heureuse, j'aurais pu te demander la totalité, mais je ne suis pas ce genre d'homme. Après tout, cinquante florins, ce n'est pas cher payé. Ton argent ne te servira pas à grand-chose, quand tu te balanceras au bout d'une corde ! »

Nos regards se croisent, ses yeux sont provocateurs, les miens froids. Du moins c'est l'impression que j'essaie de donner. Mais Jacob y voit peut-être la peur que j'essaie de dissimuler.

« Tu te trompes, Jacob ! J'ai secoué Govert pour qu'il se réveille, rien de plus. Mais d'un autre côté, je ne veux pas que tu ailles raconter n'importe quoi au village. Je peux te donner vingt florins.

– Cinquante. Je sais ce que j'ai vu, et tu le sais aussi. Je ne le demande pas de gaieté de cœur, mais je dois penser à mon avenir. Tu n'as probablement pas eu le choix quand tu as fait ce que tu as fait ; c'est pareil pour moi en ce moment. »

Les yeux fermés, je fais mine de réfléchir au marché qu'il me propose, même si je sais bien que je n'ai pas d'autre issue.

« Donc je te donne cinquante florins et tu me laisses en paix ?

– Je te le promets.

– Et tu ne reviendras pas me faire chanter ?

– Non, cette somme me suffira. Je sais que tu me vois comme un escroc, mais je ne suis pas comme ça. Je te rends service, d'une certaine façon.

– C'est trop aimable à toi ! »

Il me répond par un rictus.

« Content que tu le prennes aussi bien. Nous n'avons plus qu'à marcher ensemble jusqu'à la maison où tu travailles, tu me donnes l'argent et je disparais. »

J'ai beau retourner le problème dans tous les sens, je dois me rendre à l'évidence.

« Alors allons-y », dis-je finalement.

13

Le trajet jusqu'au Keizersgracht me semble deux fois plus long que d'habitude. À chaque pas, je sens la présence de Jacob, mon cerveau ne cesse de chercher une échappatoire. Alors que le partage de la moitié de mon capital se rapproche, Jacob m'entretient gaiement des dernières nouvelles du village. Je n'y prête aucune attention. Quand nous arrivons devant la maison, je lui coupe la parole sans hésiter.

« Je vais chercher l'argent. Toi, tu restes ici. S'il y a quelqu'un quand je reviens, fais-toi passer pour un porteur. »

Sans attendre sa réponse, je tourne les talons et disparais à l'intérieur.

J'entends les voix de Mattias et de Brigitta à l'arrière de la maison. Je monte quatre à quatre dans ma chambre et, les mains tremblantes, je prends ma bourse dans le tiroir du lit-clos et en sors cinquante pièces. Cinquante florins ! J'ai envie de pleurer. Mais au bout du compte, je m'en tire bien. Jacob aurait pu exiger la totalité.

Les pièces fourrées dans un chiffon dont j'ai noué les coins, je ressors de la maison. Jacob observe les barges le long du canal. Il se retourne à mon arrivée, comme s'il avait senti ma présence.

« Tu as l'argent ? »

Je lui tends la petite poche de monnaie. Il dénoue le chiffon et vérifie son contenu.

« Très bien, je m'en vais.

– Je ne veux plus jamais te revoir.

– Tu peux compter là-dessus. Au revoir, Catrijn, et bonne chance. »

Il me donne une petite tape sur la coiffe et s'éloigne en sifflotant.

Je le suis des yeux. L'avidité avec laquelle il a regardé les pièces ne me plaît pas. Jacob a toujours eu un problème avec l'argent. Toute sa vie, il a dilapidé son salaire sans discernement et n'a jamais mis un sou de côté. Il trouvait cette précaution inutile. Il reviendra tôt ou tard pour m'en demander plus.

Ces dernières semaines, je me suis souvent demandé si je prendrais la même décision aujourd'hui qu'au moment où je me suis retrouvée à califourchon sur Govert, un oreiller dans les mains, les lèvres tuméfiées et le corps couvert de bleus. La vérité, c'est que je n'en sais rien. Il arrive que le désespoir nous submerge, nous prive de notre bon sens et nous empêche d'entrevoir les conséquences de nos actes. La vie que j'aurais eue si je m'étais ravisée ne me tente pas, mais elle aurait au moins eu le mérite d'exister. Je suis peut-être débarrassée des coups de pied et de poing, mais l'angoisse intérieure qui les a remplacés aujourd'hui, le spectre de la potence, me donne à penser que j'ai perdu au change. Quand j'étais convaincue que personne ne savait, je voyais les choses autrement. Mais tout a changé désormais.

Je ne peux espérer que Jacob garde le secret, je dois donc partir. Dieu n'a pas détourné le regard quand j'ai suivi mes bas instincts ce jour-là, Il m'envoie à présent son châtiment.

Je donne ma démission dans l'après-midi. Quand Adriaen revient d'une assemblée de la Compagnie, je demande immédiatement à lui parler. Il opine, m'invite à le suivre dans son bureau et ferme la porte derrière nous.

« Assieds-toi », dit-il en m'indiquant une chaise. Il s'installe en face de moi.

« Je t'écoute, Catrijn. J'espère en tout cas que ton travail chez nous te plaît, car je suis personnellement très content de toi. »

Je me redresse sur ma chaise.

« Je vous remercie, monsieur. J'aime en effet mon travail, et j'aimerais beaucoup rester avec vous, mais je dois hélas vous quitter.

– Nous quitter ? Mais pourquoi ?

– Il s'est passé quelque chose, monsieur.

– Et c'est si grave que tu es obligée de démissionner ? »

Les sourcils froncés, il m'examine du regard.

« Ton départ a-t-il un lien avec mon frère ?

– Avec Monsieur Mattias ? Non, pas du tout.

– Oh, très bien. Je craignais que… » Il ponctue sa phrase d'un geste de la main.

« Peu importe. Raconte-moi donc ce qu'il s'est passé, je pourrai peut-être t'aider. »

Je lui dois de toute évidence une explication. Il me faut trouver une raison qui pourra le convaincre du bien-fondé de ma décision. Je prends une grande inspiration et lui explique l'histoire du tableau. Que c'est moi qui l'ai peint dans l'atelier de Brigitta, que j'ai utilisé son matériel, que j'ai ensuite tout remis en place. Et surtout que je me trouve dans une situation insoluble depuis que le Docteur Geelvinck veut acheter ma toile.

Adriaen m'écoute, il semble abasourdi.

« Je n'aurais jamais cru cela de toi, Catrijn. Il arrive que des gens de maison mettent les vêtements de leurs maîtres, leurs bijoux, ou qu'ils se couchent dans leur lit, des actes que je condamne avec force. Mais je n'aurais jamais imaginé que tu prennes la liberté d'aller peindre dans l'atelier de ma femme alors qu'elle était souffrante.

– Je regrette sincèrement, monsieur. J'aurais dû acheter mon propre matériel et peindre dans la cuisine. Mais cela m'aurait obligée à utiliser la table où nous préparons les repas, et la peinture contient des substances toxiques, et donc…

– Attends un peu », m'interrompt Adriaen en levant la main. « Je désapprouve ce que tu as fait, mais ce n'est pas une raison suffisante pour nous quitter. D'autant que tu es venue faire ces aveux de ta propre initiative. Je vais donc trouver un autre acheteur pour le tableau de Brigitta et je dirai à Geelvinck que je l'ai vendu au plus offrant. Cesse de t'inquiéter pour cela.

– Mais il y a encore autre chose, monsieur. »

Ses yeux se plissent.

« Un homme du village me menace. Il a suivi ma trace et a surgi devant moi cet après-midi.

– Pour quelle raison ? »

Un silence envahit la pièce, je baisse les yeux.

« Je préfère ne pas en parler, monsieur.

– Est-ce un homme à qui tu aurais fait une promesse de mariage ou promis quoi que ce soit ? Il veut te ramener au village ? »

Je me contente d'acquiescer d'un signe de tête.

« Tu as donc fui ton village pour échapper à un mariage. Mais ne venais-tu pas de perdre ton époux ?

– C'est une histoire compliquée, monsieur. »

Adriaen pousse un profond soupir.

« Dans ce cas, inutile d'insister. Je suis triste de te voir partir, Catrijn. Brigitta aussi était très contente de toi et je suis bien placé pour savoir que gagner son estime n'est pas chose aisée. J'ai aussi cru comprendre que tu l'aidais à préparer la peinture. Elle t'a trouvée très adroite, je comprends désormais pourquoi. »

Il marque une pause, puis ajoute :

« Il me plairait de voir ce tableau que tu as peint.

– Il est dans le tiroir de mon lit, monsieur.

– Va donc le chercher. »

Je marque une hésitation.

« Je ne sais pas s'il est judicieux de traverser la maison avec ce tableau sous le bras, monsieur.

– Tu as raison, mieux vaut éviter. Allons le voir ensemble. »

Nous quittons le bureau et montons dans ma chambre. La fenêtre est trop petite pour éclairer suffisamment la pièce. Je prends le tableau dans le tiroir du lit et ressors de la chambre, tandis qu'Adriaen m'attend sur le palier. Sans rien ajouter, je lui présente la toile.

Adriaen étudie longuement mon vase à moitié achevé. J'attends sa réaction avec appréhension, craignant qu'il se mette en colère et qu'il me demande de sortir immédiatement sans mon dernier salaire. Au bout d'un long moment, il finit par dire :

« Où comptes-tu aller à présent ?

– Je l'ignore, monsieur. Pas dans mon village en tout cas.

– Tu vas quitter Amsterdam ?

– Je crois que c'est préférable, monsieur.

– Tu souhaites donc partir le plus loin possible ? »

Je hoche la tête.

« Te plairait-il d'aller à Delft ? »

Je le regarde, ahurie.

« Delft ?

– Est-ce assez loin pour toi ?

– Oui, je pense. Mais si cet homme vient vous demander où je suis ?

– Je lui répondrai que je n'en ai aucune idée. »

14

Mes nuits sont hantées par le même cauchemar depuis des semaines. Je me tiens au-dessus de Govert, un oreiller entre les mains. Il cuve sa cuite, la bouche grande ouverte, il empeste l'alcool. Je compte jusqu'à trois et je presse l'oreiller de toutes mes forces sur son visage. Il se réveille, bouge un peu, mais il est trop ivre pour comprendre ce qui lui arrive. Au moment où il en prend véritablement conscience, le manque d'oxygène lui a déjà enlevé toute capacité de résistance.

Je maintiens l'oreiller sur son visage jusqu'à ce que cesse tout mouvement et je ne relâche la pression que lorsque je suis sûre qu'il n'est plus en vie. Je retiens mon souffle, je pose les yeux sur lui et je me mets à hurler en croisant son regard vide et glacial.

Amsterdam me semblait déjà loin, mais je pars à présent encore plus au sud. Si quelqu'un m'avait annoncé cela il y a quatre mois, je ne l'aurais pas cru. À l'époque, ma vie était bien ordonnée, prévisible. Elle est aujourd'hui sens dessus dessous.

Adriaen m'explique que son frère Evert a besoin d'aide depuis qu'il est veuf et me propose de travailler pour lui.

« Penses-y », me suggère-t-il simplement.

Il vient me trouver un peu plus tard en ajoutant :

« Tu pourrais voyager avec Mattias, il a une cargaison à transporter au port de Delft. Tu pourrais partir la semaine prochaine. Si ce travail t'intéresse, évidemment. »

Je hoche d'abord la tête sans pouvoir dire un mot, avant d'articuler : « Oui, j'aimerais accepter ce poste. Merci, monsieur. »

La tête me tourne un peu, je vais dans la cuisine. Je m'affale sur une chaise, mon regard se perd dans le jardin. En d'autres circonstances, j'aurais été folle de joie de voyager avec Mattias. Mais j'ai l'esprit ailleurs. Tout ce qui m'importe à présent, c'est de partir d'ici le plus vite possible.

Une semaine plus tard, je n'éprouve pas de chagrin à quitter la maison, mon passage au Keizersgracht aura finalement été de courte durée. Le temps est calme et ensoleillé. Nous ne prenons pas le coche d'eau, qui ne transporte que les passagers, mais un navire rempli de marchandises à acheminer au port de Delft. Le bateau est équipé d'une cabine fermée où les passagers peuvent se mettre à l'aise. Nous ne sommes pas seuls, d'autres marchands naviguent avec nous. La majorité d'entre eux débarquent toutefois à Haarlem et la suite du trajet est beaucoup plus tranquille. Je ravaude un vêtement pour tuer le temps, tandis que Mattias passe une grande partie de la matinée à parler avec le batelier et veille sur la cargaison.

Le vent se lève et l'air se refroidit quand nous traversons le lac de Haarlem. Mattias vient me tenir compagnie.

« Il arrive que des marchandises disparaissent, dit-il. Parfois à cause d'une erreur de déchargement, mais il y a aussi des vols. Je préfère donc garder la cargaison à l'œil quand nous accostons.

– Mais comment feras-tu quand nous passerons la nuit à Leyde ?

– Quelqu'un surveillera le bateau pour moi. »

Je hoche la tête, un silence s'ensuit. J'ai souvent fantasmé sur la tournure que prendraient les moments passés seule avec Mattias. Mais maintenant que ce rêve est devenu réalité, je ne sais plus trop que dire. Mattias, lui, ne semble pas perdre contenance. Les deux marchands avec qui nous partageons le bateau sont sur le pont et Mattias met aussitôt les pieds dans le plat.

« Il va quand même falloir que tu m'expliques pourquoi tu as démissionné. Adriaen est resté très vague à ce sujet. Je croyais sincèrement que tu te plaisais chez nous. »

Son visage trahit sa déception, et je comprends d'emblée que je ne pourrai pas m'en sortir sans lui donner quelques explications. Heureusement, l'histoire de la peinture se révèle être une justification suffisante, je m'en tiens donc à cette partie. À mon plus grand étonnement, Mattias éclate de rire.

« Geelvinck voulait acheter ton tableau ? Tu as dû en avoir des sueurs froides !

– J'ai surtout été très ennuyée pour Brigitta.

– Pourquoi ? Ses toiles ne valent pas un clou ! Il est grand temps qu'elle se rende à l'évidence. Mon frère fait tout pour la protéger, il donne même de l'argent à l'occasion pour qu'on achète ses tableaux, mais je ne suis pas convaincu qu'il lui rende vraiment service… Elle est persuadée d'être une grande artiste.

– Je ne vois pas où est le mal. Elle y prend beaucoup de plaisir.

– Je suis d'accord, à condition de ne pas perdre contact avec la réalité. Brigitta vit dans un monde artificiel, qu'Adriaen entretient. Je lui ai déjà demandé d'arrêter, mais il a trop peur qu'elle ne retombe en dépression. Une fois, elle a même tenté de mettre fin à ses jours.

– Vraiment ? Mais c'est horrible ! Comment en est-elle arrivée là ?

– Elle trouvait sa vie inutile. Elle ne pouvait pas avoir d'enfants et ne savait pas comment occuper ses journées. Ce n'est qu'en découvrant la peinture qu'elle a repris goût à la vie. Très bonne chose évidemment, sauf que la peinture a pris le pas sur tout le reste, comme si plus rien d'autre n'existait autour elle. Je n'arrive pas à la comprendre. La vie offre tant de choses à faire et à découvrir !

– Surtout pour un homme.

– Pour les femmes aussi ! » Il tourne la tête vers moi.

« Tu n'es pas non plus du genre à baisser les bras à la moindre occasion. C'est d'ailleurs ce qui m'a plu chez toi. »

Un essaim de papillons fait irruption dans mon ventre. Je refoule instantanément cette émotion.

« Quand une femme décide de changer de vie, c'est généralement par nécessité, Mattias. Ce sont les hommes qui parcourent le monde en quête de découverte, des hommes comme toi. »

Il réfléchit quelques instants, puis approuve d'un signe de tête.

« Tu as raison. Mais peu d'hommes osent franchir le pas.

– Parce qu'ils doivent prendre soin de leur famille. Ou parce que satisfaire ces envies coûte de l'argent et que tout le monde n'en a pas les moyens.

– Je parle surtout des hommes de mon milieu social, qui peuvent se le permettre. Mes frères aimeraient voir l'Orient, mais le voyage en bateau leur fait peur. Ils n'osent pas abandonner leurs affaires, même quand elles sont entre les mains de leur famille. Vivre dans la peur, c'est vivre à moitié.

– Mais souvent, c'est aussi vivre plus longtemps ! Je n'ai pas non plus envie de passer une année de ma vie sur un bateau. J'ai entendu trop d'histoires de voyages qui ont mal tourné.

– Tu n'oserais pas ? Voilà qui m'étonne de toi, Catrijn ! »

Je le regarde en souriant.

« Tu ne me connais pas, Mattias.

– Nous allons y remédier ! Au fait, c'est ça, la fameuse peinture dont tu viens de me parler ? »

Mattias pointe le bout de sa chaussure vers la toile que j'ai enveloppée dans de vieux chiffons et posée contre la banquette.

« Oui, tu veux la voir ? »

Je saisis le tableau et retire mon emballage de fortune. Mattias saisit la toile et la regarde, les yeux remplis d'admiration.

« Elle est magnifique. Je comprends à présent la réaction de Geelvinck.

– Tu aimes ? » Je sens mes joues rosir.

« Beaucoup. J'aimerais que tu la termines et que tu me la vendes.

– Dans ce cas, laisse-moi te l'offrir ! »

Nous nous regardons dans les yeux. Mattias se penche vers moi, ses lèvres rencontrent les miennes, son baiser est doux et tendre.

« Je suis contente que tu aies eu à transporter cette cargaison à Delft. »

Il sourit.

« Elle pouvait attendre une semaine, mais j'ai tout fait pour convaincre Adriaen qu'elle était urgente. Comment aurais-je pu te laisser partir seule ? »

Nous arrivons à Leyde en fin de journée. À quelques pas du quai, sur la Noordeinde, nous nous installons dans la magnifique auberge du Navire marchand, où Mattias a réservé une chambre pour nous deux. Je ne proteste pas. Quelque chose a changé entre nous, une chose que je ne peux expliquer, mais qui se manifeste dans chacun de nos mots et chacun de nos gestes. Un mélange de confiance et de désir, l'envie de saisir le bonheur à l'instant même où il se présente.

J'ignore si cet amour a une chance, si Mattias prend notre relation au sérieux. J'ai aussi conscience que je peux me retrouver enceinte à tout moment et qu'il pourra me laisser tomber. Je devrais garder mes distances, mais je ne le fais pas.

À peine entrés dans la chambre, nous commençons à nous déshabiller. Sans dire un mot, nous nous embrassons, nous nous effleurons, nous nous caressons. Nos vêtements glissent sur le sol, nous nous laissons tomber dans le lit-clos. Son corps nu recouvre le mien, nos bouches se confondent avec tant de fougue que nos dents se cognent, nos langues s'entremêlent. Il descend ensuite, sans rien omettre de mon corps, ma peau en devient incandescente, et je me sens submergée par une vague de plaisir telle qu'elle ne laisse plus la moindre place à la raison.

15

Je voudrais que le voyage de Leyde à Delft dure une éternité. J'ai le sentiment que tout est trop beau pour être vrai, que la réalité finira tôt ou tard par me rattraper. Mais avant que mes illusions ne s'envolent, je veux profiter de chaque instant et croire en mon bonheur. La douceur du printemps embellit le voyage. Entre Leyde et Delft, le paysage des polders nous offre une délicieuse succession de digues bordées de saules et de prés humides et verdoyants, parsemés çà et là de fermes et de moulins. Du pont du bateau, je regarde les nuages éclipser par intermittence la lumière du soleil sur le fond azur. Je sens le vent danser autour de moi, le poids du bras de Mattias sur mes épaules, et j'expire profondément.

« Où va donc ce soupir ? me demande-t-il en souriant.

– Nulle part, il reste ici, figé dans cet instant de bonheur. »

Mattias me serre contre lui.

« Mais il faut qu'on parle, dis-je.

– De ?

– De ce que nous allons faire. Tu vis à Amsterdam et je serai bientôt à Delft. Cela ne va pas être facile. »

Il regarde au loin, silencieux. Une vague inquiétude monte en moi.

« Que comptes-tu faire ? » dis-je prudemment.

Un long, trop long moment s'écoule avant sa réponse, qu'il semble formuler à contrecœur.

« Rien. Je ne fais pas de projets, je vis au jour le jour. »

Je le regarde sans réagir.

« D'accord, mais de temps en temps il faut quand même bien prendre des décisions.

– Vraiment ? Je préfère éviter et laisser ma vie suivre son cours. J'accueille les événements comme ils viennent. »

J'ai besoin de quelques secondes pour comprendre.

« C'est donc ainsi que tu comptes faire, pour nous deux ?

– Quelque chose te dérange ? Tu ne préfères pas laisser agir le destin ? »

Si je proteste, je risque de le faire fuir. Mais d'un autre côté, il finira peut-être quand même par partir, tôt ou tard…

« Catrijn ? »

J'esquisse un sourire rassurant.

« Je suis d'accord ! J'ai déjà été mariée une fois, ça me suffit. »

Le soulagement se lit sur son visage. Il m'embrasse avec ardeur.

« J'ai toujours su que nous étions coulés dans le même moule. Nous aimons tous deux l'aventure et le changement, les nouvelles expériences. »

Je ne réagis pas. J'ai toujours préféré une vie bien réglée, sans surprise, mais je suis aussi amoureuse de lui. Si c'est ce qu'il souhaite, je suis prête à le suivre.

Nous arrivons à Delft par le Vliet. Le soleil commence à décliner, les arbres et les moulins étirent leur ombre sur les eaux du canal. Mattias doit poursuivre sa route jusqu'au port, nous convenons qu'il viendra me retrouver le lendemain.

« Quand tu arriveras en ville, il sera trop tard pour te présenter chez mon frère. Et tu dois être fatiguée. Va donc à l'auberge Mechelen, sur la place du marché, ils me connaissent. Demande Johannes ou Digna et remets-leur cette lettre. J'y ai écrit que je prends en charge ton hébergement.

– Merci. Mais quand viendras-tu ?

– Demain, à la fin du jour, quand mes affaires seront réglées. Arriveras-tu à tenir le coup sans moi si longtemps ? » Il me donne une petite tape sur le nez.

« Et comment ! Je me suis bien débrouillée sans toi toute ma vie jusqu'à aujourd'hui ! »

Même si ce n'est que pour une nuit et un jour, j'ai du mal à supporter l'idée de le voir partir. Après une longue étreinte et un baiser encore plus long, je débarque sur le quai de la Noordeinde. Mon sac aux pieds, je fais un signe à Mattias alors que le navire marchand reprend son cours sur le Vliet. Quand ensuite il disparaît de mon champ de vision, un sentiment de solitude m'envahit. J'ai fait la brave en affirmant à Mattias que je m'en sortirais parfaitement sans lui, et je suis sûre que tout ira bien, mais je me sens seule en son absence.

J'inspire profondément, ramasse mon sac et demande à un passant comment me rendre sur la place du marché.

« À pied, pardi ! » me répond l'homme en ricanant. Il retrouve ensuite son sérieux :

« Tout droit sur l'Oude Delft, puis à gauche par la Nieuwstraat. La place est juste à côté. »

Je le remercie et me mets en route. La journée de travail est terminée, il y a foule dans les rues. Les servantes et les ouvriers rentrent chez eux, les paysans quittent la ville avant la fermeture des portes et les marchands rabattent les étals où ils ont exposé leurs marchandises. Delft n'est pas beaucoup plus grand qu'Alkmaar et l'atmosphère qui y règne présente aussi bien des similitudes, avec tous ces canaux et ces pignons à redans. J'ai un peu l'impression de rentrer chez moi.

La plupart des rues sont déjà plongées dans l'ombre, seule une partie des maisons de la place du marché baigne encore paisiblement dans la lumière du soleil.

Mes yeux glissent sur les façades et s'arrêtent sur une bâtisse à côté de l'église. L'enseigne suspendue au-dessus de la porte montre un tonneau de bière et un lit. Sûre de moi, je pose néanmoins la question à une marchande de brosses ambulante, qui me confirme qu'il s'agit bien de l'auberge Mechelen.

À l'intérieur il y a du monde, toutes les tables sont prises. Un jeune homme se tient derrière le comptoir, je vais à sa rencontre.

« Bonjour, je cherche Johannes. »

– Vous l'avez trouvé, madame. »

L'homme me regarde, attendant la suite.

« Je m'appelle Catrijn Barentsdochter. Mattias van Nulandt m'a recommandé votre auberge. » Je lui présente la lettre.

Johannes lit le pli que je lui remets et relève la tête en souriant.

« Les amis de la famille Van Nulandt sont nos amis ! Bienvenue, Catrijn. Tu as fait un long voyage, tu dois être fatiguée et affamée ! »

Il se tourne vers une femme aux cheveux foncés qui s'avance vers nous avec curiosité.

« Je te présente Catrijn, une amie de Mattias van Nulandt. Catrijn, voici ma mère, Digna. Nous reste-t-il de quoi lui préparer un bon repas, maman ?

– Bien entendu ! » Digna m'adresse un signe de tête bienveillant.

« Il faudra juste que tu partages ta table avec d'autres clients. » Elle ajoute :

« Johannes, essaie donc de lui trouver une place. »

Son fils me conduit à une longue table, où sont déjà installées quelques personnes. Je remarque que la clientèle, faite d'hommes et de femmes, est plutôt aisée. L'auberge elle-même est relativement chic ; un carrelage à petits motifs verts recouvre le sol en lieu et place des habituelles planches en bois et du sable destiné à absorber les liquides renversés. Spacieuse et allongée, la pièce principale compte plusieurs foyers. Des tableaux représentant des scènes d'auberge garnissent les murs. À l'évidence, les nuitées ne doivent pas être bon marché. Dans mes habits rudimentaires et froissés, je ne me sens pas à ma place. Je reste assise en silence en bout de table sans chercher à faire connaissance avec les autres convives.

Le repas – haricots blancs au sirop de prunes – est une pure merveille. J'avale la dernière gorgée de ma chope de bière quand une vague de fatigue s'abat brusquement sur moi. Une servante me conduit dans ma chambre – que je n'ai pas à partager – et je m'endors à l'instant même où je m'allonge dans mon lit-clos.

16

« Tu avais un tableau avec toi hier ? »

Johannes pose une assiette d'éperlans frits et un morceau de pain sur la table.

Assise au soleil près de la fenêtre, dans la pièce principale de l'auberge, je me réveille en douceur. J'ai dormi si longtemps que mon esprit est encore embrumé. Tous les autres clients, eux, sont déjà partis.

« Oui, dis-je simplement.

– Tu aimes l'art ?

– J'aime surtout peindre. Le tableau est de moi.

– Quelle coïncidence ! En plus de mon travail à l'auberge, je suis moi aussi peintre, ainsi que marchand d'art.

– Je comprends mieux pourquoi il y a tant de tableaux dans cette pièce ! » Je parcours les lieux du regard.

« J'en ai peint une partie, quand j'étais en apprentissage.

– Tu ne l'es plus ?

– J'ai terminé l'an dernier, je suis donc officiellement peintre.

– Félicitations ! Quels tableaux sont de toi ? »

Johannes se lève et m'indique quelques scènes d'auberge, disséminées un peu partout dans la pièce. Toutes sont signées J. Vermeer. Je regarde les œuvres, pleine d'admiration.

« Ils sont magnifiques !

– Merci, Catrijn. Je n'en suis pas mécontent, sinon je ne les aurais pas accrochés, mais si c'était à refaire, je m'y prendrais autrement aujourd'hui.

– Comme tout peintre qui se respecte ! dis-je sans quitter les toiles des yeux. Où as-tu fait ton apprentissage ? Ici, à Delft ? »

Johannes opine du chef.

« J'ai eu plusieurs maîtres. J'ai passé la première année chez l'un, puis deux chez l'autre, et encore un an chez un troisième. Ça n'a pas été facile de s'adapter, mais j'ai pu apprendre différentes techniques et développer plus facilement mon propre style.

– Un bon moyen de ne pas s'enfermer dans une seule façon de peindre…

– Exactement ! Et toi, chère Catrijn Barentsdochter, pour quelle raison es-tu venue en ville ? »

Johannes se rassied, je fais de même.

« Je cherche du travail. D'après Mattias, son frère en aurait pour moi. Je compte lui rendre visite cet après-midi. »

Johannes ne répond pas, il observe mon visage avec insistance. Il me met un rien mal à l'aise, je détourne le regard une ou deux fois, avant de mettre finalement les pieds dans le plat.

« Y a-t-il un problème ? »

Surpris par ma question, il a un mouvement de recul.

« Non, aucun ! Pardonne-moi, je ne voulais pas t'indisposer, mais tu me rappelles quelqu'un.

– Ah bon ?

– Oui, mais tout bien réfléchi, la ressemblance n'est pas si frappante. Tu es bien plus jolie. »

Je le considère, un peu méfiante. Johannes ne me donne pas l'impression de vouloir me faire la cour. Son visage est plutôt grave, et même un peu soucieux. Une porte s'ouvre, il lève la tête. Une jeune femme blonde, plutôt massive, entre dans la pièce. Sa peau est particulièrement blanche.

« Je te présente ma femme Catharina, s'exclame Johannes. Catharina, voici Catrijn, une amie de Mattias. »

Autant l'accueil de sa maman était chaleureux et spontané, autant celui de sa femme me paraît froid et distant. Elle me jauge de la tête aux pieds, m'adresse un signe, puis se tourne sèchement vers Johannes qui se redresse, l'air mal à l'aise.

« J'espère que tu trouveras du travail, Catrijn. Nous en reparlerons tout à l'heure. J'imagine qu'on garde tes affaires dans ta chambre jusqu'à ce soir ? »

J'acquiesce.

« Je resterai probablement une nuit de plus. Mattias passera plus tard dans la journée, il paiera la note.

– Je lui fais confiance, je connais la famille Van Nulandt depuis des années. Tu sais où se trouve la maison d'Evert? C'est juste à côté. Tu n'as qu'à traverser la place du marché et le Koornmarkt, et tu es sur le Gheer. Bonne chance ! »

Il me fait un signe de tête et tourne les talons.

Catharina le suit du regard, puis lance un regard furtif dans ma direction avant de quitter la pièce sans dire un mot.

Je hausse les épaules et sors de l'auberge. Dehors, je suis submergée par le bruit du marché qui a pris ses quartiers sur la place. Je me fraie un chemin entre les étals et gagne le Gheer par le Koornmarkt.

Je demande à un passant où se trouve la maison d'Evert van Nulandt. L'homme sort sa pipe blanche de sa bouche et avec le bec de l'objet il pointe le quai, un peu plus loin.

« Là où ils chargent le fond plat. »

Un peu déconcertée par cette indication, je poursuis ma route. Je m'attendais à une maison bourgeoise et découvre que le frère d'Adriaen tient en réalité un magasin. Les volets de la devanture ont été abaissés et débordent de céramiques en exposition. Deux jeunes hommes transportent une caisse vers la barge à quai. Je les laisse passer et pousse la porte. Une clochette au son strident annonce mon arrivée. À l'intérieur, je me retrouve entourée d'étagères couvertes de bols, de pots et de godets. Des ustensiles ménagers rudimentaires de couleur brune, mais aussi des majoliques et des plats d'apparat en faïence aux couleurs chatoyantes se disputent le moindre espace disponible sur les planches. Un homme est perché sur une échelle adossée à l'une des étagères. Il s'étire de tout son long pour essayer d'attraper un plat qui se trouve être juste hors de sa portée. Alors qu'il continue de tendre la main, l'échelle penche dangereusement. Je me précipite pour la retenir.

« Merci ! » L'homme baisse les yeux vers moi et me dévisage d'un air pétrifié. Après quelques secondes, il descend lentement de l'échelle, son plat sous le bras.

« Evert van Nulandt ? » Je pose la question par courtoisie, mais je n'ai pas l'ombre d'un doute sur son identité. Evert est plus vieux et plus corpulent que Mattias, mais ses yeux sont du même bleu et son profil, exception faite de son double menton naissant, est identique à celui de son frère.

« Lui-même. À qui ai-je l'honneur, madame ? »

Maintenant qu'il me fait face, je remarque qu'il a une bonne demi-tête de plus que moi.

« Catrijn Barentsdochter, monsieur. C'est votre frère Adriaen qui m'envoie. » Sans rien ajouter, je lui remets la lettre.

Il déroule le feuillet et prend connaissance de son contenu.

« Vous cherchez donc du travail.

– Oui, monsieur. »

Evert van Nulandt me fait l'effet d'un homme taciturne, je me limite donc au strict nécessaire.

« Je me disais encore dernièrement que j'avais effectivement besoin d'un peu d'aide. Mais je n'avais pas pensé à une femme. »

Je hausse les sourcils.

« Pourquoi donc, monsieur ?

– Je l'ignore moi-même. Le travail à faire ici peut convenir à tout le monde, le problème n'est donc pas là. Avez-vous une formation ?

– Pas vraiment. J'ai beaucoup appris par la pratique.

– Je m'en doutais. Ce n'est pas forcément un problème non plus. Je lis dans la lettre que vous étiez en charge du ménage, mais aussi que vous peignez.

– C'est exact, monsieur. Quand j'en trouve le temps.

– Vous avez donc appris à peindre par vous-même, sans suivre de formation ?

– Je viens d'une famille de paysans. La traite des vaches et le fromage avaient plus de valeur aux yeux de mes parents que la peinture. »

Il rit.

« Vous peignez sur toile ?

– Essentiellement sur bois et céramique, monsieur. Je décorais pour mon plaisir des armoires, des tables, et parfois des assiettes et des pots. J'ai aussi reçu quelques commandes. Hélas, mon travail à la ferme ne me laissait pas vraiment le temps de les honorer. »

Evert m'écoute avec attention. Quand un silence s'installe, je lui demande prudemment ce que mes capacités artistiques ont à voir avec le travail que je sollicite. Evert semble tomber des nues.

« Tout, évidemment ! Il m'importe peu que vous ayez suivi une formation, car vous avez manifestement du talent. Pour moi, c'est primordial. Du talent et l'amour du métier. Je suis impatient de voir ce dont vous êtes capable ! »

D'abord complètement perdue, je commence à comprendre.

« Vous recherchez un peintre sur faïence !

– Ou *une* peintre. Tout dépend de vous. Réaliser un tableau est une chose, mais peindre sur de la céramique poreuse en est une autre. Nous allons donc commencer par faire un essai.

– Bien sûr, monsieur. »

L'atelier de décoration est juste derrière le magasin, les fours de cuisson se trouvent tout à l'arrière du bâtiment. Les portes des fours sont restées ouvertes, leur chaleur me balaye le visage tandis que je suis Evert dans l'atelier. Trois personnes travaillent dans la pièce dédiée à la peinture de la céramique, un homme et deux jeunes garçons. Tous lèvent la tête à mon arrivée et ne me quittent plus des yeux.

« Asseyez-vous donc ici. » Il se tourne vers l'un des hommes. « Frans, apporte-nous une pièce défectueuse. Et aussi de la couleur et des pinceaux. »

Je m'assois un peu gauchement, tandis qu'on m'apporte le matériel demandé par Evert. Frans, un grand chauve d'une trentaine d'années, saisit un pot sur une étagère et le pose devant moi. Je lui souris et ne reçois en échange qu'un regard méprisant.

« À vous de jouer ! » me lance Evert avant de disparaître dans la pièce d'à côté. Il en ressort ensuite, comme s'il tenait à surveiller la réaction des autres peintres, qui, manifestement choqués par l'irruption d'une femme dans leur environnement, épient mes moindres faits et gestes.

Faisant abstraction de leurs regards scrutateurs, je me retourne et me concentre sur ma tâche. J'ai vu dans le magasin que la plupart des céramiques étaient ornées de vrilles de fleurs. Tant mieux, c'est un motif que je maîtrise.

Je me mets au travail et très vite, je fais le vide autour de moi. Comme chaque fois, je ne fais qu'un avec mon pinceau.

Je ne remarque même pas qu'un homme est venu se poster à mes côtés et je sursaute quand un bras couvert de cicatrices entre dans mon champ de vision.

« Du bon travail, jeune demoiselle ! »

Je perçois un brin d'étonnement dans sa voix.

« Avec une réalisation comme celle-ci, tu as assurément ta place chez nous. Comment t'appelles-tu ? Moi c'est Quirijn, l'assistant cuiseur. »

J'accepte volontiers ce premier encouragement. Je me tourne vers l'homme en souriant.

« Merci. Moi, c'est Catrijn. »

17

Evert observe minutieusement mon travail en opinant du chef.

« Très satisfaisant. Je te propose quatre florins par semaine. Je fais établir le contrat de travail cet après-midi. Tu commences demain. »

Quelques instants plus tard, je me retrouve dehors, encore sous le choc de la facilité avec laquelle tout s'est déroulé. D'un pas léger, je reprends la route vers la place du marché, profitant de la clémence du temps et de l'avenir radieux qui s'offre à moi. Peintre sur faïence ! Qui aurait pu dire un jour que je gagnerais ma vie grâce à la peinture ?

Je pousse joyeusement la porte de l'auberge Mechelen et constate qu'elle est aussi bondée que la veille, à l'exception de quelques tables encore libres. Digna et Catharina vont et viennent avec les plats, Johannes sert la bière.

« Alors ? me demande-t-il à mon arrivée.

– Tout s'est bien passé ! Je commence demain. Comme peintre sur faïence. »

Tous trois me regardent, l'air ahuri.

« Je pensais que tu y allais pour un travail de servante », s'étonne Digna.

Je leur confirme le sourire aux lèvres que c'était aussi mon idée première. Je leur confie alors mon amour pour la peinture.

« Eh bien, c'est fantastique. Félicitations, Catrijn ! »

Digna ajoute :

« Ce n'est pas tous les jours qu'on rencontre une femme peintre sur faïence ! Mais je comprends Evert. Tu es jeune, belle et tu as manifestement du talent.

– J'espère que c'est ce dernier point qui a fait la différence !

– Sans aucun doute ! Evert est un homme d'affaires trop avisé pour se laisser guider par ses sentiments. »

Digna échange un regard avec son fils.

« Mais il y a quelque chose que tu dois savoir. Allons nous asseoir toutes les deux. »

Elle me prend par le bras, m'emmène dans un coin tranquille de la pièce et m'invite à m'installer sur la banquette en bois.

« Nous connaissons bien Evert, c'est un ami de longue date. Il a traversé une période difficile et nous faisons tout pour l'aider et le protéger. »

Son air est grave.

« Je comprends, mais en quoi cela me regarde-t-il ?

– Un terrible accident s'est produit il y a quatre ans. Evert tenait à l'époque une faïencerie sur le Koornmarkt. Il vivait avec sa famille au-dessus de son atelier. Personne n'a jamais su comment – Evert est quelqu'un de prudent et de consciencieux –, mais une nuit, un incendie a éclaté. Tout le monde dormait quand Evert a été réveillé par une odeur de brûlé. Il est descendu et s'est retrouvé face aux flammes. Avant qu'il ne puisse réagir, toute la bâtisse était en feu, le couloir, l'escalier, la boutique. Il a réussi à s'échapper de justesse, mais a perdu tout ce qu'il avait. Sa femme et ses enfants sont morts dans l'incendie.

– Mais c'est horrible !

– Il ne s'en est jamais remis. Il n'est pas question pour lui de se remarier ou d'avoir des enfants.

– Je trouve que c'est normal, après une telle tragédie.

– Moi aussi, même si ce choix ne me semble pas judicieux. Nous nous faisons tous du souci pour lui. On s'inquiète de voir entrer dans sa vie une jolie jeune femme qui ressemble à ce point à son épouse défunte. Surtout si Evert l'engage sur-le-champ. Tu comprends ?

– Je ressemble à sa femme ?

– Comme deux gouttes d'eau. Quand je t'ai vue apparaître dans l'auberge la première fois, j'ai cru voir Gesina resurgir du passé. J'imagine la réaction d'Evert quand tu es entrée dans sa boutique ! »

Je le revois sur son échelle, frappé de stupeur.

« Je me suis en effet demandé pourquoi il me dévisageait de cette façon.

– Tu sais à présent pourquoi. Il serait donc préférable que tu n'ailles pas travailler chez lui, mais je sais que je ne suis pas en droit de te le demander.

– Je crois surtout qu'Evert sait ce qu'il fait, et ses frères aussi. Adriaen ne m'aurait jamais envoyée là-bas s'il pensait que ma présence pouvait faire du mal à son frère !

– Je n'en sais rien. Tu connais les hommes, ils ne s'arrêtent pas à ce genre de considération. Mais peu importe, te voilà maintenant prévenue. Fais-en ce que bon te semble. »

Digna se lève, me regarde encore.

« Tu as l'air d'être une fille bien, Catrijn. Peut-être qu'il doit en être ainsi. »

Ma principale préoccupation est de trouver un endroit où loger. Johannes m'informe qu'une de ses connaissances propose des maisons en location.

« Rends-toi chez Isaäc van Palland dans la Choorstraat. Dis-lui que tu viens de ma part, il te trouvera un logement. »

Johannes a vu juste : Isaäc van Palland se montre très efficace. Nous allons visiter une maison à pignon à redans dans l'Achterom. Elle ne dispose que d'un foyer et d'un grenier, le loyer est donc raisonnable.

« D'où viens-tu ? me demande Isaäc en me remettant les clés. Tu n'as pas l'air d'être du coin.

– Non, je viens d'Alkmaar.

– Ah ! Vraiment ? J'ai habité dans cette ville ! J'y étais prévôt. Quand j'ai rencontré ma femme, nous sommes venus habiter à Delft, dont elle est originaire.

– Vous avez été prévôt à Alkmaar ? »

Je suis parcourue d'un frisson.

« Il y a longtemps.

– Il vous arrive d'y retourner ?

– Parfois, même si depuis la mort de mes parents je n'ai plus vraiment de bonne raison d'y aller. J'y ai encore un peu de famille, deux frères et une sœur.

– D'autant que ce n'est pas tout près…

– Non, pas vraiment ! Et de toute façon, mon poste de prévôt ne me permet plus de quitter Delft, j'ai trop à faire ici.

– Vous êtes également prévôt ici ? »

Il hoche la tête.

« Je ne sais plus où donner de la tête.

– Je veux bien vous croire ! » dis-je en essayant de cacher mon anxiété.

Nous parlons encore un peu des conditions du contrat de location et retournons ensuite à la maison d'Isaäc pour signer les papiers. Je sais un peu lire et écrire, mais pas assez pour déchiffrer toutes les obligations et interdictions. Heureusement, Isaäc m'en fait la lecture. J'écris ensuite mon nom au bas des feuilles. Avant de prendre congé, je jette un dernier regard aux portraits d'Isaäc et de son épouse, et je me promets de ne plus m'aventurer sur son territoire.

Une fois dehors, je reste un moment dans la Choorstraat à observer les échoppes et les étals des marchands. L'endroit est idéal pour m'approvisionner en ustensiles de première nécessité. Il me reste pas mal d'argent, même si je ne peux pas non plus faire de folie. Heureusement, la maison a déjà un lit-clos, une table, deux chaises et un placard. Côté mobilier, cela suffira pour le moment.

À la fin de la journée, j'ai acheté tout ce dont j'ai besoin, repris mes affaires à l'auberge et tout rapporté sous mon nouveau toit. Je regarde autour de moi, satisfaite du travail accompli. Quelques fleurs du jardin et quelques décorations à poser sur mes meubles usés permettraient assurément d'enjoliver le tout, mais le plus important est d'avoir un logement, un travail et encore assez d'argent en réserve. Je n'en demande pas plus.

Ce n'est pas tout à fait exact. Il me manque quand même quelque chose, ou plutôt quelqu'un. Depuis le moment où nos chemins se sont séparés, Mattias n'a pas quitté mes pensées. Maintenant que toutes mes affaires sont réglées, il me tarde de le revoir. Ignorant l'heure à laquelle il arrivera en ville, je décide d'aller l'attendre à l'auberge Mechelen. Par commodité, j'y prends aussi mon repas, les yeux rivés sur la porte d'entrée.

« Au fait, j'ai complètement oublié de te reparler de ce tableau que tu as peint. » Johannes est venu me rejoindre, il est debout à côté de la table. « Je suis curieux de voir le résultat. Je peux ?

– Il n'est pas terminé. Et puis, ce n'est pas non plus une œuvre d'art, je n'ai jamais suivi de formation.

– Et alors ? » Il hausse les épaules. « Le tout est d'avoir du talent. Les techniques peuvent s'acquérir par l'apprentissage mais le talent, lui, est inné.

– C'est vrai. Rembrandt était du même avis. En tout cas d'après l'un de ses élèves… »

Johannes semble stupéfait.

« Tu connais Rembrandt van Rijn ?

– Je l'ai rencontré une fois, dans son atelier.

– Incroyable ! Cet homme est un génie. Son traitement de la lumière est extraordinaire. Les bijoux, les yeux, l'eau… Carel Fabritius, mon dernier maître et l'un de mes meilleurs amis, a fait son apprentissage chez lui. Il disait que Rembrandt ne peignait pas avec de la couleur, mais qu'il peignait avec la lumière.

– Les hautes lumières, même ! Selon l'un de ses élèves, il ne les ajoute qu'en tout dernier lieu, avec des touches de blanc. »

Johannes sourit, je perçois de la considération dans ses yeux.

« Tu as été attentive ! Je suis curieux de voir ce dont tu es capable. Il me tarde de voir ton tableau.

– Quand il sera terminé.

– Marché conclu ! »

Catharina entre dans la pièce.

« Johannes, viens nous aider », dit-elle froidement avant de redisparaître aussi sec dans la cuisine.

Johannes lève les yeux au ciel.

« À qui appartient cette auberge ? À toi ou à ta mère ? » Ma question est surtout destinée à rompre un silence devenu pesant.

« À ma mère. Mon père est mort il y a deux ans. C'est à ce moment-là que j'ai décidé de rester vivre ici, et Catharina est venue nous rejoindre. Une auberge, c'est beaucoup de travail. Ma sœur Geertruy vient nous aider quand il y a du monde.

– Une vraie entreprise familiale ! »

Je souris en prononçant cette phrase, même si cette évocation me fait aussi de la peine.

Johannes hoche la tête et porte soudain les yeux par-dessus mon épaule.

« Je pense que tu as de la visite. »

Je me retourne vers la porte, mais mon regard s'arrête à mi-chemin : Mattias est là, au milieu de la salle de l'auberge.

18

Quelque chose ne va pas. Mattias reste immobile au centre de l'espace, il ne sourit pas ; son air est grave. Figée, je n'esquisse pas le moindre geste.

Il finit quand même par s'avancer et je me lève lentement. Plutôt que d'aller à sa rencontre, je me réfugie derrière la table, comme si celle-ci pouvait faire obstacle à la mauvaise nouvelle que je pressens.

« Salut », me lance Mattias quand il arrive devant moi.

Il passe les bras autour de ma taille, appuie son front contre le mien, et le mauvais présage qui planait dans l'air semble s'évanouir comme une fausse alerte. Semble seulement, car je ne peux m'empêcher de penser qu'il n'est pas comme d'habitude. Il est moins extraverti, moins expansif. Je sens son cœur frapper contre ma poitrine quand il me serre contre lui, son pouls est au moins aussi rapide que le mien, mais son baiser est plus mesuré et moins passionné que la veille. Je lui murmure à l'oreille :

« Que se passe-t-il ?

– Tu me connais déjà si bien ? »

Il esquisse un sourire et tient fermement ma main dans la sienne.

« Allons nous asseoir. »

Je me laisse tomber sur une chaise. Il s'installe face à moi.

« Pour commencer, je voudrais que tu saches que j'ai hésité. C'était prévu depuis un moment, mais notre rencontre a remis bien des choses en question. Pourtant, je sais au fond de moi que c'est la bonne décision. Tout est déjà réglé.

– Qu'est-ce qui est réglé ?

– Je pars pour l'Orient.

– Quoi ?

– Batavia, en Inde. J'embarquerai sur le *Delft*, nous partons dans deux jours. »

Une gifle en pleine figure n'aurait pas été plus rude. Totalement prise au dépourvu, je fixe Mattias sans réaction. Je scrute son visage dans l'espoir d'avoir mal compris.

« Mais un tel voyage va durer au moins un an ?

– Un an et demi, je resterai quelque temps sur place.

– Un an et demi ? Et tu ne me l'annonces que maintenant ? »

Il pousse un soupir, prend ma main et l'effleure tendrement du bout des doigts.

« J'ai été envahi de doutes. C'est facile de partir quand rien ne vous retient. Tout a changé quand je t'ai rencontrée, mais je dois y aller. Non seulement parce que j'ai envie de découvrir l'autre côté du monde, mais aussi parce que c'est important pour les affaires. Une guerre civile a éclaté en Chine et l'approvisionnement de porcelaine a cessé. Inutile de t'expliquer à quel point c'est nuisible à notre commerce. Adriaen a insisté pour que j'aille là-bas et m'a demandé de chercher un moyen de relancer les importations. Que ce soit en trouvant une autre route ou en faisant affaire avec un autre pays, comme le Japon.

Nous sommes plusieurs marchands à chercher une solution et nous nous sommes unis pour organiser une expédition. Tu comprends ?

– Oui, mais je ne vois pas pourquoi tu m'as caché ton départ ! Ou plutôt si : je vois tout à fait. Tu voulais t'offrir une dernière aventure avant de traverser les océans. Et j'ai été assez bête pour me faire piéger.

– Non ! »

Mattias tient fermement ma main dans la sienne.

« Tu te trompes ! Je ne t'ai jamais menti, Catrijn, tout ce que je t'ai dit était sincère. »

Nous nous regardons et je vois dans les yeux de Mattias le reflet de ma propre douleur.

« Je veux bien te croire, dis-je finalement avec calme. Mais la sincérité des mots ne suffit pas, il faut aussi les actes.

– Je serai de retour dans un an et demi. Ce sera long, je le sais mieux que personne, mais je reviendrai. Et nous aurons alors toute la vie devant nous. »

Son visage n'est qu'à quelques centimètres du mien, sa voix est un peu rauque.

« J'aimerais rester, mais je ne peux pas. Je fais aussi ce voyage pour toi, pour pouvoir t'offrir la vie que tu mérites. Attends-moi, je t'en prie.

– Vous n'avez pas que le commerce de la porcelaine ! Je comprends que ce soit un coup dur pour vos affaires, mais l'Orient a d'autres richesses. Sois honnête et dis-moi simplement que tu pars parce que tu en as envie. Je ne le prendrai pas mal et je m'efforcerai de comprendre. Pourquoi t'engager ici alors que le monde te tend les bras ? J'en aurais certainement fait de même si j'avais été un homme. Mais je n'en suis pas un, et la vie d'une femme est bien différente. »

Je me lève.

« Je ne peux pas me permettre de gâcher les meilleures années de ma vie, il m'est donc impossible de promettre de t'attendre, Mattias. Car rien ne dit que tu ne repartiras pas après ce voyage. Je crois qu'il est préférable pour nous deux que nous en restions là. »

Sur ces mots, j'enroule mon châle autour de mes épaules et je quitte l'auberge précipitamment avant de changer d'avis.

Certaines décisions se prennent avec le cœur, d'autres avec la raison. Jusqu'ici, j'ai été partagée entre ces deux extrêmes, me fiant tantôt à mes émotions, tantôt à mon intuition, qui avait bien anticipé cette désillusion. Je me retrouve à présent le cœur brisé et je ne peux m'en prendre qu'à moi-même. La vie n'est pas un conte de fées, la vie est un combat dont les doux rêveurs ne ressortent jamais gagnants. Il ne manquerait plus que je sois enceinte. Comment pourrais-je élever un enfant et garder mon travail ? Un travail auquel je tiens plus que tout et que je risque désormais de perdre avant même de l'avoir commencé !

Au fond de moi, je prie le Tout-Puissant de me laisser une chance. Je me promets aussi de ne plus rêver et de ne plus écouter que ma raison. J'ai retenu la leçon.

Chez moi, je reste un long moment à la fenêtre à observer les nombreux bateaux qui naviguent sur l'Achterom. C'est une belle soirée et la rue est encore animée. Les enfants jouent, les femmes bavardent dans la lumière déclinante. Certains passants me jettent un coup d'œil curieux en me voyant derrière ma fenêtre. Je devrais sortir pour faire quelques connaissances, mais je n'en trouve pas la force. Pas aujourd'hui. Contente d'avoir mangé et aménagé l'intérieur de la maison, je me glisse dans mon lit-clos et referme les portes.

19

Pour mon premier jour de travail, ce n'est pas Evert qui me fait faire le tour des lieux, mais Frans. Maître-peintre de la fabrique, il a effectué un apprentissage de cinq ans avant de prendre la direction de l'atelier de peinture.

La faïencerie se compose de plusieurs bâtiments, qui s'étendent du Gheer à l'Achterom. Frans me montre l'espace dédié à la préparation des terres, où les fouleurs piétinent l'argile à pieds nus afin d'approvisionner les tourneurs en matière première. Une fois façonnés, les plats et les pots sont plongés dans un bain d'émail avant d'être cuits et peints.

Je dénombre dix ouvriers, ce qui me semble beaucoup, toutefois Frans n'est pas de cet avis.

« Nous étions bien plus nombreux avant, mais le patron a dû se séparer de pas mal de gens. Les affaires ne marchent pas bien dans la céramique.

– Pourquoi m'avoir engagée dans ce cas ?

– On avait tout de même besoin d'un peintre : la céramique de tous les jours reste très demandée. Et puis, il ne doit te payer que la moitié du salaire d'un homme. »

Si jamais je m'étais fait des illusions, cette remarque aurait eu de quoi me ramener les deux pieds sur terre. Je le suis sans rien dire. Tout le monde me regarde comme une bête curieuse, mais personne n'ouvre la bouche. Seul Quirijn me fait signe à notre passage. Une fois la visite terminée, Frans m'accompagne jusqu'à l'atelier de peinture et nous nous mettons au travail.

Ce n'est pas difficile. J'ai démontré hier ce dont j'étais capable, et ma tâche consiste à peindre une décoration blanche plutôt rudimentaire sur de la terre cuite.

De mon établi, j'ai vue sur la cour intérieure. Soudain j'aperçois Mattias qui arrive, ma main se fige. Frans le remarque et jette lui aussi un œil à l'extérieur.

« C'est le frère du patron.

– Je sais. J'ai travaillé chez leur frère à Amsterdam. »

Frans relève le sourcil et se retourne. Son attitude est méprisante, mais je n'y prête guère attention, mon esprit est ailleurs. Je peine à me concentrer, ma main tremble et pour éviter de gâter mon ouvrage je décide d'aller piler la couleur. Frans me lance un regard perplexe, car le pot de céruse posé sur le plan de travail est encore à moitié plein. Il garde le silence.

Alors que je broie toujours mes pigments, il finit quand même par dire : « Je crois qu'il y en a assez maintenant. »

Alors que je regagne ma place, il ajoute :

« Klaas peut se charger de ce travail, tu as mieux à faire.

– Entendu », dis-je en reprenant mon pinceau.

À ce moment précis, la porte s'ouvre. Evert apparaît dans l'entrebâillement.

« Catrijn ? Tu peux venir un instant ? »

Je me lève et prends une profonde inspiration avant de le suivre dans le petit bureau derrière la boutique. Comme je m'y attendais, Mattias est là. Il est assis sur le bord de la table.

« Tu viens me dire au revoir ? lui dis-je.

– Oui. Je n'ai pas aimé la façon dont nous nous sommes quittés hier.

– Moi non plus, mais c'était la seule possible. Il n'y avait rien d'autre à dire.

– Sauf peut-être que je reviendrai dans un an et demi. J'espère que tu seras toujours là.

– Beaucoup de choses peuvent se passer en un an et demi.

– C'est vrai… » Il s'avance vers moi et me caresse la joue. « Tu pourrais rencontrer un autre homme et te marier avec lui.

– C'est en effet possible.

– J'espère que cela n'arrivera pas. »

Je pousse un long soupir.

« Si tu ne veux pas que je me marie à un autre, tu n'as qu'à m'épouser avant. Et si tu ne le veux pas, accepte la situation et cesse de t'apitoyer sur ton sort. »

Un sourire se dessine sur son visage.

« Cette hargne, c'est ce que j'aime le plus chez toi. Tu comptes énormément pour moi, Catrijn. »

Il me tend un petit sac et une lueur d'espoir me traverse. Je dénoue le lacet et en sors un bracelet bleu outremer.

« Lapis-lazuli, précise Mattias.

– Il est magnifique. »

M'efforçant de dissimuler ma déception, je passe le bracelet à mon poignet. Mattias me prend par la taille et me tire à lui. Ses lèvres cherchent les miennes, et les trouvent.

« Je reviendrai », dit-il tendrement. Puis il se retourne et quitte la pièce. Je reste là, immobile, son odeur demeure suspendue dans l'air un moment, je sens encore la chaleur de ses lèvres sur les miennes. À peine quelques mots échangés, un petit baiser et je perds pied. Appuyée contre la table, je réprime l'envie de courir après lui. Je fixe le sol et inspire profondément pour lutter contre mes larmes. Quand je relève la tête, mon regard croise celui d'Evert, qui se tient près de la porte. Alors que le silence menace de devenir trop lourd, il me dit :

« Je ne le prendrais pas trop au sérieux si j'étais toi.

– Non, dis-je d'une voix un peu rauque, je n'en avais pas l'intention. »

Au cours des jours qui suivent, j'essaye tant bien que mal de sortir Mattias de mon esprit. Je me plonge corps et âme dans mon travail en apprenant que le navire de la Compagnie a quitté le port de Delft. Le procédé de cuisson de la céramique demande du temps : le four n'arrive à température qu'après quarante heures de chauffe et il faut ensuite attendre encore trois jours qu'il refroidisse avant d'en vider le contenu.

Evert m'explique que son père s'est un jour lancé dans la confection de majolique, une céramique émaillée de glaçure fabriquée à l'origine en Italie, avant de passer à la faïence quand il a hérité de la fabrique.

« La faïence est bien plus fine. Elle présente des similitudes avec la porcelaine, mais elle est beaucoup moins fragile. Elle est très en vogue en ce moment, on l'appelle la porcelaine hollandaise.

– C'est superbe. »

Je retourne prudemment l'un des plats blanc et bleu.

« Et aussi très cher, ajoute Quirijn qui est venu nous rejoindre.

– Trois fois plus que la majolique. La demande, en revanche, ne cesse de baisser. »

Je me tourne vers lui.

« Ce qui explique pourquoi vous vous consacrez surtout à la terre cuite.

– Exact, confirme Evert. La terre cuite marche toujours bien, même si les marges sont faibles. J'ai dû me séparer de beaucoup de bons peintres ces dernières années, parce qu'ils ne faisaient rien d'autre que des petites fleurs blanches. N'importe quel jeune apprenti en est capable.

– Et moi aussi…

– Tu peux faire bien plus, Catrijn. Et tu me coûtes moins cher.

– Le commerce de faïence va donc si mal ? Pourtant, beaucoup de gens en ville travaillent dans les fabriques…

– Disons qu'on reçoit juste assez de commandes pour nourrir tout le monde. La porcelaine de Chine est très appréciée, il est presque impossible de rivaliser.

– Mattias m'a raconté que les importations de porcelaine chinoise avaient cessé à cause de la guerre civile.

– C'est vrai, mais ce n'est pas pour autant que les gens se précipitent sur la majolique ou la faïence. La demande en porcelaine d'Orient reste très forte. »

Evert regarde dans le vide, l'air songeur.

« Si seulement on savait comment en fabriquer nous-mêmes. La véritable porcelaine est fine comme la dentelle, mais reste très résistante. Elle est aussi blanche à l'intérieur qu'à l'extérieur, tandis que la céramique hollandaise est seulement recouverte d'une couche blanche, l'intérieur est rouge. Elle est donc bien plus lourde. Personne ne sait comment font les Chinois pour obtenir une céramique aussi fine.

– Mais si leur porcelaine n'est plus disponible, les gens devront forcément acheter autre chose, une marchandise qui y ressemble.

– La faïence reste la plus proche, mais les ventes sont décevantes. Les riches veulent l'original, pas la copie.

– Qu'est-ce qui leur plaît autant dans la porcelaine de Chine ?

– Tu en as déjà vu ? »

Je me remémore les deux vases d'apparat exposés chez son frère.

« Oui.

– Tu les as trouvés comment ?

– Magnifiques.

– Tu pourrais dire pourquoi ?

– Les couleurs. La profondeur du bleu sur le fond blanc éclatant. Et les motifs, si… différents.

– Exotiques, rectifie Evert.

– Exactement. En les regardant, c'est comme si je découvrais un autre monde. Un monde si loin du nôtre qu'il faut naviguer six mois pour s'y rendre. Un monde que je ne verrai jamais.

– Sauf si tu contemples un plat ou un vase qui t'y emmène…

– Voilà ce qui fascine les gens : les dragons, les cascades, les fleurs exotiques, les habitants du bout du monde. Les gens d'ici sont blasés des moulins à vent et des vaches, dis-je.

– Tu n'as peut-être pas tort…

– C'est en tout cas l'effet que ces motifs me font. »

Je me tourne vers Evert.

« Pourquoi ne pas essayer de fabriquer quelques-unes de ces assiettes chinoises ? Juste pour voir. »

Quirijn, qui était resté silencieux jusqu'à présent, se mêle à la conversation.

« Ce serait une perte de temps. La faïence ne sera toujours qu'une pâle copie de l'originale.

– Les acheteurs accordent peut-être moins d'importance à la technique qu'au plaisir des yeux. Laissez-moi essayer », dis-je avec conviction.

Evert m'observe un long moment sans réagir.

« Bien, finit-il par dire. Fais donc un essai. »

20

À la fin de la journée, alors que les autres sont rentrés chez eux, je reste seule dans l'atelier de peinture. Nous sommes en juin, la lumière est encore suffisante pour me permettre de travailler le soir. Je pose devant moi la peinture du vase que j'ai faite dans l'atelier de Brigitta et l'examine avec attention. Je fais un essai sur une pièce défectueuse, puis me lance sur une assiette de bonne qualité.

À ma grande surprise, Evert vient me tenir compagnie. Il a apporté du pain ainsi que du poulet grillé, et dépose le tout sur la table, sans cesser d'observer mon tableau.

« Voilà donc comment l'idée t'est venue ! Tu t'es déjà frottée à ces motifs. C'est vraiment réussi, Catrijn.

– Merci. Mais la céramique est très différente de la toile.

– Oui, je te l'avais dit. La matière est poreuse, la peinture accroche moins. »

Il jette un œil au pot de peinture posé devant moi.

« Tu devrais utiliser du noir. Avec de l'oxyde de cobalt, la couleur noire sèche et donne un bleu azur magnifique, une fois au four. »

Evert rit en voyant ma réaction.

« Le bleu que tu utilises fonce beaucoup trop à la seconde cuisson. Les gens préfèrent les teintes plus claires. »

Il vient s'asseoir à côté de moi, se saisit d'une assiette et trempe le pinceau dans la couleur.

« Je ne suis pas un grand peintre, mais je pense être capable de dessiner les petites roses sur les bords. Charge-toi des motifs plus difficiles… »

Dans un agréable silence, nous nous mettons tous deux au travail. Je porte toute mon attention sur les motifs et les personnages plus complexes. Après quelques heures, alors que la lumière du soleil a quitté les lieux, nous avons décoré deux assiettes.

Nous remettons tout en place et laissons nos deux pièces sur la table. Il est interdit de cuire la nuit, sauf si quelqu'un reste sur place pour surveiller le four. La garde de la ville fait des rondes toutes les heures. Vu que le four est éteint et que le cuiseur est rentré, nous devons attendre le lendemain.

J'habite tout près, mais Evert insiste pour me raccompagner. Quand j'ouvre la porte, il me dit :

« Je suis heureux de t'avoir engagée, Catrijn. »

Je ris.

« Attendez que je ruine ma première pièce avant de vous prononcer !

– Cela ne changerait rien à mon opinion. Bonne nuit. »

Il me fait un signe de la main et s'en va.

Je le regarde s'éloigner. Quand il disparaît au coin de la rue, je rentre dans la maison et ferme la porte.

« C'est quoi, ça ? » demande Frans, perplexe, en voyant le lendemain les motifs orientaux que nous avons peints en noir sur les assiettes. Quirijn observe lui aussi les deux pièces de faïence posées près du four.

« Une expérience, dis-je. Tous les potiers de la ville proposent les mêmes produits, j'ai voulu essayer autre chose.

– Tu as fait ça hier soir ? Le patron était d'accord ?

– Evert m'a même aidée.

– Oh, je vois, tu l'appelles déjà par son prénom. Cela n'a pas traîné. J'imagine que vous avez travaillé jusqu'aux petites heures de la nuit… »

Me tournant le dos, il examine les assiettes.

Je le regarde, irritée. Je n'ai pas l'intention de laisser passer cet affront à peine déguisé.

« Je n'aime pas tes insinuations, Frans. Si tu as quelque chose à me dire, vas-y franchement ! »

Frans repose l'assiette qu'il a en main et se tourne vers moi.

« Tu peins bien, mais pas au point d'être engagée comme tu l'as été. Il m'a fallu des années d'apprentissage pour pouvoir faire ce travail. Et toi, il t'a suffi de pousser la porte.

– Allons, allons, intervient Quirijn pour calmer les esprits.

– Peut-être que c'est parce que je ne reçois que la moitié du salaire d'un homme, comme tu n'as pas manqué de me le rappeler à mon arrivée, dis-je froidement.

– Peut-être. Mais si tu n'avais plus aucune dent et que tu étais deux fois plus grosse et deux fois plus vieille, nous ne serions pas là pour en parler.

– J'ai donc de la chance d'être comme je suis ! dis-je sans perdre mon sang-froid. Maintenant, si tu veux bien m'excuser, je dois me mettre au travail. Je n'ai pas de temps à perdre avec ce genre d'imbécillités. »

Frans hausse les épaules et quitte la pièce. Il me faut un moment pour retrouver ma sérénité.

« Ne fais pas attention à lui, me conseille Quirijn. Il ne supporte pas l'idée de devoir travailler avec une femme, surtout quand celle-ci est au moins aussi douée que lui. S'il te tourmente encore, viens me trouver.

– Merci, mais je sais me débrouiller toute seule. J'ai eu affaire à bien pire que lui.

– Tu sembles effectivement avoir du caractère. Tu me fais penser à ma femme Engeltje. Une poupée de porcelaine, mais il ne faut pas se fier aux apparences. Quand elle se met en colère, mieux vaut ne pas rester dans les parages ! »

J'éclate de rire.

« Il me plairait de la rencontrer un jour.

– Pourquoi pas ! » s'exclame-t-il en ouvrant la porte du second four que nous avons remis en service pour l'occasion.

« C'est une bonne chose que nous ayons celui-ci, car le dioxyde de cobalt exige une autre température de cuisson. »

Quirijn donne les ordres pour porter le four à température et se tourne ensuite vers moi.

« Il va falloir attendre un moment avant qu'il soit assez chaud. »

Je fais un signe de tête et me remets au travail. À la fin de la journée, j'observe les placeurs en train de mettre les assiettes sur les grilles. Je suis impatiente de voir le résultat. Mais la cuisson prend du temps et, même si c'est difficile, je vais devoir m'armer de patience.

Trois jours plus tard, je me tiens en première ligne quand on ouvre enfin la porte. Le four est une grande construction aux murs épais avec, en dessous, un alandier où les cuiseurs alimentent le four. Une sole voûtée sépare le foyer de la chambre de cuisson, qui se divise en trois étages.

En temps normal, Evert laisse Klaas, l'un des apprentis, défourner les pièces, mais cette fois il s'en occupe lui-même. Dès que la porte s'ouvre, nous nous bousculons devant. Curieuse, je regarde à l'intérieur. Le four, suffisamment haut pour permettre à un homme de s'y tenir debout, a peut-être assez refroidi pour permettre le défournement des céramiques, mais l'onde de chaleur qui me frappe de plein fouet est à la limite du supportable.

Cela ne semble pas gêner Evert. À plusieurs reprises, il plonge les bras à l'intérieur du four et en ressort les céramiques. J'observe la scène avec impatience. Il pose prudemment les deux assiettes sur la table et nous nous précipitons autour des deux objets. Un silence plane quelques secondes, pour faire place à l'enthousiasme. Nous constatons, admiratifs, le produit final.

« Superbe ! » s'exclame Quirijn avec émerveillement.

Le résultat est en effet à la hauteur de nos espérances : le bleu azur ressort magnifiquement sur le fond blanc immaculé, les dragons rivalisent de mystère avec les personnages chinois, les fleurs et les anges. L'éclat de la glaçure supplémentaire donne véritablement vie à la scène. Je n'arrive pas à croire que je suis l'auteur de cette assiette. Mon visage irradie la fierté et la joie.

Le sourire aux lèvres, je regarde Evert, toujours penché sur les assiettes, à la limite de la prosternation. Il tourne alors la tête vers moi, radieux.

Un sourire a également fait son apparition sur le visage de Frans. Quand mes yeux rencontrent les siens, j'y décèle pour la première fois du respect.

Les assiettes sont directement placées en vitrine sur une petite table d'apparat en bois sculpté. Exposées de cette façon, étincelant dans la lumière du soleil, elles sont parfaitement mises en valeur. Elles attirent d'ailleurs immédiatement l'attention. L'après-midi même, Evert reçoit une commande d'un négociant allemand, un certain Herman Fischer, avec qui il fait régulièrement commerce.

« Trente assiettes et vingt vases, nous annonce-t-il en revenant dans l'atelier. Avec exactement les mêmes motifs. Tout doit être expédié par bateau dans une semaine ! »

Frans et moi nous mettons aussitôt à la tâche. Le lendemain, alors que nous recevons une autre commande, Evert nous demande carrément d'abandonner notre ancien travail.

« Lambert peut s'occuper de ces décorations. Concentrez-vous sur notre nouveau style. Frans, j'ai commandé une cargaison d'argile du Westerwald. D'après Fischer, on peut en faire de la céramique plus fine et plus blanche. Nous allons essayer. »

À partir de ce moment, je passe toutes mes journées à peindre des motifs orientaux. Evert nous a procuré de la porcelaine de Chine qui nous sert de modèle.

Il augmente aussi mon salaire, ce qui est évidemment bienvenu, mais la nature du travail dont je suis à présent chargée à la fabrique est ce qui me réjouit le plus. Frans semble s'être adouci ; il a en tout cas cessé ses remarques blessantes.

Un jour, je quitte l'atelier pour aller chercher à boire dans la cuisine. J'entends des voix dans la boutique et jette un coup d'œil en passant. Evert bavarde avec un homme et une femme, accompagnés de deux enfants d'une dizaine d'années. Evert me voit et me fait signe.

Je m'essuie les mains avec un chiffon et m'avance dans la boutique.

« Je vous présente ma dernière recrue, une véritable artiste. Donnez-lui un pinceau et elle en fera des merveilles ! »

La voix d'Evert est emplie de fierté.

« Catrijn, je te présente des amis : Isaäc, que tu connais déjà, puisqu'il te loue ta maison, sa femme Aleid et leurs enfants Jenneke et Michiel. »

Nous nous saluons d'un signe de tête. Avec ses cheveux foncés et sa coupe un peu démodée, Aleid a l'air plus vieille qu'elle ne doit l'être en réalité, car son visage présente peu de rides. Son mari est bien plus grand qu'elle et nous dépasse tous les trois. Les enfants me saluent poliment. Ils ont exactement la même taille et se ressemblent à s'y méprendre, je suppose qu'ils sont jumeaux.

Aleid van Palland se tourne vers moi.

« Evert m'a dit que vous veniez d'Alkmaar, comme mon mari. Quelle coïncidence !

– Tout à fait », dis-je en restant sur mes gardes. J'ignore si les serviteurs de la justice des différentes villes du pays sont en contact, et le risque que le prévôt d'Alkmaar retrouve ma trace de cette façon me semble limité, mais je ne suis pas totalement rassurée.

« Il ne doit pas être facile de partir vivre seule dans une autre ville.

– J'ai eu peu de temps jusqu'ici pour penser à ma famille, mais vous avez raison. Ce n'est pas évident de partir aussi loin.

– Ta famille te rend-elle visite de temps à autre ?

– Ils sont très occupés. Le voyage prend des jours et le travail ne manque pas.

– Tu t'appelles Barents, c'est cela ? demande Isaäc. Tu as gardé le nom de ton mari défunt ou est-ce ton nom de jeune fille ?

– C'est mon nom. Je ne crois pas que vous connaissiez mon mari. Nous habitions à De Rijp, pas à Alkmaar. »

La perspective qu'il connaisse le nom de Govert me donne des sueurs froides. Il a peut-être entendu parler de sa mort dans des circonstances suspectes. Les ragots courent vite.

« Il m'arrive de retourner de temps en temps à Alkmaar, mais je ne vais effectivement jamais à De Rijp. »

Isaäc semble me scruter du regard, comme s'il avait remarqué ma retenue.

« Viens nous rendre visite un jour quand tu en auras le temps. Il me plairait beaucoup de faire plus ample connaissance, me propose Aleid avec beaucoup de gentillesse.

– Ce serait avec plaisir, dis-je avec un sourire maladroit. Je dois retourner au travail, si vous voulez bien m'excuser… » Je fais une petite révérence et regagne l'atelier à la hâte.

« Nous nous verrons dimanche à l'église ! » me crie Aleid alors que je passe la porte.

21

S'il est préférable de ne pas trop fréquenter Isaäc et Aleid, je ne peux cependant évidemment pas manquer l'église. Il ne serait de toute façon pas indiqué de rester à la maison, j'ai trop à me faire pardonner. D'un autre côté, la rupture brutale avec mes parents et le fait d'avoir renoncé à Mattias constituent déjà une forme d'expiation. Mon nouveau départ à Delft, où je consacre mes journées à la peinture, dépasse aussi mes espérances.

Les commandes affluent. Evert a embauché de la main-d'œuvre supplémentaire, mais la charge de travail reste élevée. Je ne peins plus au gré de mes envies, par inspiration, il faut produire. Les pièces doivent sortir, et vite.

Frans et moi dessinons les scènes sur papier, que nous perforons sur le pourtour afin d'en faire des patrons. Nous remplissons ensuite les trous au fusain pour rendre les motifs visibles, et il nous suffit alors de colorier l'intérieur des motifs. Les nouvelles recrues de l'atelier de peinture réutilisent nos patrons, ce qui nous permet d'augmenter la production.

La fabrique de faïence connaît une croissance exponentielle. Nous doublons, puis triplons notre chiffre d'affaires mensuel au cours de l'été.

« Le *Delft* est arrivé au cap », annonce Evert un après-midi, alors que la journée de travail touche à sa fin. « Le cap de Bonne-Espérance, à l'extrême sud de l'Afrique », précise-t-il en voyant mon regard interrogateur. Il me fait signe de le suivre dans son bureau, où il a accroché un planisphère peu après le départ de Mattias.

« La république des Provinces-Unies se trouve à cet endroit, et ici, nous avons la France et l'Espagne. L'Afrique est encore en dessous. Mattias est là en ce moment. »

Je m'approche de la carte et regarde le point qu'il montre du doigt. J'ai du mal à imaginer que Mattias soit si loin. Nous ne parlons jamais de lui avec Evert ; lui probablement pour épargner mes sentiments, moi pour la même raison.

Que fait-il à l'instant où nous parlons ? Pense-t-il encore à moi ? Même si la sensation de manque s'est un peu atténuée, il occupe encore beaucoup mes pensées. Beaucoup trop, ce qui m'exaspère.

« Où va-t-il exactement ? »

Le doigt d'Evert glisse vers un point de l'autre côté de la carte.

« C'est tellement loin que c'est difficile à imaginer ! J'ai toujours eu du mal à m'y faire, mais Mattias n'a jamais rien voulu d'autre.

– Oui, c'est ce que j'ai cru comprendre… »

Sans me regarder, Evert décide d'aborder un autre sujet.

« Catrijn, tu dois savoir une chose à propos de Mattias. »

Je reste silencieuse. Il poursuit :

« Je te l'ai déjà dit, tu ne dois pas trop compter sur lui. Mattias a toujours eu horreur des engagements. Il aime le changement et ne supporte pas l'idée d'une vie bien rangée. Je sais qu'il est très séduisant, mais je ne compte plus les cœurs qu'il a brisés.

– Il ne m'a pas brisé le cœur.

– C'est une question de formule. J'ai vu ton regard l'autre jour, quand il est venu te dire au revoir.

– Il m'a demandé de l'attendre.

– J'ai entendu. Et que comptes-tu faire ? »

Je fixe la carte, les yeux rivés sur le point indiqué par Evert.

« Je ne compte pas l'attendre, cela n'aurait pas de sens. »

À ces mots, un sentiment de tristesse m'envahit de nouveau.

« Je pense qu'il était sincère, me confie Evert à ma grande surprise.

– Vraiment ?

– Mattias n'est pas un menteur. S'il te l'a dit, c'est qu'il le pensait. Le problème avec lui, c'est qu'il ne tient pas ses promesses. Non qu'il ne le veuille pas, mais parce qu'il n'est pas comme les autres. Il a besoin de liberté, de suivre ses envies. Je sais qu'il reviendra, mais aussi qu'il repartira un jour. »

Je l'écoute en silence. L'infime espoir que j'avais préservé au fond de moi est réduit en poussière. Intuitivement, je sais qu'Evert a raison et que sa mise en garde part d'une bonne intention. Mais je sens aussi autre chose, je le vois sur son visage, je le lis dans ses yeux. Je prends conscience qu'il me suffirait de faire un pas dans sa direction pour mettre fin à notre solitude.

« Cela te dirait d'aller à la kermesse ? » me demande Engeltje un jour où elle passe dans la boutique. Elle tient ses filles

Catharina et Geertruyd par la main. On distingue clairement la rondeur de son ventre sous son manteau.

Nous nous sommes parlé plusieurs fois et j'ai tout de suite senti qu'un lien fort et réciproque se nouait entre nous. Quirijn, qui me parle tous les jours de sa femme, de ses enfants et de la grossesse avec le même enthousiasme, n'y est certainement pas étranger.

« J'espère que nous aurons un petit garçon cette fois, m'a-t-il un jour confié. Engeltje se met en rage quand elle m'entend : pour elle, le plus important, c'est que l'enfant soit en bonne santé. Fille ou garçon, peu lui importe. Elle a évidemment raison. Mais j'aimerais quand même avoir un fils !

– Je comprends très bien. Tous les hommes veulent un garçon et toutes les femmes veulent une fille. »

En la voyant devant moi, je repense à cette conversation.

« Tu crois qu'il est prudent d'aller à la kermesse dans ton état ? »

Elle secoue la tête.

« Je croirais entendre Quirijn ! Pour lui, je devrais rester cloîtrée toute la journée à la maison. Comme si ma grossesse était une maladie ! Le corps d'une femme est conçu pour porter un enfant. Tout s'est bien passé les fois précédentes, je ne vois pas pourquoi il en irait autrement maintenant. »

Je ne peux que lui donner raison.

« Oui, j'aimerais aller à la kermesse. Je suis curieuse de voir si les gens s'amusent autant ici que dans mon village natal.

– Sans aucun doute ! Les gens sont les mêmes partout », dit-elle en faisant mine d'avaler une chope de bière d'un trait. J'éclate de rire.

« Et vous, vous allez aussi à la kermesse ? » Je me tourne vers les filles, qui me regardent, un peu gênées. Catharina a cinq ans et sa sœur Geertruyd vient d'en avoir trois. Elles hochent la tête sans trop savoir que dire. À les voir là, si mignonnes dans leur manteau et leur longue jupe, la coiffe recouvrant docilement leurs boucles, je ressens la morsure du manque. S'il avait survécu, mon fils aurait eu un an et demi aujourd'hui.

Mes yeux rencontrent ceux d'Engeltje, qui me couvent avec douceur.

« Ton tour viendra bientôt, Catrijn, j'en suis sûre.

– Tu crois vraiment ?

– Évidemment ! Evert te dévore des yeux ! Il parle de toi à longueur de journée.

– C'est juste parce que nous passons beaucoup de temps ensemble à l'atelier.

– Peut-être, mais il t'a présentée à ses amis. Et tu peux me croire, il ne s'était pas donné cette peine pour Frans et Quirijn ! »

Je ris.

« En effet ! Mais pour être franche, je ne sais pas trop que penser de cette situation.

– Quelle situation ?

– J'ai cru comprendre que sa femme était décédée. Tout le monde dit que je lui ressemble. Tu ne crois pas que c'est elle qu'Evert voit quand il me regarde ? »

Engeltje réfléchit quelques instants. Elle finit par dire :

« Non, je ne pense pas. Gesina est morte il y a quatre ans déjà.

– Ce n'est pas si long pour un tel deuil.

– C'est vrai… »

Elle hésite avant de poursuivre. « C'est surtout la mort de ses enfants qui l'a bouleversé. »

Elle me scrute brièvement du regard.

« Evert nous a dit que tu avais eu une relation avec son frère Mattias. C'est vrai ?

– Ce n'était pas sérieux. Sinon il ne serait pas parti pour un voyage d'un an et demi.

– Certains hommes sont un peu primaires, ils s'imaginent que les femmes les attendront éternellement. Catrijn, je ne veux pas donner l'impression de me mêler de ce qui ne me regarde pas, et tu n'es pas non plus obligée de me répondre, mais laisse-moi te dire qu'Evert est un homme bien différent de Mattias. Il ferait assurément un bon mari pour toi. L'amour est une chose merveilleuse, mais le plus important est d'avoir un homme sur qui l'on peut compter. »

22

À la fin juillet, tout Delft est de sortie pour la kermesse. Même les notables font une entorse à leurs habitudes en venant se mêler au peuple. Vêtus de leurs plus beaux habits, ils paradent entre les marchands ambulants, les arracheurs de dents et les pitres.

Tandis que je déambule à travers la foule en compagnie d'Evert, de Quirijn, d'Engeltje et de leurs enfants, je constate que la kermesse de Delft n'est pas très différente de celle de De Rijp. Elle est toutefois beaucoup plus grande ; il y a bien plus à voir et à faire.

Ici aussi, les fidèles de Dieu, pasteur en tête, mettent les passants en garde contre l'influence perverse de la kermesse, à l'origine une foire annuelle tenue le jour de la consécration de l'Église catholique. Et, de ce fait considérée comme une abomination par les protestants. La majeure partie des habitants de Delft est protestante, mais tout le monde semble s'en donner à cœur joie.

Une estrade a été montée sur la place du marché, où des pièces de théâtre sont jouées sans interruption. Au coin de la rue, un théâtre de marionnettes divertit les enfants. Des gitanes prédisent l'avenir dans des tentes et, partout autour de moi, je vois des astrologues, des funambules et des cracheurs de feu. La place, mais aussi toutes les rues avoisinantes débordent d'étals proposant beignets, pains de fête et friandises.

En route, nous croisons Isaäc et Aleid van Palland avec leurs jumelles. Nous nous saluons, échangeons quelques mots et poursuivons notre route.

L'exposition des monstres humains attire tous les regards. Les badauds observent et commentent abondamment les géants et les nains, les bossus et les autres phénomènes de foire difformes dont il est fait étalage.

Un peu plus loin, la Femme la plus forte de la République soulève un tronc d'arbre à bout de bras devant une assistance médusée.

« On croirait un homme ! dis-je, impressionnée par sa masse musculaire.

– C'est le cas ! répond Evert. Il a probablement emprunté les habits de sa femme…

– Evert est difficile à convaincre ! » commente Quirijn. Arborant un large sourire, il donne une tape dans le dos de son patron et ami. « Fais-toi prédire l'avenir, Evert. Je me suis laissé tenter à la dernière kermesse et la voyante m'a promis un fils.

– Ça, j'aurais pu te le dire aussi ! Elle avait une chance sur deux. » Evert regarde la tente de la diseuse de bonne aventure avec mépris.

« Tu as envie d'y aller, Catrijn ? me demande Engeltje.

– Bonne idée ! s'exclame Quirijn. Profitez-en pour lui demander la date de naissance du bébé. » Il prend sa bourse et en sort une pièce.

« Inutile, je la connais ! Ce n'est pas pour demain, lui lance Engeltje en lui prenant la pièce des mains. Viens, Catrijn, suis-moi ! » Elle confie ses filles à son mari et me prend par le bras.

Je tourne la tête vers Evert comme pour chercher de l'aide, mais ce dernier s'amuse de la scène.

« Pourquoi pas ? Veille juste à ne pas prendre ces sottises trop au sérieux… »

La tente est ouverte, signe que la voyante n'a pas de client, et nous y entrons en riant. Des tentures sombres assurent une ambiance mystérieuse. L'intérieur baigne dans une odeur étrange que je n'arrive pas à définir.

Une jeune gitane, habillée en vert clair et portant un voile transparent devant le visage, nous sourit. D'une voix suave, elle nous invite poliment à nous asseoir. « Prenez place, nobles dames. »

Nous nous installons et ses yeux se posent directement sur Engeltje. Sans rien ajouter, la gitane lui tend la main. Engeltje y pose la sienne après quelque hésitation. La diseuse ferme alors les yeux et reste silencieuse. Après un long moment, elle relève ses longs cils et dit :

« Je vois une vie longue et heureuse. Une grande réussite s'annonce.

– Vous parlez de mon enfant ? Ce sera un garçon ? demande Engeltje avec empressement.

– Ce sera un garçon. Vous aurez un bel accouchement et vous mettrez au monde encore beaucoup d'autres enfants en bonne santé après ce fils. Mais je vous prédis aussi la réussite dans les affaires. »

La voyante la fixe droit dans les yeux à présent.

« L'entreprise que vous allez monter avec votre mari se transmettra de génération en génération. Les affaires seront fructueuses.

– Mais mon mari est assistant-cuiseur dans une fabrique de faïence ?

– Alors il est grand temps qu'il se mette à son compte ! »

Le regard de la gitane glisse vers moi. Elle lâche la main d'Engeltje et prend la mienne. Cette fois, elle ne ferme pas les yeux. Elle me fixe pendant plusieurs secondes. Je suis assaillie par un pressentiment.

« Qu'y a-t-il ? dis-je, angoissée.

– Vous devez être sur vos gardes, murmure-t-elle alors. Un grand danger vous guette. »

Un frisson remonte le long de ma colonne vertébrale.

« Quel genre de danger ?

– De nombreux dangers. Il va falloir être forte et beaucoup prier pour y échapper.

– Être forte ? Que vais-je devoir faire ?

– Partir ! dit-elle alors avec insistance. Loin. C'est la seule solution. »

Un silence de mort s'abat sur la tente. Je déglutis avec peine et je vois qu'Engeltje me dévisage d'un air horrifié. La diseuse a refermé les yeux et serre à présent ma main dans la sienne. Je me dégage brusquement.

« Vous racontez n'importe quoi ! » dis-je avec force. Je perçois néanmoins une once d'angoisse dans ma propre voix.

« Tu as raison ! Viens, Catrijn, allons-nous-en ! » Engeltje se lève et fait claquer la pièce de monnaie à plat sur la table.

Je me mets debout moi aussi, sans lâcher la voyante des yeux.

« Vite, ajoute-t-elle, partez avant qu'il ne soit trop tard ! »

Un seul regard sur mon visage suffit à Evert pour comprendre que quelque chose ne va pas. Il pose une main bienveillante sur mon épaule.

« Tu ne vas pas croire ces sornettes, j'espère ?

– Je ne sais pas trop... Il y a peut-être une part de vérité. Certaines personnes ont de vrais dons de voyance. C'est écrit dans la Bible.

– Exact, mais il y a surtout beaucoup de charlatans. Quel boniment a-t-elle débité cette fois ? »

Quirijn s'approche et me regarde en fronçant les sourcils. « Engeltje m'a dit que tu étais en danger ?

– La voyante m'a conseillé de fuir le plus loin possible. »

Dans un accès de rage, Evert se précipite alors dans la tente. Nous nous regardons sans trop savoir que faire. Il ne reste pas longtemps à l'intérieur et ressort quelques instants plus tard en poussant la voyante devant lui. Il est furieux.

« Cette dame a quelque chose à te dire, Catrijn. »

La jeune femme s'agenouille à mes pieds et me prend la main.

« Pardonnez-moi, madame, je vous ai menti. Si je prédis un bel avenir à tout le monde, plus personne ne me croira. Je n'ai rien vu de particulier en vous, j'ai tout inventé. »

Plusieurs personnes se sont amassées autour de nous et observent la scène avec curiosité. Mal à l'aise, j'essaie de libérer ma main, mais la voyante ne veut pas la lâcher.

« Je vais refaire un essai et vous en aurez cette fois pour votre argent. »

Sans attendre ma réaction, elle me retourne la main et observe ma paume avec nervosité. « Vous avez une longue ligne de vie, ce qui est bon signe. Je vois... »

La foule qui s'est rassemblée commence à chahuter, je me dégage d'un coup sec.

« C'en est assez ! Cessez vos balivernes. »

Je me tourne vers Evert : « Pouvons-nous partir d'ici ? »

Il acquiesce d'un signe de tête, passe son bras autour de mes épaules et m'entraîne à travers la foule de curieux. Quirijn et Engeltje nous suivent avec les enfants, laissant la voyante seule au milieu des gens qui la couvrent d'insultes et de crottin de cheval. Quand nous arrivons dans une partie un peu plus calme de la place, j'aperçois au loin la tente de la gitane saccagée et mise en loques.

Quirijn me lance un regard :

« Les diseuses de bonne aventure savent que leur métier n'est pas sans risque. Officiellement, l'Église leur interdit de venir ici. Au siècle dernier, on les battait à coups de fouet, elle s'en sort donc plutôt bien. Vous avez soif ? »

Il donne un coup d'épaule à Evert, qui ne semble pas opposé à l'idée de la flagellation. « Venez, profitons de la kermesse ! » s'exclame Quirijn avec enthousiasme.

Evert se déride un peu et m'interroge du regard.

« Ça me va ! » dis-je pour clore le chapitre.

Nous entrons dans l'auberge Mechelen, qui est déjà bien remplie. Digna et sa fille Geertruy nous font signe, mais sont trop occupées pour entamer la conversation. Johannes quitte son comptoir quelques instants et vient nous saluer.

« Catrijn, je dois te présenter quelqu'un », me dit-il en posant la main sur l'épaule d'un homme qui se tient juste à côté de nous. « Voici Carel Fabritius, mon ancien maître et l'un de mes meilleurs amis. »

Un homme maigre d'une trentaine d'années se tourne vers moi et fait une petite révérence. Ses cheveux foncés lui tombent sur les épaules.

« Je suis ravi de pouvoir enfin vous rencontrer, mademoiselle. On ne parle que de vous à Delft, en ce moment. »

J'esquisse un sourire.

« Ah, vraiment ? En bien, j'espère ?

– Mieux que cela encore ! Et maintenant que je vous ai en face de moi, je comprends pourquoi. On m'a dit que vous étiez née à De Rijp ? Une beauté blonde d'une telle fraîcheur ne peut venir que de cette région…

– Carel est né à Middenbeemester, intervient Johannes en me lançant un regard qui parle de lui-même.

– C'est juste à côté de chez moi, dis-je d'un air surpris. Les gens d'ici vont finir par croire que toute la région a déménagé à Delft !

– C'est en effet un curieux hasard. Quel est votre nom de famille ?

– Barentsdochter, répond Johannes, serviable. Mais tu as quitté ton village il y a un moment, Carel, je ne crois pas que vous vous étiez déjà croisés ?

– Si cela avait été le cas, je m'en souviendrais. » Carel fait une nouvelle petite révérence, puis reprend :

« Mais je suis effectivement parti il y a plusieurs années. J'ai habité quelque temps à Amsterdam et je vis à Delft depuis quatre ans.

– Vous avez été l'élève de Rembrandt van Rijn, si j'ai bien compris ? J'ai eu l'occasion de le rencontrer lorsque je travaillais à Amsterdam, de même qu'un autre de ses élèves, Nicolaes Maes. Il donnait des leçons de peinture à la dame chez qui j'étais en poste.

– Intéressant ! Johannes m'a dit que vous peigniez ? » Carel me considère avec intérêt.

« Cela m'arrive, mais mes toiles ne sont pas des œuvres d'art.

– Ne vous sous-estimez pas. Johannes et moi-même avons une confession à vous faire : nous avons vu votre tableau. Evert nous l'a montré. Il trouve que vous avez du talent et qu'il serait dommage de ne pas mieux l'exploiter. »

Je me tourne brutalement vers Evert qui observe la scène de loin, le sourire aux lèvres.

« Il a dit cela ?

– Il a même suggéré que l'un de nous vous donne des leçons !

– Ce que j'adorerais faire, mais mon travail à l'auberge me laisse à peine le temps de peindre pour mon propre compte, précise aussitôt Johannes.

– Il ne reste donc que moi ! Je ne peux pas offrir un apprentissage complet à une nouvelle élève, mais je peux à tout le moins vous donner quelques conseils. Si cela vous intéresse, bien entendu. Evert m'a glissé que vous pouviez éventuellement être libérée le lundi ; nous pourrions commencer dès la semaine prochaine. »

Je suis prise de vertiges. Des leçons de peinture ! Mon regard se pose de nouveau sur Evert, qui ne me quitte pas des yeux, son visage exprimant un mélange d'affection et de tendresse. Embarrassée, je me tourne vers Carel.

« Je suis très heureuse de mon travail actuel, mais il me plairait beaucoup d'apprendre à peindre avec vous.

– Dans ce cas, l'affaire est entendue, Catrijn. Je vous attendrai donc lundi prochain à huit heures dans mon atelier de la Doelenstraat. » Carel prend congé et s'éloigne.

Johannes m'adresse un clin d'œil complice et retourne dernière son comptoir. Evert vient à ma rencontre en se frayant un chemin entre les clients de l'auberge.

« Merci, lui dis-je simplement.

– Tu as accepté sa proposition ?

– Je prends ma première leçon lundi.

– Fantastique ! Carel et moi avons convenu d'un prix tout à fait raisonnable.

– Je tiens à payer ces leçons moi-même !

– Non, laisse-moi te faire ce cadeau.

– J'ai de l'argent, j'insiste pour financer mon apprentissage.

– Et j'insiste pour te faire ce cadeau ! Tu nous as rendu un fier service en nous proposant d'imiter la porcelaine chinoise, je te dois bien cela. Et puis, je le vois comme un investissement, car nous profiterons aussi, indirectement, des enseignements de Carel. »

Je n'ai rien à opposer à ces arguments. Je suis assaillie par une foule de sentiments mêlés ; de la surprise, de la gratitude et aussi autre chose d'indéfinissable, qui me fait perdre un peu mes repères. « Merci » est le seul mot que je parviens à exprimer.

23

Bien après minuit, assise à côté d'Evert sur le perron d'une maison, j'observe la place du marché, à présent dépeuplée. À l'exception d'un dernier fêtard ivre qui déambule en beuglant, les lieux sont déserts. Secondées par le halo timide de la lune, quelques torches émettent encore un peu de lumière dans l'obscurité. Je fais tourner autour de mon poignet le bracelet que Mattias m'a offert et m'arrête en voyant qu'Evert le regarde.

« Tu as de belles mains. Si fines et gracieuses. Rien à voir avec les miennes. » Il lève la main droite, couverte de cicatrices. Nous rions.

« Joli bracelet. Du lapis-lazuli ? »

Je fais un signe de tête. « Mattias me l'a donné avant de partir.

– Je m'en doutais un peu. »

Nous regardons dans le vide quelques instants sans rien dire.

« Tu l'aimes ? »

Sa question reste en suspens dans l'air. Puis je pousse un soupir.

« Je n'en sais rien. J'ai été très amoureuse de lui, mais mes sentiments sont moins forts. Les choses auraient été plus difficiles s'il était resté en ville.

– Cela passera avec le temps.

– C'est ce que je me dis… Et Gesina ? »

À son tour, à présent, de rester silencieux. Après un instant, il finit par dire :

« Nous étions jeunes et amoureux quand nous nous sommes mariés. Gesina était très belle et mon bonheur a été infini quand elle m'a dit oui. D'autant qu'elle venait d'une famille riche et que je n'étais pas un si bon parti pour elle. Mais nous avions un avenir radieux devant nous. J'ai hérité de la fabrique de faïence de mes parents – avec mes frères, dont j'ai ensuite racheté les parts. Je voulais faire quelque chose de notre avenir, mais tout n'a pas été aussi vite que je l'espérais. La concurrence sur le marché de la poterie ordinaire est rude et les notables étaient portés sur la porcelaine chinoise, plus exclusive. Je faisais de mon mieux, mais je ne pouvais pas offrir à Gesina le luxe auquel elle aspirait. Même si elle venait m'aider à la boutique, elle voyait ce travail comme une atteinte à sa dignité. Elle le faisait, mais je sentais chaque jour ses reproches tacites peser un peu plus sur moi. Nous avons eu des enfants et ils ont eux aussi apporté leur aide dans la fabrique, dès leur plus jeune âge. J'ai formé notre fils Cornelis au métier de cuiseur, tandis que les filles accomplissaient des tâches diverses et variées. »

Il marque un temps d'arrêt, que je laisse passer. Après un moment, je lui demande combien d'enfants il avait.

« Trois. Cornelis était l'aîné, puis nous avons eu Magteld et Johanna. Ils avaient respectivement douze, huit et cinq ans quand ils sont morts. Nous avons aussi eu deux autres enfants, mais ils n'ont vécu que quelques mois. »

Je ne dis rien, me contente de lui tenir la main.

« J'ai longtemps pensé que j'aurais pu les sauver. Que j'aurais dû essayer de monter les escaliers, même s'ils étaient déjà en partie dévorés par les flammes, que j'aurais dû chercher un autre moyen d'arriver en haut. Je sais que c'était insensé, que j'aurais flambé comme une torche et que je serais mort avec eux. Mais c'est ce qui aurait dû se passer. J'ai reculé devant le danger, je n'ai pas osé me lancer dans le brasier alors que j'entendais mes enfants hurler – jamais je ne me le pardonnerai. Dieu ne me le pardonne pas non plus et me punit chaque nuit en me faisant revivre ce même cauchemar. »

Un nouveau silence s'installe, plus pesant encore.

« Je me demande parfois si le châtiment que nous nous infligeons à nous-mêmes n'est pas pire que celui de Dieu, dis-je comme si je pensais tout haut.

– Tu as peut-être raison. »

Il me regarde, mais l'obscurité m'empêche de lire l'expression de son visage. Sa voix est ma seule indication, et elle exprime un chagrin infini.

Enfin, il semble se ressaisir, se redresse et me dit :

« Parle-moi de toi. Quelle est ton histoire ? »

Je hausse les épaules.

« Une prochaine fois peut-être. »

Alors que l'été prend fin, je me présente chaque lundi à la porte de l'atelier de Carel, dans la Doelenstraat. Je ne suis pas sa seule élève, mais je suis la seule femme. Les autres jours de la semaine, ils peignent des modèles nus ; je me limite quant à moi aux paysages de ville et aux fleurs.

« Ce n'est pas suffisant, dis-je un matin de la fin septembre. Je dois perfectionner mes motifs chinois, je ne peux continuer indéfiniment à peindre des fleurs et des dragons. Comment dessiner des êtres humains si je ne connais pas l'anatomie ?

– Les Chinois portent de toute façon des vêtements amples… »

Carel se tient devant un tableau presque achevé, qu'un client viendra chercher dans la journée.

« Tu ne peux pas assister aux leçons avec les modèles nus. Je comprends ta frustration, mais ce n'est pas possible.

– Comment une femme peut-elle devenir maître-peintre si elle n'a pas la possibilité d'étudier le corps humain, contrairement aux hommes ?

– Plusieurs femmes sont inscrites à la guilde de Saint-Luc. Judith Leyster de Haarlem, par exemple, une artiste très talentueuse.

– Je sais. Il y en a une autre à Alkmaar, une certaine Isabella Bardesius. Comment ces femmes ont-elles été formées au métier ?

– Tout comme toi, par une spécialisation en natures mortes, même si elles ont aussi fait quelques portraits. »

Sans que je m'y attende, Carel fait pivoter la toile sur laquelle il travaille.

« Dis-moi en toute franchise ce que tu penses de ce tableau ? »

Je m'avance vers lui. Je n'avais pas encore vu sa dernière œuvre. La couleur, encore humide, luit dans la lumière matinale. La toile révèle un oiseau au plumage gris-brun rayé d'une bande jaune vif, à la face rouge écarlate. Malgré son regard perçant, il est évident qu'il s'agit d'un animal domestique, car une fine chaînette entoure la patte de l'animal et le rattache à une sorte de perchoir accroché au mur. Le tableau est petit et très intime. Retenant ma respiration, je l'observe, émue par sa simplicité et sa beauté. Je finis par dire :

« Il est magnifique.

– Je l'ai appelé *Le Chardonneret*. Je vais avoir du mal à m'en séparer.

– Je comprends. Au fond, ne souhaiterais-tu pas garder tous tes tableaux ?

– Sans doute, mais je veux surtout éviter de mourir de faim ! »

Nous contemplons la peinture dans un silence à la fois respectueux et complice.

« Tu as raison, dis-je après un moment. Il n'y a rien de dégradant à peindre des natures mortes. » Je reprends place derrière mon chevalet.

« Comment es-tu arrivé à Delft ? »

Je crois un instant que Carel ne m'a pas entendue, car il reste le dos tourné sans réagir. Ce n'est que lorsque je me remets au travail qu'il commence à parler.

« Aeltje était l'amour de ma vie, dit-il sans détourner les yeux de son tableau. Elle était belle et drôle, nous étions très proches. Nous étions un peu comme deux amis. Nous avons grandi ensemble, nos parents étaient voisins. Petits, nous nous étions promis de nous marier. » Il se retourne alors vers moi et ajoute :

« Et c'est ce que nous avons fait. »

Je comprends au timbre de sa voix que l'histoire n'est pas terminée.

« Aeltje voulait aller à Amsterdam. Elle y avait de la famille, des gens aisés qui m'ont aidé à payer mes leçons. J'ai ainsi pu entrer en apprentissage chez Rembrandt et devenir moi-même maître-peintre. J'ai très vite reçu mes premières commandes, c'était une époque magnifique. Nous profitions pleinement de la vie, Aeltje et moi. Mais toutes les belles choses ont une fin. »

Carel se lève et vient s'asseoir près de moi. Il pose un regard absent sur le tableau auquel je travaille.

« Aeltje adorait les enfants. Déjà petite, elle savait comment elle appellerait les siens. Nous en avons eu trois, mais aucun d'eux n'a fêté son premier anniversaire. Aeltje est morte pendant l'accouchement du troisième.

– Quel malheur…

– J'étais promis à une belle carrière, mais je ne pouvais plus rester à Amsterdam. Je suis retourné à Middenbeemster et y suis resté quelques années, jusqu'à ma rencontre avec Agatha. Elle était veuve, nous comprenions nos chagrins. Nous sommes venus à Delft après notre mariage, elle est originaire d'ici.

– Une bien triste histoire.

– Mais qui reste hélas très ordinaire. Ce genre de cas est fréquent. Nous sommes tous voués à recevoir, tôt ou tard, notre part de malheur. La seule chose que nous pouvons espérer est qu'il se présente le plus tard possible, pour que nous puissions quand même goûter un peu au bonheur. Mais je ne t'apprends rien, n'est-ce pas ? »

Je me retourne vers lui sans comprendre.

« Je te connais, Catrijn, je sais qui tu es.

– Tu sais qui je suis ?

– Combien d'années nous séparent, toi et moi ? Une dizaine tout au plus ? De Rijp, Graft et Middenbeemster sont des villages voisins. J'ai des amis et de la famille dans les trois. J'ai bien connu Govert, ton mari. Et je retourne de temps en temps dans mon village natal, j'ai entendu les ragots. »

L'annonce me fait l'effet d'un coup de poing dans l'estomac. Pour dissimuler mes émotions, je m'efforce de continuer à peindre, la main tremblante.

« Quels ragots ?

– Je crois que tu le sais. Est-ce la raison de ton départ ? »

Son visage est apaisé, le ton de sa voix n'est pas accusateur. Il poursuit :

« Je sais quel homme Govert pouvait être. Il avait deux visages. Il pouvait être très attachant, mais il avait aussi cette terrible face sombre. J'imagine que tu as dû en subir les conséquences. »

Je reste paralysée, immobile, comme un animal pris au piège.

« Oui, dis-je finalement.

– Sa mort a dû être un soulagement pour toi…

– Il était complètement ivre. Il cuvait son vin, affalé dans le lit-clos. Quand j'ai quitté la pièce, il ronflait comme un soufflet de forge. Une demi-heure plus tard, il était mort. »

Carel me regarde d'un air pensif.

« Pourquoi as-tu quitté De Rijp ?

– Pourquoi serais-je restée ? J'ai toujours voulu partir, même quand j'étais une enfant. À la mort de Govert, plus rien ne me retenait au village, je suis partie.

– Certains voient ton départ comme une fuite.

– J'ai fui la mesquinerie et les bassesses du village. Je voulais une autre vie, être libre, rencontrer d'autres gens.

– Et elle te plaît ? »

Je le regarde, perplexe. « Comment cela ?

– Cette autre vie que tu es venue chercher, elle te plaît ? »

Je réfléchis un instant.

« Oui, dis-je finalement. Ma famille me manque, mais je ne veux pas retourner au village. Je ne peux pas.

– Non, rétorque Carel d'un air approbateur. À ta place, je n'y retournerais pas non plus. »

24

Je m'essaye pour la première fois au portrait la semaine suivante. Carel a reçu commande de Simon Simonszoon, sacristain de l'église Oude Kerk. Carel invite ses élèves à faire l'exercice avec lui.

Mais avant même que nous commencions, il se rend compte qu'il n'y a plus d'huile pour mélanger la couleur. Le regard courroucé, il se tourne vers nous et repose violemment le récipient vide sur l'établi.

« Merci à celui qui vide le pot de prendre la peine d'en informer les autres !

– C'est ma faute, je suis sincèrement désolée, dis-je embarrassée.

– Va donc en acheter. Au pas de course, si possible. »

Je me lève précipitamment, prends mon manteau et adresse un regard confus au sacristain, assis au milieu de l'atelier, prêt à se faire peindre dans ses plus beaux atours. Son expression se veut rassurante.

« Ne vous inquiétez pas, je crois qu'il y a assez de peinture pour commencer. »

Je lui souris en signe de remerciement, saisis le pot vide et sors de l'atelier à la hâte. Je marche aussi vite que je peux vers l'Oude Delft. Arrivée chez le marchand d'huile, je fais remplir le récipient à ras bord et reprends immédiatement ma route.

Les rues sont animées en ce beau jour d'octobre. Les étals des boutiques ont été dépliés, mettant en valeur les marchandises dans la lumière éclatante de l'automne. Dans la rue, intendantes et servantes font leurs achats. Je me faufile à travers la foule en faisant écran avec mon bras pour protéger mon huile. Tandis que je m'engage dans la Visstraat, j'entends une violente explosion. La détonation est si puissante que j'en perds l'équilibre. Je suis projetée contre un mur et lâche le récipient qui se fracasse sur le sol. Partout les gens cherchent refuge, se jettent par terre.

Avant même que je comprenne ce qu'il s'est passé, une deuxième déflagration retentit. Dans la petite rue où je me trouve, les gens cèdent à la panique, courent dans tous les sens, se bousculent, se poussent et se renversent. Une terrible odeur de fumée et de poudre m'envahit les narines. Je me relève, culbute une autre femme et m'enfuis en courant.

Je marque un arrêt au bout de la rue. D'épais nuages, noirs comme l'encre, se propagent vers moi. Je me retourne, paniquée. Une masse de gens affolés a pris la rue d'assaut. Je tourne à droite, le long du canal de Verwersdijk.

La rue est presque entièrement plongée dans l'obscurité. Pouvant à peine respirer, je lève les yeux et vois le nuage de fumée s'élever plus haut dans le ciel, recouvrir la ville d'une immense coupole noire. Quelques rues plus loin, plusieurs maisons sont ravagées par les flammes, des habitants crient : « Au feu ! Au feu ! »

Une troisième explosion nous secoue. Celle-ci est si forte qu'elle semble surgir de l'enfer. Les maisons et les pavés des rues tressaillent, les fenêtres volent en éclats. Des morceaux de verre projetés me tailladent la peau, mais sans me faire mal. Tout ce que je ressens à cet instant, c'est une immense frayeur.

Au loin, une sorte de tempête déferle sur la ville, comme si la main de Dieu s'abattait sur elle, arrachant les toits, dépouillant les façades de leurs portes et de leurs volets. Des tourbillons se forment dans les canaux et projettent l'eau sur les quais. Les bateaux sont mis en pièces, des débris volent de toutes parts, des gens sont soulevés dans les airs et s'écrasent sur le sol plusieurs mètres plus loin. Dans un effroyable sifflement, la tempête s'avance vers moi à la vitesse de l'éclair.

Je me retourne et cours pour sauver ma vie. L'onde dévastatrice me rattrape en quelques secondes et je suis moi aussi emportée par ce raz de marée invisible en hurlant. Je retombe violemment sur le sol, quelques mètres plus loin.

Sidérée, je regarde autour de moi. J'ai été projetée à l'intérieur d'une maison ! Les murs du couloir ondulent, les poutres de la charpente de bois craquent et menacent de rompre à tout moment. Prudemment, j'essaye de bouger, mais un écran noir me brouille la vue. La douleur me transperce le corps par vagues successives et je finis par m'évanouir. Quand je reprends connaissance, j'entends le feu crépiter. Affolée, j'ouvre les yeux et m'aperçois que le toit a été emporté par le brasier. Le trou béant qu'il a laissé me laisse entrevoir les ténèbres. La fumée envahit tout, les flammes dévorent la maison.

Les dents serrées, je parviens à me redresser et à m'asseoir. La fumée est si épaisse que je peux à peine respirer. Une gerbe d'étincelles brûlantes jaillit et perce des trous dans mes vêtements. Au même moment, je ressens une vive douleur sur le cuir chevelu, immédiatement suivie d'une odeur de brûlé. Je porte machinalement les mains à la tête. J'ai perdu ma coiffe et mes cheveux forment un matériau propice à ces parcelles incandescentes qui tombent de partout. Faisant abstraction de la douleur, j'éteins les flammes à mains nues. Je rampe jusqu'à l'ouverture de la porte. Chacun de mes mouvements me coûte, mais je n'ai apparemment rien de cassé. Au-dessus de moi, les vestiges ardents de la toiture grondent et avant que je n'aie atteint la porte la charpente s'effondre à grand fracas.

Je hurle et tente de me protéger la tête avec les bras. Une pluie de débris s'abat sur moi : des morceaux de bois, des tuiles, des pierres. Immobile, je gis sous un nuage de poussière, les yeux fermés, le visage pressé contre le sol. Une vague de douleur fulgurante me lacère les jambes.

Prise d'une quinte de toux, j'attends que la poussière retombe pour ne pas être totalement asphyxiée. Je rassemble ensuite les forces qu'il me reste pour me dégager des décombres, mais un objet lourd m'empêche de bouger les jambes. J'ai beau me tortiller, je ne parviens pas à me libérer de l'emprise. Des cris venant de l'extérieur me parviennent, des appels à l'aide et des pleurs, entrecoupés de gémissements rauques. Le silence abrupt qui suit me terrorise. Il ne me faut pas beaucoup d'imagination pour comprendre ce qui se passe dans la rue : l'incendie a atteint les maisons de l'autre côté du canal et avale tout et tout le monde sur son passage. Des gens qui, comme moi, sont incapables de fuir. Le seul espoir auquel je me raccroche est que les flammes n'ont pas encore gagné ce côté de la rue. Mais il sera de courte durée, car la majeure partie des maisons sont en bois et l'air est chargé de particules incandescentes qui peuvent les embraser à tout moment.

Je fais une nouvelle tentative pour dégager mes jambes. Les débris sont trop lourds pour être déplacés, j'essaie de me libérer en glissant. Je serre les dents et tire les jambes d'un coup sec. Un objet tranchant me déchire la peau et je hurle de nouveau de douleur. Je reste allongée quelques secondes pour reprendre mon souffle. Je n'ai progressé que de quelques centimètres et la souffrance est si intense que je ne sais pas si je trouverai la force de recommencer. Mais je n'ai pas le choix.

Après avoir rassemblé mon courage, je lance un dernier assaut. Oubliant la douleur, les yeux en larmes, je lève la jambe. Le sang gicle de ma plaie et je pousse un cri de rage pour m'obliger à continuer. Je gagne encore du terrain, mais pas assez. Une de mes jambes a un peu d'espace, mais l'autre ne bouge plus d'un centimètre.

Couchée sur le flanc, je pose le regard de l'autre côté du canal, où le feu gagne en intensité. Il a atteint les bateaux, les flammes lèchent à présent les cargaisons entreposées sur le quai. Je bouge une fois de plus la jambe, en saccades. Chaque mouvement me fait suffoquer davantage, un écran noir me brouille de plus en plus la vue. Le tas de débris ne me cède plus le moindre espace. Je ressens la chaleur ardente de l'incendie qui se rapproche, je pousse un autre cri. Le visage de mes parents et de mes frères apparaît devant mes yeux, puis ceux d'Evert et de Mattias. Avant de sombrer dans une inconscience salvatrice, je suis envahie par la peine, brève, mais profonde, à l'idée que je ne les reverrai plus jamais.

25

Je sens qu'on me déplace. J'entends des voix étouffées autour de moi.

« Allez-y doucement, dit quelqu'un. La jambe est cassée. Je compte jusqu'à trois et on soulève. »

J'ouvre les yeux. Je distingue plusieurs silhouettes penchées sur moi. J'entends le décompte et je sens le poids qui reposait sur ma jambe s'alléger. Avec un choc bruyant, les hommes jettent un gros bloc de pierre sur le côté. Des bras vigoureux m'extirpent ensuite de ce qu'il reste de la maison. Ma jambe est dans un sale état, la douleur est insoutenable, je m'évanouis.

Quand je reprends mes esprits pour la deuxième fois, je suis allongée sur un brancard en bois au milieu d'une foule agitée. Certains crient, d'autres sautent par-dessus mon brancard et heurtent ma jambe blessée. Je pousse un cri de douleur, et une voix en colère chasse les gens en vociférant. Je perds encore une fois conscience.

Je me réveille cette fois dans un lit-clos. À en juger par l'odeur infecte qui se dégage des draps et le bruit ambiant, je ne suis pas chez moi. J'ouvre les yeux et tourne la tête. Je découvre une salle aux murs bordés de couches, d'où s'échappent toutes sortes de gémissements. D'autres personnes sont allongées au sol, sur des brancards ou à même le carrelage. Des gens déambulent entre les blessés à la recherche de membres de leur famille ou de soignants. Je comprends que je suis à l'hôpital du Koornmarkt. Et je comprends surtout que je suis en vie, qu'on m'a sauvée de justesse de la mort.

Je ferme les yeux et remercie Dieu. Le soulagement est tel qu'il m'aide à supporter la douleur. J'ignore la nature exacte de mes blessures, mais je suis presque entièrement couverte de pansements. La plus grave se situe apparemment au niveau de ma jambe droite : je ne peux faire aucun mouvement sans qu'une onde de douleur terrible me traverse le corps.

Je soulève prudemment le drap et jette un œil en dessous. Une planchette de bois est attachée à ma jambe avec des bandages. Les bandes de tissus sont crasseuses, grises et gorgées de sang. J'ignore si c'est le mien ou celui du patient précédent.

Les quelques mouvements que je hasarde font apparaître de nouvelles taches sombres devant mes yeux. Je ferme les paupières, essayant d'ignorer le bruit autour de moi.

« Catrijn... »

Une voix familière. Angoissée et un peu éraillée, mais familière. J'ouvre les yeux, tourne la tête sur le côté et vois le visage d'Evert, juste devant le mien. Ses yeux sont injectés de sang et son teint est livide. Je lève la main, complètement recouverte de bandages, et lui souris.

« Tu es en vie. Dieu soit loué, tu es en vie. J'ai cru que... »

Il secoue la tête, sans voix.

« J'étais partie acheter de l'huile pour mélanger la couleur.

– Cela t'a sauvé la vie. Tout le quartier a explosé. »

– Et Carel ?

– Il est ici, mais il est gravement blessé. Les chances qu'il s'en sorte sont minces. Tous ses élèves sont morts, de même que Simon, le sacristain. »

Les yeux fermés, je prends le temps d'assimiler cette information.

« Que s'est-il passé ?

– La poudrière de Delft a explosé. On ne sait pas encore comment l'accident a pu arriver. Il devait y avoir une quantité énorme de poudre, tout le quartier est parti en fumée.

– C'est affreux… »

Pendant quelques instants, nous regardons le flot entrant de blessés qui continuent d'arriver. La salle de l'hôpital est à saturation et l'intendant donne l'instruction d'utiliser la nef de l'église d'à côté. Les gémissements, les cris et les appels à l'aide sont assourdissants. Les lieux sont couverts de sang et l'air est chargé d'une odeur métallique. Quelque part dans la salle, un médecin pratique une amputation, à laquelle le patient s'oppose comme un forcené. La puanteur de l'huile en ébullition, utilisée pour cautériser les vaisseaux sanguins, se mêle à celle de la viande brûlée.

Je lis la répugnance sur le visage d'Evert.

« Hors de question que tu restes ici ! Je t'emmène.

– Je ne peux pas, j'ai la jambe cassée.

– On te ramènera à la maison tant bien que mal, sur une charrette ou un brancard. »

La seule idée d'être ballottée dans cet état à travers la ville me donne la nausée.

« Ne fais pas cela, je t'en prie. De toute façon je ne peux pas rester seule chez moi.

– C'est chez moi que je compte te ramener.»

Sa proposition me touche, mais je préfère la décliner.

«Cela ferait encore jaser. Et puis tu n'as absolument pas le temps de t'occuper de moi.

– Anna, ma servante, prendra soin de tes blessures.»

Je secoue la tête. «Il est hors de question d'aller où que ce soit pour le moment. Je souffre le martyre au moindre mouvement. Je te remercie, mais je préfère rester ici.»

Evert balaye la salle des yeux d'un air écœuré.

«Je suis torturé par l'idée de te laisser seule dans cet endroit. Il faudra des semaines pour que la fracture guérisse!

– Je devrais déjà aller mieux d'ici une semaine ou deux.

– Dans ce cas, je viendrai te chercher dans deux semaines, que tu le veuilles ou non.»

Carel meurt le jour même. Johannes et Digna m'apprennent la nouvelle.

«C'est peut-être mieux ainsi, dit Digna. Son corps était couvert de brûlures. Il aurait été infirme le restant de ses jours.»

Johannes ne dit rien et regarde dans le vide, droit devant lui, comme s'il n'arrivait pas à se faire à l'idée qu'il venait de perdre l'un de ses meilleurs amis.

«Nous sommes très heureux que tu aies survécu.» Digna pose sa main sur la mienne. «Tu dois avoir un ange gardien.

– Oui… Mais j'ignore à quoi je dois ce privilège.

– C'est le fruit du hasard, intervient Johannes. Le bonheur, le malheur, la mort, la vie, Dieu n'y est pour rien.»

Digna se retourne vers lui, indignée: «Johannes!

– C'est la seule explication! Il n'y avait pas meilleur homme que lui. Toujours attentif aux plus faibles et aux nécessiteux, toujours prêt à faire la charité. Carel allait à l'église tous les dimanches. En quoi méritait-il de mourir ? Et ne viens pas me dire que sa mort fait partie du grand projet de Dieu ! Je l'ai assez entendu ! Ce grand projet, je n'y comprends rien. »

Digna fronce les sourcils et s'apprête à lui demander de se taire, mais je la devance : « Johannes a raison, je n'y comprends rien non plus.

– Ce n'est pas à nous de comprendre. Remercie simplement Dieu de t'avoir épargnée.

– Je Lui suis reconnaissante d'avoir la vie sauve, bien entendu. » Je regarde la salle de l'hôpital et m'attarde sur une jeune femme assise en pleurs au chevet de son fils, dont les deux bras viennent d'être amputés. « Mais je n'y comprends rien non plus. »

Les jours suivants, j'en apprends un peu plus sur les détails de la catastrophe. Cornelis Soetens, le gérant de la poudrière qui avait été installée sur l'ancien terrain du couvent des Clarisses, est entré dans l'entrepôt de poudre avec une torche. Personne ne sait exactement ce qui s'est passé à l'intérieur, car Soetens n'a pas survécu. Quarante tonnes de poudre étaient stockées sur place, qui restaient de la guerre contre les Espagnols au siècle dernier. L'explosion a rayé de la carte toute la partie nord-est de la ville. Sur les lieux de la poudrière, il n'y a plus qu'un gigantesque cratère. Toutes les maisons des alentours ont été détruites et, aujourd'hui encore, on retrouve des morceaux de jambes ou de bras humains sous les décombres.

Dans le reste de la ville aussi, les dégâts sont considérables. Tous les vitraux des églises ont été soufflés, dont certains exemplaires peints de très grande valeur, et le toit de nombreuses maisons a été arraché.

Plus de cinq cents habitants ont péri et on ne compte plus les blessés, dont beaucoup sont dans un état critique. Le nombre d'aveugles et d'invalides à Delft a doublé en l'espace d'une heure. Heureusement, la faïencerie d'Evert est loin du lieu de la catastrophe, qui n'a même pas brisé un godet.

26

Le temps suit lentement son cours. Je reste presque toujours couchée sur le dos. Les allées et venues dans la salle d'hôpital constituent ma seule distraction. Le docteur me rend visite deux fois par jour, en compagnie du chirurgien qui pratique les opérations. Les soins sont administrés par l'intendant et son épouse, avec l'aide de quelques servantes et valets.

À entendre les gémissements dans la pièce, je peux m'estimer heureuse de n'avoir qu'une jambe cassée. La fracture guérira d'elle-même, comme mes brûlures et mes plaies, au contraire des blessures de beaucoup d'autres patients alités ici. Toute la journée, on cautérise des artères, on trépane des crânes, on résèque des tuméfactions, on ampute des membres. Les portes du bâtiment restent ouvertes toute la journée, mais l'odeur âcre de l'alcool qui endort les patients, mêlée à celle de la chair putride, imprègne les murs.

Des cataplasmes nauséabonds me couvrent les bras et les jambes pour prévenir l'inflammation. Ils ne semblent pas d'un grand secours, car plusieurs de mes plaies ont les bords rouge vif et me font de plus en plus mal. Alors que seule ma jambe me faisait souffrir quand je suis arrivée, je commence à avoir de la fièvre.

Tandis que je dors à demi, une silhouette apparaît brusquement à côté de ma couche. Je tourne lentement la tête vers mon visiteur, m'attendant à voir Evert. C'est Jacob. Je cligne des yeux, espérant que ma fièvre soit la cause de cette vision, mais il est toujours là.

« Bonjour, Catrijn. »

Je le fixe sans pouvoir ouvrir la bouche.

Jacob s'assied prudemment sur le bord du lit-clos, jette un œil sous les draps et fait la grimace.

« Une jambe cassée… Ce n'est pas bien, ça.

– Que fais-tu ici ? » Les mots sortent avec difficulté.

« Je suis venu voir comment tu allais. Tu as eu de la chance.

– C'est une façon de voir les choses…

– C'est vrai… Tu vis de l'autre côté de la ville, tu n'aurais même pas dû te trouver sur les lieux de la catastrophe. Mais quand je vois les autres autour, je me dis quand même que tu as eu de la chance.

– Comment m'as-tu retrouvée ? Que fais-tu ici ? »

Il esquisse un sourire.

« Tu as disparu du jour au lendemain, sans laisser d'adresse. » Jacob racle la saleté qui s'est logée sous ses ongles.

« Ces gens chics chez qui tu travaillais ont fait mine de ne rien savoir quand je leur ai posé la question.

– Alors comment as-tu su ?

– Un peu de badinage avec cette petite servante et le tour était joué. Griet a vite vendu la mèche. »

Fatiguée, je ferme les yeux. Je n'ai plus la force de supporter quoi que ce soit. Pas maintenant.

« Qu'est-ce que tu veux, Jacob ? Tu m'as déjà pris la moitié de ce que j'avais. Tu es venu chercher le reste, c'est ça ?

– Non, tu peux garder ton argent. Je suis simplement venu te rendre visite. »

Je le considère avec méfiance.

« Tu peux me croire. Je savais que tu étais à Delft depuis un moment. Je n'ai pris la route qu'en apprenant ce qui était arrivé, pour savoir comment tu allais.

– Quelle charmante attention…

– Tu vois bien que je suis là ! Pendant tout ce temps, je t'ai laissée en paix. Je ne suis pas aussi mauvais que tu l'imagines, Catrijn. Je ne veux que ton bonheur.

– Tant mieux ! Mais te voilà rassuré, je vais bien. »

Jacob me scrute avec attention.

« Tu n'en as pas l'air. Tu es brûlante de fièvre.

– Oui, je crois aussi. »

D'un geste, il enlève les draps et examine les bandages crasseux et effilochés qui recouvrent mes blessures.

« C'est quoi, ces pansements ?

– Aucune idée. »

Sans demander l'avis de quiconque, il enlève l'un des bandages et regarde la substance étalée sur la plaie.

« Quelle puanteur ! Il faut enlever ça tout de suite.

– Le médecin sait ce qu'il a à faire.

– Tu te souviens de ce qu'on utilisait pour les vaches quand elles se blessaient ? Un onguent à base de souci officinal et de feuille de mûrier. »

Tenant le bandage entre ses doigts, il décolle le cataplasme desséché de ma plaie et se met à enlever les autres pansements.

« Arrête ! Les plaies vont se remettre à saigner !

– Elles ne saignent plus depuis un moment. Veille à ce qu'il ne te recolle plus ces bandes dégoûtantes, je vais t'apporter autre chose.

– C'est effectivement une très bonne idée, je crois. » Je tourne la tête et j'aperçois Evert qui se tient derrière Jacob. Il observe la scène d'un air approbateur.

« Ton état s'aggrave, il est grand temps d'essayer autre chose. » Il fait un signe de tête et se présente à Jacob, qui fait de même.

« Je suis un vieil ami de Catrijn, nous venons du même village.

– Les amis de Catrijn sont mes amis, déclare Evert en lui donnant une tape sur l'épaule. Vous êtes venu à cause de l'explosion ?

– J'étais très inquiet. Je comptais venir à Delft un jour, j'ai donc simplement anticipé le voyage. »

Evert semble avoir remarqué mon silence. Ses yeux font des va-et-vient entre Jacob et moi.

« Merci pour votre visite, finit-il par dire d'un ton amical. Si vous le permettez, j'aimerais rester quelques instants avec Catrijn.

– Aucun problème. Je m'en vais chercher un autre onguent. » Jacob se lève, nous salue et quitte la salle.

Evert le suit des yeux jusqu'à la porte.

« Qui est-ce ?

– Il travaillait chez nous comme valet de ferme.

– Que fait-il ici ?

– Je me le demande aussi.

– Il n'a pas tort à propos des soins : ces bandages qui empestent ne m'inspirent rien qui vaille. »

Isaäc et Aleid viennent eux aussi me rendre visite, mais ne s'éternisent heureusement pas. La fièvre m'affaiblit beaucoup, et j'aime autant rester seule. Aleid revient me voir le lendemain, pose une main sur mon front. Elle a le visage grave sous sa coiffe en lin. « Tu veux boire quelque chose ?

– Je veux bien, merci. » Ma bouche est desséchée, mes lèvres sont complètement gercées.

Elle part, puis revient quelques instants plus tard avec un godet en étain. Elle m'aide à me redresser et à boire une gorgée.

« J'ai beaucoup prié pour toi, Catrijn. »

Evert m'a raconté qu'Aleid était très pieuse et vouait une confiance aveugle au grand projet de Dieu. Personnellement, je ne me suis jamais vraiment fiée à Sa volonté, surtout après ce qui m'est arrivé ces derniers jours. Les cris de douleur que j'entends continuellement autour de moi me donnent l'impression que nous sommes à Sa merci plutôt que sous Sa protection. Je ne confie pourtant pas mes états d'âme à Aleid, qui s'est assise à mon chevet. Je distingue son chapelet dans les plis de sa robe.

« Tu as été mise à rude épreuve, Catrijn. Je me demande combien de temps j'aurais tenu dans pareil endroit si j'avais été à ta place. Je remercie Dieu de t'avoir épargnée.

– Pourquoi moi ? » Je guette l'expression de son visage, mais tout est flou et vague.

« Pourquoi certains sont-ils épargnés et pas d'autres ? Je n'y comprends rien. J'ai fait des choses horribles dans ma vie, je suis une pécheresse.

– Nous sommes tous des hommes et des femmes de péché, Catrijn.

– Moi, je mériterais de brûler en enfer pour ce que j'ai fait. Sous les décombres de cette maison, en voyant le feu s'approcher, je me suis crue aux portes de l'enfer. Que devons-nous faire pour obtenir le pardon du Tout-Puissant ? Les catholiques peuvent acheter des indulgences, réciter des *Ave Maria* ou partir en pèlerinage. J'aimerais faire un pèlerinage. Obtiendrais-je alors l'absolution de Dieu ? Je n'en sais rien. Je devrais aussi me repentir, mais je n'ai pas de regrets. Si c'était à refaire, je le referais. »

Une main froide se pose sur mon front et mes paroles se fondent en un murmure. Je perçois venant de loin la voix apaisante d'Aleid.

« Essaie de ne pas trop parler, Catrijn, repose-toi. Je suis près de toi, ferme les yeux. »

Les gens vont et viennent. J'entends des voix en sourdine, je vois des silhouettes en mouvement lorsque j'ouvre les yeux. Je ne suis jamais vraiment éveillée, j'ai l'impression d'être sous l'eau et de regarder le monde bouger à la surface, les visages tournoient et se désagrègent.

Peu à peu, je me sens mieux. Un matin, en ouvrant les yeux, je retrouve le monde aussi clair et précis qu'il l'était avant la fièvre. Evert est assis à côté du lit-clos, le teint pâle, les traits tirés par la fatigue.

« Enfin, dit-il d'une voix douce. Comment vas-tu ?

– Je suis fatiguée.

– Je veux bien te croire. La fièvre a failli te tuer. Nous avons cru que… » Evert s'interrompt, se passe la main dans les cheveux. « Le docteur interdisait que l'on te transporte, nous avons veillé sur toi à tour de rôle. Jacob m'a donné un onguent à appliquer sur tes blessures.

– Jacob ?

– Oui, un onguent à base de souci officinal, de feuilles de mûrier et de plantain. J'ai bien fait de l'écouter, car l'effet a été immédiat. »

Le souci prévient les infections et le plantain est un très bon cicatrisant, comme la feuille de mûrier. À la ferme, Jacob s'occupait toujours des animaux malades et blessés. Même si je connais la vraie raison de son aide, je lui suis quand même reconnaissante.

« J'ai parlé à Engeltje et Quirijn, ils sont prêts à t'accueillir chez eux. Tu sortiras d'ici aujourd'hui », m'annonce Evert.

Je me demande s'il est vraiment indiqué d'imposer ma présence à Engeltje, alors qu'elle est sur le point d'accoucher. Mais je me sens trop faible pour protester.

Dans l'après-midi, on me transporte sur un brancard jusqu'à la maison de mes amis. Je suis touchée par leur gentillesse et leur bienveillance. Engeltje a engagé une servante plus âgée qui travaille dur et se révèle très efficace.

« Une personne de plus ou de moins ne change rien à mon travail », assure Trude en ouvrant les portes du lit-clos de la cuisine.

Evert et Quirijn me soulèvent avec prudence et m'installent sur la couche. Malgré toutes leurs précautions, je dois avouer que le transport n'a pas été agréable. Prise de vertiges, je m'adosse aux coussins.

« Essaie de te reposer un peu, me conseille Engeltje. Je vais en faire autant.

– Où vas-tu dormir maintenant ? Pas au grenier, j'espère ?

– Non, Trude dormira en haut, puisque tu prends sa place dans la cuisine.

– Je ne sais comment te remercier pour toutes ces attentions, surtout dans ton état… »

Engeltje s'approche du lit et pose une main sur mon bras.

« Catrijn, tu es en vie et je suis heureuse de pouvoir te rendre service. Cela ne change rien pour moi, Trude fait tout le travail. C'est elle que tu dois remercier ! »

Dans son dos, Trude opine du chef. « Je serais bien cruelle de ne pas vouloir nourrir une pauvre femme à la jambe cassée ! »

Trude fait évidemment bien plus que me préparer à manger. Au cours de l'après-midi, elle enlève et remplace mes pansements, me peigne les cheveux et les tresse.

« Il y aura bientôt tellement de nœuds qu'il faudra vous les couper ! »

Trude m'apprend que Jacob est passé prendre de mes nouvelles et qu'il est reparti en apprenant que ma fièvre était tombée.

« Il n'a pas souhaité entrer ?

– Aurais-je dû lui proposer ? Vous vouliez le voir ?

– Non, je posais simplement la question.

– J'ai trouvé étrange qu'il s'en aille si vite. Ce doit être un très bon ami pour avoir fait toute cette route depuis le Nord, uniquement pour prendre de vos nouvelles. Il m'a raconté que vous étiez veuve, que vous n'aviez pas eu la vie facile et qu'il veillait sur vous. Il a trouvé du travail à Delft pour ne pas s'éloigner. Je crois qu'il vous aime bien, Catrijn. »

Elle m'adresse un clin d'œil, auquel je ne réagis pas. Je fais mine de m'assoupir et Trude quitte la pièce. Une fois seule, j'ouvre les yeux et, le regard fixé sur le lattage du lit-clos, je me perds dans mes pensées.

27

L'accouchement d'Engeltje commence une nuit de la fin octobre. Un peu après minuit, je suis réveillée par ses cris, qui gagnent en volume et en intensité au fil des heures. La maison baigne dans l'effervescence. Quirijn est debout, Trude au chevet d'Engeltje, Catharina et Geertruyd aussi alertées me rejoignent en chemise et bonnet de nuit. Je les laisse monter dans mon lit-clos et m'efforce de les distraire en leur racontant des histoires.

« Pourquoi tu n'as pas d'enfants, Catrijn ? me demande Geertruyd.

– J'en ai eu un, mais il est mort.

– C'était une petite fille ?

– Un petit garçon.

– On a eu un petit frère un jour, mais il est mort lui aussi », m'explique Catharina. Elle ajoute : « Les mamans peuvent aussi mourir quelquefois.

– Non ! crie Geertruyd dans un accès de panique.

– Si, mais tu ne peux pas savoir, tu es trop petite. »

Geertruyd se blottit contre moi.

« Maman ne va pas mourir, hein, Catrijn ?

– Bien sûr que non ! » dis-je d'un ton que je veux rassurant. Comme les accouchements d'Engeltje se sont toujours très bien passés jusqu'à présent, j'ose lui faire cette promesse.

Cette fois, les choses sont pourtant un peu plus compliquées. On fait venir une sage-femme, les cris d'Engeltje s'affaiblissent de plus en plus, la lumière commence à poindre dehors, mais l'enfant ne vient pas. Je maudis cette jambe qui me cloue au lit, qui me rend impuissante et incapable de soutenir mon amie. Et puis, tandis que la lumière du soleil entre dans la pièce, soudain retentissent les cris stridents d'un nouveau-né. Je fixe nerveusement la porte, jusqu'à l'arrivée de Quirijn.

« C'est un garçon !

– Félicitations ! Et Engeltje ? Elle va bien ?

– Oui ! Exténuée, mais très heureuse. » Et il disparaît aussitôt.

Isolée dans mon lit, je tends l'oreille, j'imagine la scène autour du foyer. Je me sens désespérément de trop et soulagée de voir les filles accourir dans la pièce.

« On a un petit frère !

– Oui, je suis au courant ! Vous avez beaucoup de chance !

– En plus, il n'est même pas mort ! » ajoute Geertruyd, manifestement rassurée. « Et maman non plus !

– Comment s'appelle-t-il ? »

Fronçant ses fins sourcils, Geertruyd réfléchit un instant.

« Un nom difficile…

– Il s'appelle Allardusin ! intervient Catharina.

– C'est un très joli nom.

– Comment s'appelait ton petit garçon, Catrijn ? me demande Geertruyd.

– Il n'avait pas encore de nom, il est mort avant qu'on puisse en choisir un. »

Les deux filles me regardent, hochent la tête, puis sortent jouer dehors.

Engeltje se remet incroyablement vite de son accouchement. Le jour même, elle traverse déjà la maison à petits pas et vient s'asseoir à mes côtés dans la cuisine. Elle demande à Trude de poser son fils dans mes bras. J'observe son minois, ses petits poings serrés, ses ongles minuscules. Il a cette odeur sucrée si particulière aux nouveau-nés. Après quelques instants, je le rends à Engeltje en souriant. « Il est magnifique.

– Et comment !

– Quirijn est aux anges. » Le regard empli de fierté, Engeltje contemple l'enfant, puis relève la tête.

« Tu ne m'as jamais raconté ce qui était arrivé à ton fils. A-t-il vécu un peu après la naissance ? Tu préfères peut-être ne pas en parler ?

– J'aimerais autant qu'on parle d'autre chose. »

Engeltje baisse les yeux.

« Je n'aurais pas dû aborder le sujet, je suis désolée.

– Ce n'est rien, ne t'inquiète pas. »

Sauf qu'évidemment, ce n'est pas rien. Alors qu'elle quitte la cuisine avec Allardusin dans les bras et que Trude étend le linge dehors, je referme les portes du lit-clos et je pleure en repensant, pour la première fois depuis bien longtemps, à la mort de mon fils.

Après trois longues semaines vient enfin le moment où je peux me lever. Si Engeltje et sa famille m'apportaient suffisamment de distraction, je ressens à présent une envie irrépressible de bouger. J'attends avec impatience l'arrivée d'Evert, qui s'est procuré des béquilles. Assise au bord du lit, je balance nerveusement les jambes. Il entre dans la pièce, un large sourire aux lèvres, et me tend les deux accessoires en bois.

« Voilà qui devrait t'aider à tenir debout ! »

Il me soulève, les endroits de mon corps qui entrent en contact avec ses mains me semblent soudain incandescents. L'instant d'après, je me retrouve à la verticale, prenant appui sur le lit-clos, ma bonne jambe par terre. Evert me soutient fermement, je sens sa respiration dans mes cheveux, j'ose à peine lever les yeux. Il glisse les deux béquilles sous mes aisselles et fait un pas en arrière. « Vas-y, essaie. »

Je commence à avancer avec maladresse, Evert reste à mes côtés, le bras tendu devant moi. Je trouve assez vite le rythme et, après quelques minutes, je fais, clopin-clopant, des allées et venues dans le couloir.

« Enfin ! dis-je à Evert qui me suit du regard, les bras croisés sur la poitrine. Allons à l'atelier !

– À l'atelier ? Tu es sûre ?

– Sûre et certaine ! Voilà trop longtemps que je reste à ne rien faire. Je n'ai pas besoin de m'appuyer sur ma jambe quand je peins, je ne vois aucune raison de ne pas me remettre au travail.

– Promets-moi au moins de ne pas bouger inutilement, l'atelier est en désordre.

– Je resterai sagement à ma place, promis ! »

Il hoche la tête en signe d'approbation.

« Un peu d'aide ne nous fera pas de mal ! »

Dans la pièce à vivre, je dis au revoir à Engeltje. Elle me serre dans ses bras et je dépose un baiser sur le front du petit Allard, comme tout le monde l'appelle.

« Tu vas me manquer, me dit Engeltje, manifestement attristée par mon départ. J'ai beaucoup apprécié ta compagnie. Tu reviens quand même dormir ce soir ? Tu n'es pas encore en état de faire les courses et de te préparer à manger. »

À vrai dire, je préférerais rentrer à la maison où je pense pouvoir me débrouiller avec un peu d'aide. Pourtant je dois admettre que j'apprécie d'être débarrassée du ménage quelque temps, et j'accepte la proposition.

« Alors à ce soir ! Tu dois avoir hâte de recommencer à peindre. Mon petit doigt me dit qu'Evert se réjouit de ton retour. »

La phrase est un peu ambiguë, mais je suppose qu'elle fait allusion à mon travail. Je m'en tiens à cette idée en pénétrant dans le bâtiment. Il semblerait que la production ait doublé en mon absence. Les murs de l'atelier de peinture, encore nus avant mon accident, sont à présent couverts d'étagères et de céramiques en attente de cuisson. Les deux fours tournent à plein régime. Des caisses de bois de chauffe, des sacs de matières premières et des paniers débordant de marchandises prêtes pour le transport occupent le moindre espace disponible. Dans un coin, de jeunes garçons préparent la couleur sans interruption et, dans à peu près toutes les pièces de la faïencerie, des peintres sont à l'œuvre.

« Ne t'inquiète pas, on va te trouver une place ! me lance Evert en voyant ma grimace. Si les autres se décalent un peu, tu pourras t'installer dans le coin. Ce sera plus facile avec ta jambe. »

J'entends du bruit dans la cour intérieure et, m'appuyant sur mes béquilles, je me déplace jusqu'à la fenêtre. L'endroit où le chat s'étendait jadis tranquillement au soleil est à présent encombré de charrettes, de bidons et de caisses remplies d'argile. Des hommes vont et viennent sans discontinuer.

« Quelle activité ! dis-je à Evert, venu me rejoindre à la fenêtre.

– J'arrive à peine à honorer les commandes. Elles arrivent de tout le pays, et même dernièrement d'Angleterre.

– C'est une belle réussite.

– Une incroyable réussite, tu veux dire ! Et tout cela grâce à toi. Tu as bien mérité une augmentation. Désormais, tu seras payée comme un homme qui occuperait la même fonction.

– Dans ce cas, je vais vite me remettre au travail avant que tu changes d'avis ! » J'ai déjà entamé mon demi-tour lorsque je reconnais quelqu'un dans la cour intérieure. Jacob ! D'abord interloquée, je parviens finalement à demander : « Que fait-il ici ?

– Il cherchait du travail et j'avais besoin de fouleurs d'argile, me répond Evert. C'est un problème ? »

Comme s'il avait senti ma présence, Jacob lève les yeux dans ma direction. Malgré la distance qui nous sépare, je perçois, même derrière la vitre, la menace qui émane de lui. Nos regards s'accrochent quelques secondes, puis il se retourne et s'éloigne.

« Non, dis-je à Evert, qui me scrute d'un air interrogateur. Ce n'est pas un problème. »

28

Heureusement, Jacob garde ses distances. Mais je ne lui fais pas entièrement confiance et l'évite autant que possible. Ce n'est pas très difficile, car je suis confinée dans mon atelier et lui dans le sien. Peu à peu, l'inquiétude que me cause sa présence se dissipe. Peut-être ne cherche-t-il réellement qu'un travail et suis-je trop méfiante.

Ma jambe guérit bien. Laissant de plus en plus souvent mes béquilles de côté, je m'exerce régulièrement à faire quelques pas prudents dans l'atelier en prenant appui sur les tables et les meubles, car je n'ose pas encore me lancer seule.

Les jours raccourcissent et avec eux nos journées à l'atelier. Mais la demande de porcelaine hollandaise, comme nous l'appelons aujourd'hui, reste très forte et le travail ne me manque pas. Les pauses sont rares ; même le repas de midi, on le prend désormais sur le pouce pour profiter autant que possible de la lumière du jour.

Fleurs, paons, dragons, arbres d'ornement et autres silhouettes chinoises m'occupent à temps plein : je les peins le jour et j'en rêve la nuit. Je décore des assiettes et des vases, et ma technique ne cesse de s'améliorer, au point que je vois mes premières créations un peu comme celles d'une débutante ; mon coup de pinceau est désormais beaucoup plus souple, je peins d'un même mouvement fluide, sans à-coups. C'est le seul moyen d'éviter un excès de peinture à l'attaque du pinceau, ce qui contribue grandement à améliorer le résultat final. Après avoir essayé différents pinceaux, Frans et moi en arrivons à la conclusion que les poils de martre donnent le meilleur effet. Nous nous en servons pour élaborer les traînards, de longs pinceaux à la pointe effilée avec lesquels nous traçons les contours.

Le procédé de cuisson aussi bénéficie d'un perfectionnement. La céramique brute est d'abord placée dans un bain de glaçure à base d'étain. Après séchage, nous la peignons à l'oxyde de cobalt. Pour garantir un vernissage parfait, nous ajoutons une glaçure au plomb. Puis intervient une seconde cuisson, déterminante pour le résultat final. L'alimentation du four est un travail extrêmement minutieux. S'il est trop chaud, la fumée et la chaleur dégradent la couleur, et il nous faut plusieurs essais pour obtenir le bleu souhaité.

Evert découvre aussi que l'adjonction de sel de cuisine à la glaçure stannifère évite le jaunissement de la faïence. Il expérimente différentes températures jusqu'à réussir la teinte parfaite. Lors de la seconde cuisson, il place la céramique dans des cassettes pour la protéger de la chaleur. Les pièces soumises à un premier traitement sont placées dans le bas du four sans protection. De petites barres triangulaires, les pernettes, isolent les objets et les empêchent de s'agglutiner les uns aux autres pendant la cuisson.

Évidemment, les tentatives se multiplient pour reproduire notre porcelaine hollandaise. Autour de nous, on a suivi nos progrès et constaté notre réussite. Les faïenceries poussent comme des champignons, mais aucune n'arrive pour l'instant à égaler notre qualité.

« Ça va, ta jambe ? »

Jacob surgit près de moi. Je suis en train de rentrer chez moi à pied. Nous sommes début décembre et la rue est couverte d'une fine couche de neige.

« Ça va.

– Pourquoi gardes-tu tes béquilles ?

– Le sol est glissant, j'ai peur de tomber.

– Laisse-moi t'aider, donne-moi ton bras.

– Ça ira, merci », dis-je sans m'arrêter.

« Catrijn, je ne suis pas le salaud que tu penses. Tu as mal compris mes intentions, l'autre jour à Amsterdam. Tu as pris pour du chantage ce qui était une demande de soutien entre amis. Tout dépend de la façon dont on voit les choses. »

Ignorant son argumentation, j'évite une vieille dame qui tire un traîneau plein de fagots. En quelques pas, Jacob revient à ma hauteur et me prend par le bras.

« Tu dois me croire, Catrijn, je n'ai pas voulu te menacer. Je ne ferai jamais une chose pareille. »

Avec mes béquilles et l'aide de Jacob, j'avance avec plus d'assurance.

« Tu as menacé de me dénoncer et tu m'as pris la moitié de mes économies. Tu appelles ça comment, toi ? Pour moi, c'est du chantage !

– Je ne t'aurais jamais dénoncée.

– C'est facile à dire à présent. Qu'est-ce que j'y ai gagné, moi ? Mon argent s'est envolé, et le tien probablement aussi. Quand viendras-tu me demander le reste ?

– Tu peux le garder, je n'en ai pas besoin.

– Ah non ? Qu'est-ce que tu cherches alors ? Tu comptes me faire croire qu'il n'y avait qu'à Delft, chez Evert, que tu pouvais trouver du travail ? »

Jacob me saisit par le haut du bras et m'oblige à le regarder en face.

« Ce que je veux, c'est ton amitié. Nous avons tous une face sombre, qui peut parfois prendre le dessus. C'est le cas pour moi, comme pour toi. »

Je peux difficilement lui donner tort.

« Je veux vraiment me racheter, Catrijn. C'est aussi pour cela que je t'ai apporté cet onguent. Tu aurais pu mourir si je ne l'avais pas fait.

– Tu aurais surtout été privé d'une source d'argent facile ! »

Contre toute attente, il me lâche le bras. Je lis la tristesse sur son visage.

« Je comprends, c'est moi qui ai tout gâché. Je vais te laisser tranquille, tu changeras peut-être d'avis. »

Je dresse une de mes béquilles en travers de sa route.

« Qu'est-ce que tu es allé raconter au village ?

– Absolument rien.

– À personne ?

– Non. Je n'y suis d'ailleurs retourné qu'une seule fois depuis mon départ.

– Et ?

– Beaucoup trouvent curieux que tu sois partie si précipitamment. Les gens parlent.

– Que disent-ils ? »

Jacob hausse les épaules.

« Les ragots habituels, tu sais ce que c'est.

– Ils pensent que…

– Disons plutôt que cette version n'étonnerait personne. Mais les soupçons ne suffisent pas. »

De nouveau il neige. Je regarde les flocons tomber en tourbillon, je me demande si c'est pareil au village.

« Je ne pourrai jamais retourner à De Rijp, dis-je d'une voix douce. Mart m'en veut, il ferait lui-même justice. »

Je perçois à présent de la compassion dans les yeux de Jacob.

« Je crois aussi qu'il vaut mieux rester ici. Surtout si tu es sûre que je ne leur dirai rien. »

Je hoche la tête, plante mes béquilles dans la neige et rentre chez moi en clopinant.

Sans même regarder dehors, je sais que la neige a continué à tomber. Il est encore très tôt et les volets que j'ai laissés ouverts hier soir laissent passer une lumière inhabituelle dans la maison. Je sors de mon lit et m'avance jusqu'à la fenêtre. Une épaisse couche de neige couvre la cour intérieure, que je reste un moment à contempler derrière la fenêtre, puis je commence à avoir froid. Je n'arriverai plus à dormir, autant m'habiller. Tout en enfilant mes vêtements, je me demande comment je vais atteindre le Gheer avec toute cette neige.

La réponse arrive une heure plus tard. J'ai terminé de déjeuner et dans la rue l'agitation témoigne que la journée de travail a commencé. On frappe à la porte. Comme je m'y attends, Evert se tient sur le seuil.

« Je me suis dit que cette neige n'allait pas te faciliter la vie, alors je suis venu te chercher. »

Je lui souris et l'invite à entrer.

« C'est très gentil à toi.

– Gentil ? Je veux surtout éviter que ma meilleure peintre se recasse la jambe ! plaisante-il en clignant de l'œil. D'ailleurs je crois qu'il est temps pour toi de marcher sans ces bouts de bois! J'ai parlé au docteur Boom hier, il m'a confirmé que tu pouvais t'appuyer sur ta jambe.

– C'est peut-être encore un peu tôt…

– Combien de temps a passé maintenant? Un mois et demi? Ta fracture devrait être totalement guérie.

– Oui, mais j'éprouve une sensation bizarre, comme si j'avais les jambes en coton.

– Tes muscles se sont affaiblis, raison de plus pour les faire travailler. On peut tenter un essai, si tu veux?»

Sans tenir compte de mes protestations, il me prend les mains.

«Vas-y, Catrijn, avance doucement. Je te rattraperai si tu tombes.»

Maladroitement, je hasarde un premier pas.

«Très bien! Avec la mauvaise jambe à présent.»

Je risque un nouveau pas et tombe immédiatement en avant, dans les bras d'Evert.

«Impossible, je n'ai aucune force.

– Ne renonce pas aussi vite. Tu n'as pas mal, si?»

Non, je n'ai rien senti. L'envie de me débarrasser de mes béquilles m'encourage à recommencer l'essai. C'est un peu mieux, cette fois.

«Je ne sais pas si j'oserai marcher seule.

– Personne ne te le demande. Je ne te laisserai pas tomber, Catrijn. Je ne te laisserai jamais tomber.»

Étonnée, je lève les yeux vers lui. Son visage est très proche du mien.

«Comment?

– Tu as bien entendu, Catrijn. Je veux t'épouser. Le moment est peut-être mal choisi, mais j'ai besoin de savoir ce que tu en dis. Si tu penses pouvoir m'aimer un jour, ne serait-ce qu'un peu, je m'en contenterai. Réfléchis-y quelques jours.

– Inutile de réfléchir. »

Il me regarde, hésitant. Je devine une note de résignation dans ses yeux.

Alors je passe mes bras autour de son cou et l'embrasse sur la bouche, longuement et sans retenue.

29

La raison de mon geste se trouve peut-être dans cette impression de solitude qui ne me quitte jamais, ou dans l'abandon d'une partie de mes illusions. Tout affronter seule demande tellement de courage… J'ai peut-être accepté sa demande parce qu'elle était la meilleure chose qui pouvait m'arriver à ce moment précis. Ou peut-être suis-je vraiment amoureuse d'Evert, tout au fond de moi. Si je ne l'étais pas, j'aurais pris le temps de réfléchir.

En fait, je n'en sais rien. Tout ce que je veux, c'est quelqu'un qui soit là pour moi.

Nous n'avons pas hâte d'aller à l'atelier. Evert est trop bien éduqué et respectueux pour précipiter les choses et nous prenons le temps de nous découvrir.

« Si tu as le moindre doute, aujourd'hui ou demain, dis-le-moi simplement et je comprendrai », me dit Evert, allongé près de moi dans le lit-clos.

Je le regarde, étonnée.

« Tu crois que j'ai accepté ta demande dans un moment d'égarement ?

– Je t'ai prise un peu au dépourvu…

– C'est vrai que je ne m'y attendais pas et que je n'ai pas réfléchi longtemps, mais je pense que c'est bon signe. Si tu as besoin de ruminer pendant des jours pour prendre une décision, mieux vaut s'abstenir.

– Je suis d'accord. Mais, si tu avais quand même envie de te raviser… »

Je ne me ravise pas et nous fixons la date du mariage au 28 décembre. Il ne nous reste que trois semaines pour préparer la cérémonie, ce qui est juste suffisant.

Dans les jours qui suivent, Evert me donne l'impression de marcher sur des œufs, comme s'il redoutait que je change d'avis. Mais plus les jours passent, plus je suis sûre de moi. Je comprends maintenant qu'il existe plusieurs sortes d'amour : l'amour éphémère qui m'avait lié à Govert, la passion dévorante que j'éprouvais pour Mattias et cet étrange sentiment d'avoir trouvé l'âme sœur – ce qui exprime le mieux ce que je ressens pour Evert. Je ne suis pas emportée par un désir ardent, mon jugement n'est pas faussé par une irrésistible attirance physique, je me laisse simplement porter par la confiance et une profonde tendresse. C'est suffisant, je n'en demande – et n'en mérite – pas davantage.

Nos amis sont enchantés par la nouvelle de nos fiançailles, les vœux de bonheur affluent de toutes parts.

« C'est tout ce que j'espérais », me confie Engeltje, manifestement aux anges.

Les ouvriers de la faïencerie m'adressent eux aussi leurs félicitations, rivalisant de bienveillance et de gentillesse. Frans ne laisse échapper qu'un signe de tête crispé, Jacob glisse les mains dans ses poches et joue l'admiration.

« Tu te maries avec le patron ? Eh bien, tu as réussi ton coup ! »

Je les ignore tous les deux.

La célébration de mon premier mariage avait duré plusieurs jours. Selon les usages de la campagne, j'avais d'abord été enlevée par Govert, puis récupérée par mes frères, avant de déclarer officiellement le choix de mon futur mari. Les préparatifs du mariage pouvaient alors commencer. Tout le village ou presque était invité à la fête : nous occupions la grande salle de l'étable et la cour intérieure de la ferme, et nous étions encore à l'étroit. Tous les villageois dansaient à qui mieux mieux, tambourinant sur les tables et faisant un vacarme de tous les diables avec ce qui leur tombait sous la main, ce qui affolait les vaches. En fin de soirée, Govert et moi avions tenté de nous éclipser, mais nous n'avions pas pu tromper la vigilance de nos invités, qui nous avaient alors pris sur leurs épaules et portés, sous les vivats, jusqu'au lit conjugal. Nous avions eu toutes les peines du monde à faire sortir les joyeux fêtards de la chambre à coucher, et sans l'imposante stature et les larges épaules de Govert ils nous auraient certainement aussi aidés à nous déshabiller.

L'ambiance est plus calme le jour où je dis oui à Evert, par un après-midi froid et ensoleillé de décembre. On met généralement les petits plats dans les grands pour un premier mariage, mais une seconde union demande plus de retenue. Je m'en satisfais très bien. Sans ma famille près de moi, je ne suis de toute façon pas d'humeur festive. À mon invitation, ils m'ont répondu que Delft était trop loin et qu'ils ne pouvaient pas délaisser leur travail si longtemps.

Evert lui aussi déplore le fait que seuls nos amis soient présents. Même s'il sourit toute la journée, je reconnais dans ses yeux le chagrin de ce qu'il a perdu. Adriaen et Brigitta nous font parvenir leurs félicitations, mais ne prennent pas non plus la peine de se déplacer.

« Il va leur falloir un moment pour se faire à l'idée que tu te maries avec leur ancienne intendante, lui dis-je dans la calèche qui nous conduit à l'église.

– C'est leur problème, pas le nôtre, répond Evert en m'embrassant la main. Pour la première fois en cinq ans je me sens vraiment heureux, et je ne laisserai personne me gâcher ce bonheur. »

La calèche s'arrête sur la place du marché, devant l'entrée de l'église, où les invités nous attendent. Des cris de joie retentissent lorsque je descends, vêtue de ma robe bleu barbeau galonnée de dentelle, et je me sens soudainement moins seule. Sous une pluie de fleurs, j'entre dans l'église au bras d'Evert. Je savais qu'il était aimé à Delft, mais je mesure maintenant à quel point. La moitié de la ville s'est déplacée, et ceux qui n'ont pas été invités se sont rassemblés sur la place pour assister à l'événement.

Arrive le moment où nous échangeons nos vœux, puis les bagues. À l'instant où les anneaux glissent sur nos doigts, un tonnerre d'applaudissements et des acclamations retentissent, aussi bien à l'intérieur que dehors.

Après la cérémonie, une poignée d'invités nous accompagnent au banquet organisé à l'auberge Mechelen, où de longues tables ont été dressées. Certains font des discours, d'autres trinquent à notre santé, débitent plaisanteries ou anecdotes, et nous trinquons de plus belle.

La nuit de noces se déroule comme je l'avais imaginée, dans la tendresse et la retenue. L'amour avec Evert ne ressemble pas au tourbillon vertigineux où son frère m'emportait. Quand je me réveille, aux aurores, je contemple un long moment le visage de mon mari. Il semble plus vieux, ainsi couché sur le dos, avec son double menton et les cernes de sa nuit blanche. Un léger ronflement s'échappe de sa bouche entrouverte.

J'essaie de me rendormir, mais je ne parviens qu'à somnoler quelques minutes. J'entends Anna s'affairer dans la cuisine et allumer le feu. Taciturne et courageuse, elle a perdu son mari l'an dernier. Elle a deux enfants, tous deux mariés, et elle ne veut pas être à leur charge. Elle continue donc, à soixante ans, de s'occuper des tâches ménagères pour Evert. Et pour moi. Me voilà à présent avec une intendante à mon compte. Dire que j'en étais une moi-même il n'y a pas si longtemps…

Mes pensées me portent à Amsterdam, dans la maison du Keizersgracht, et puis, naturellement, je pense à Mattias. Je vois ses traits, j'entends sa voix comme si nous venions de nous quitter. Une douleur douce-amère point en moi. Comment réagira-t-il à son retour quand il constatera que je suis mariée à son frère ? Peut-être, après tout, qu'il ne pense plus à moi et que la nouvelle le laissera indifférent.

« Alors, madame Van Nulandt ! » s'exclame Jacob à mon arrivée à l'atelier le matin même. Nous sommes seuls dans la pièce.

« Ça te fait quelle impression, ce nom ?

– Rien de plus que Barentsdochter.

– À d'autres ! Tu dois quand même éprouver quelque chose maintenant que tous tes patrons sont des membres de ta famille », dit-il en ricanant.

Il n'a pas tort. Qu'Evert soit mon mari ne me trouble pas outre mesure. En revanche, j'ai du mal à admettre qu'Adriaen et Brigitta sont à présent mon beau-frère et ma belle-sœur. Sans parler de Mattias.

« Tu as réussi un joli coup, Catrijn, me murmure-t-il à l'oreille. Je savais que nous étions coulés dans le même moule, toi et moi. »

Jacob n'est pas le seul à devoir s'accommoder de cette nouvelle situation. Je suis désormais la femme du patron et, à ce titre, on me traite autrement. En ma présence, plus personne ne risque de plaisanteries, comme en font tous les ouvriers sur leur employeur, et plus personne n'ose se plaindre de la charge de travail ou des réprimandes d'Evert. Finalement, l'atmosphère ne se détend que lorsque les ouvriers comprennent que je ne raconte pas à Evert ce qui se passe dans son dos.

Nous avons fermé la faïencerie pour Noël et le passage à l'an neuf. Traditionnellement, pour célébrer la nouvelle année, des fêtes se tiennent dans les tavernes et les auberges, on allume des feux de joie partout en ville, on s'emploie à éloigner les mauvais esprits : les enfants font crépiter leurs crécelles, résonner leurs tambours et claquer des couvercles de casseroles, tandis que les jeunes gens et les plus vieux sortent leurs armes et tirent dans le ciel au carbure et à la poudre.

Le jour du réveillon, je laisse ma céramique de côté pour m'affairer toute la journée avec Anna aux préparatifs traditionnels, au milieu des fruits confits, de la bière et de la pâte des beignets que nous cuirons dans la graisse. Nous les offrirons à nos amis, mais aussi à tous les chanteurs qui viendront célébrer le Nouvel An dans la boutique, le 1er janvier. Comme au village, c'est la coutume : ceux qui le veulent se présentent dans les maisons pour chanter ou déclamer leurs bons vœux en échange d'une gourmandise ou d'une pièce.

J'espère voir Engeltje se présenter avec les enfants, mais ils ne viennent pas. Je ne l'ai quasiment pas croisée depuis le mariage, alors qu'avant nous nous parlions presque tous les jours. Cette histoire me tracasse, il se passe quelque chose, j'en suis sûre.

Sans réfléchir, j'emballe quelques beignets dans un chiffon et je pars chez elle. Engeltje ne s'attendait manifestement pas à me voir.

« Je t'ai apporté quelques gourmandises ! »

Catharina et Geertruyd se précipitent sur moi en riant. Leur mère, irritée, les somme de rester tranquilles. Avec un clin d'œil, je leur tends un beignet. Un silence embarrassé s'installe.

« J'espère que l'année 1655 sera plus sereine que la précédente.

– Je l'espère aussi pour toi, Catrijn. » Engeltje est visiblement mal à l'aise.

« Quelque chose ne va pas ?

– Non, tout va très bien. La nuit a été courte, c'est tout. Les filles ont eu du mal à s'endormir avec tout ce tintamarre. Quand elles ont enfin fermé l'œil, Allard s'est mis à pleurer parce qu'il avait faim.

– Je comprends. Je ne te dérange pas plus longtemps dans ce cas, repose-toi bien. »

Elle m'adresse un signe de tête, sourit et ferme la porte.

La nuit est agitée, personne en ville ne semble vouloir dormir. Evert et moi ne faisons pas exception et nous décidons d'aller à l'auberge Mechelen. À notre arrivée, Johannes vient immédiatement vers moi. Il me baise la main : « Catrijn, voilà trop longtemps que je ne t'ai pas vue ! Comment va ta jambe ? Tu remarches normalement ?

– Oui, mais il m'a fallu du temps. Au début, j'avais l'impression d'avoir de la gelée dans la cuisse ! Et toi, comment tu te portes ? » Je sais qu'il a été profondément affecté par la mort de Carel.

« Bien. J'ai mon travail, la vie suit son cours. Mais j'ai pris conscience de certaines choses.

– Quoi, par exemple ?

– Que la vie est courte et que nous ne devons pas gâcher notre temps sur terre. Je suis passionné par la peinture, j'ai suivi une longue formation pour obtenir ma maîtrise, mais regarde à quoi je passe mon temps. » Il balaye la pièce d'un geste. « Tenir une auberge est un métier agréable, mais qui me prive de tout le reste. Je meurs d'envie de reprendre le pinceau.

– Tu vas te remettre à la peinture ?

– Nous venons d'engager quelqu'un pour tenir l'auberge, et j'ai loué un bâtiment que je compte transformer en atelier. Oui, il me tarde de recommencer.

– Quelle excellente nouvelle !

– Tes leçons de peinture ont été brusquement interrompues, enchaîne-t-il. Si tu as besoin d'un nouveau professeur…

– C'est très gentil, mais tu n'as pas le temps. Et je suis moi aussi très occupée. Quand je reste éloignée de mon pinceau trop longtemps, j'éprouve une sensation étrange, comme s'il me manquait un doigt. »

Johannes éclate de rire. « Je te comprends ! Bon, garde l'idée dans un coin de ta tête. Si tu changes d'avis, tu sais où me trouver.

– Et Catharina, elle accepterait que tu me donnes des leçons ?

– Depuis quelques mois, Catharina est la femme la plus heureuse du monde ! » Johannes parle d'une voix empreinte de fierté et de joie.

Je tourne la tête vers sa femme, qui se tient à l'autre bout de la salle. Son ventre rebondi est bien visible sous sa blouse jaune.

« Tu vas être papa ? Je suis si contente pour toi ! C'est pour quand ?

– Dans trois mois. Catharina a déjà fait deux fausses couches, et nous avons préféré garder le secret plus longtemps cette fois, pour être sûrs.

– Je la trouve radieuse, en tout cas.

– Elle est très heureuse. Une fausse couche n'est jamais une chose anodine, surtout quand la grossesse est avancée. C'était chaque fois un garçon. » Une pointe de tristesse se devine dans sa voix.

« Oui, je sais ce que c'est… » Ma réponse se perd dans l'agitation que provoque l'entrée à l'auberge d'un groupe de clients. Johannes se dirige vers eux pour les installer, et notre conversation s'arrête là.

Engeltje et Quirijn, qui sont restés à la maison avec leurs enfants, ne viennent présenter leurs vœux que le lendemain, le jour de l'an, mais ne s'éternisent pas. Je me décide à interroger Evert.

« Tu as des soucis avec Quirijn ?

– Non, mais je le trouve distant depuis quelque temps. » Pensif, Evert avale une gorgée de vin, puis ajoute : « Tu l'as remarqué, toi aussi ?

– Je ne vois pour ainsi dire plus Engeltje. Il y aurait un lien avec notre mariage ?

– Je ne vois pas pourquoi. Ils semblaient si heureux pour nous.

– Alors c'est autre chose. Tu crois que je devrais lui poser la question ? »

Evert secoue la tête. « Nous n'avons peut-être rien à voir à ça. Ils ont sans doute des problèmes personnels.

– Si c'était le cas, ils pourraient nous en parler, ce sont nos amis !

– Les amis doivent pouvoir se faire confiance. S'ils ont besoin de nous, ils savent que notre porte est toujours ouverte. »

30

Les jours suivants donnent raison à Evert. À peine une semaine plus tard nous recevons la visite de Quirijn. Comme il ne demande pas à parler seul à seul avec Evert, je reste dans la pièce. Anna nous sert un godet de petite bière et pose sur la table du fromage et des olives.

« Je t'écoute, dit simplement Evert. Raconte-moi ce que tu as sur le cœur, mon ami. »

Quirijn n'est pas du genre à se perdre en préambules.

« J'envisage de me lancer à mon compte. »

Un silence s'abat sur la pièce. Je les observe l'un et l'autre, en retenant mon souffle. À ma grande surprise, Evert semble prendre la nouvelle avec calme. Il bourre une pipe et enflamme un morceau d'amadou dans le foyer pour allumer le tabac.

« Je m'en doutais un peu.

– Ah ! Vraiment ? s'étonne Quirijn.

– Tu obtiendras prochainement ta maîtrise à la guilde. Pourquoi resterais-tu chez nous ? »

Quirijn ne sait trop comment réagir. Il finit par reprendre :

« Cela ne te dérange pas ? Nous allons être concurrents, Evert.

– Ce n'est évidemment pas de gaieté de cœur que j'apprends ton départ, mais le marché est assez grand pour nous deux.

– Mais je connais tes secrets de fabrication.

– Et tu les utiliseras. Je n'y peux rien. J'espère seulement que tu auras l'intelligence de les garder pour toi.

– Bien sûr ! Si nous travaillons ensemble, nous nous réserverons le monopole. Nous pourrions même nous échanger des commandes de temps à autre. »

Quirijn saisit son verre et avale une grande gorgée.

« Si tu savais combien je suis soulagé que tu le prennes comme ça. Je redoutais ta réaction.

– Comment comptes-tu t'y prendre ? Tu as assez de capital pour investir ?

– Wouter van Eenhoorn va m'aider. Il m'a dit que la faïencerie de David van der Piet, dans l'Oosteinde, est à vendre. Wouter a les fonds et j'ai le savoir-faire. Il m'a proposé de faire affaire ensemble. »

Une question me traverse l'esprit :

« Pourquoi cette faïencerie est-elle à vendre ? »

Quirijn se tourne vers moi.

« David avait racheté le bâtiment pour son fils Jan. Il y avait fait installer des fours et réaliser tous les aménagements nécessaires. Mais son fils avait d'autres projets et David, maintenant âgé, se retrouve seul avec son entreprise à gérer. Du coup, il veut s'en séparer et en a parlé à Wouter. C'est ainsi que l'idée nous est venue. Nous avons aussi l'intention d'acheter le bâtiment attenant pour y ouvrir une boutique.

– La maison de Cornelia, à côté de celle du docteur Boom, le chirurgien, précise Evert.

– Exactement. Elle est aussi à vendre.

– Le projet semble bien pensé. Quand comptez-vous démarrer ?

– Pas tout de suite, je dois d'abord terminer ma maîtrise.

– Tu resteras donc avec nous encore quelque temps. Tant mieux, parce qu'il va falloir que je te trouve un remplaçant. » Evert tire sur sa pipe et exhale la fumée, qui s'élève dans la pièce.

Le calme avec lequel il a écouté Quirijn me laisse sans voix.

« Comment réagir autrement ? me demande-t-il une fois que son ami a quitté les lieux. J'ai toujours su que Quirijn ne resterait pas éternellement assistant, il est trop ambitieux. J'étais sincère quand j'ai dit qu'il y avait assez de travail pour nous deux.

– Il connaît tous les secrets de la porcelaine hollandaise, les matières premières que nous utilisons et nos procédés de cuisson. Il est capable de faire aussi bien que toi. Tu ne t'inquiètes pas ? »

Il secoue la tête. « J'ai tout appris sur le tas, ce qui veut dire que d'autres peuvent le faire aussi. Plusieurs faïenceries produisent des pièces d'une qualité très proche de la nôtre. Il leur manque seulement la technique qui évite le jaunissement de la glaçure. Ils croient que nous utilisons un ingrédient secret acheté à l'étranger. » Il étouffe un rire. « S'ils savaient qu'il suffit d'ajouter du sel de cuisine et de la potasse ! Mais personne n'est au courant, sauf nous.

– Et Quirijn.

– Oui, mais il est assez malin pour tenir sa langue.

– Il faudra bien qu'il en parle à ce Van Eenhoorn. Il n'aura pas fini sa phrase que tout Delft sera au courant. »

Evert se lève et m'embrasse dans le cou.

« Ne sois pas si défaitiste, ma chère. Ce qui a du succès finit toujours par se savoir. Pour l'instant, nous avons encore le temps de fabriquer beaucoup de céramique avant que le monde connaisse notre technique. »

Engeltje n'est pas moins soulagée de nous savoir au courant du projet et se réjouit de la réaction d'Evert.

« Évidemment rien n'interdit de monter une affaire concurrente, mais la situation était quand même délicate.

– Parce que nous sommes amis… »

Elle confirme d'un signe de tête. « Et en raison de cette fameuse technique, que Quirijn veillera à ne pas divulguer. Il prévoit de faire signer un accord de confidentialité à tous ses ouvriers.

– C'est une bonne idée.

– Je trouve aussi ! Vous devriez y penser. Nous aurions toute garantie que notre secret restera bien gardé. »

J'en parle le soir même à Evert, qui marque immédiatement son accord.

« J'en ai discuté avec Quirijn. Nous allons faire signer ces déclarations aux ouvriers, de façon très officielle, devant notaire. Et tant que j'y pense : il faut aussi qu'on trouve un nom pour la faïencerie.

– Un nom ? Mais ce n'est pas une auberge !

– Ce serait un avantage, compte tenu de la concurrence. On pourrait inscrire une marque sur le dessous des pièces que nous fabriquons, une sorte de poinçon. Les acheteurs pourront vérifier facilement l'origine de la céramique. »

Le lendemain, tandis que je peins dans l'atelier, une idée germe dans mon esprit. Je m'applique à reproduire une fleur somptueuse et délicate, appelée « lotus » en Chine, où elle symbolise la pureté de l'esprit et la sagesse intérieure. Elle prend naissance sous l'eau, dans la vase, et s'épanouit ensuite à la surface, lumineuse, lorsqu'elle arrive à maturité. C'est peut-être pourquoi j'aime tant la peindre. Songeuse, j'observe mon travail. Puis, sous une impulsion, je retourne l'assiette et au dos, en quelques traits, je peins une petite fleur de lotus.

Heureusement, Evert trouve l'idée excellente, car l'assiette est déjà au four au moment où je lui propose d'appeler notre faïencerie « La Fleur de lotus ». À partir de ce moment, toutes les pièces que nous fabriquons sont marquées de ce motif, accompagné de la lettre L.

Le 26 février, Quirijn et Van Eenhoorn signent l'acte d'achat de la maison de David Anthonisz van der Piet, dans la partie ouest de l'Oosteinde. Un mois plus tard, ils font l'acquisition de la maison attenante. Quirijn et sa famille emménagent à l'arrière du bâtiment. Ils engagent une domestique pour les enfants, car Engeltje travaillera à la boutique. Mais l'entreprise ne commencera son activité que plus tard, puisque Quirijn ne passe sa maîtrise qu'en mai.

Le printemps est déjà dans l'air. Ce matin-là, je sors faire des courses. Généralement, c'est Anna qui s'occupe des achats, mais de temps en temps j'aime aller flâner entre les étals. Je me dirige vers le marché aux poissons quand Jacob surgit à côté de moi. À l'exception de quelques politesses ordinaires, nous n'avons eu que très peu de contacts ces derniers temps et je ne me sens toujours pas à l'aise en sa compagnie.

« Bonjour, Catrijn. Tu vas acheter du poisson ? »

Partant du principe que cette question n'est destinée qu'à introduire son sujet, je ne réponds pas.

« Moi aussi. C'est meilleur et moins cher que la viande, commente-t-il en se glissant à côté de moi dans la file d'attente.

– Je suis bien d'accord. »

Dans un silence inconfortable, nous attendons notre tour. Pour me donner une contenance, j'observe deux cigognes blanches en train de becqueter les déchets de poisson qui jonchent le sol. Le collier noir et blanc qu'elles portent au cou m'indique qu'elles ont été recensées par les services de la ville.

« Ils en ont aussi à Alkmaar, remarque Jacob.

– Quoi donc ?

– Des cigognes, près des halles aux poissons du Verdronkenoord.

– Ah oui, en effet.

– Tu penses encore de temps en temps au village ? me demande-t-il.

– Oui, très souvent.

– Pas moi, je suis heureux de l'avoir quitté. »

Je me rends compte à ce moment que je ne sais à peu près rien de Jacob.

« Pourquoi ? Tu as encore de la famille à De Rijp, non ?

– Oui, une mère religieuse fanatique et un père à la main leste. Je suis le benjamin d'une fratrie de onze enfants, je n'ai plus aucun contact avec mes frères et sœurs.

– C'est triste… »

Il hausse les épaules.

« Oui et non. Les liens familiaux peuvent aussi nous asphyxier. Si j'avais gardé des attaches, je serais probablement encore en train de traire les vaches à l'heure qu'il est. »

J'opine, sans savoir quoi dire de plus. Jacob reprend :

« Ce que mon père m'a fait vivre m'aide à comprendre ton geste. Tu vois, tu peux compter sur moi. »

Cette phrase me met sur mes gardes, je redouble d'attention.

« Nous qui venons du même village, je trouve qu'on devrait s'entraider », ajoute-t-il.

Je le regarde avec méfiance.

« Ne fais pas cette tête, tu n'as rien à craindre. Je me disais seulement que... » Il hésite, se gratte la tête.

« Qu'est-ce que tu veux, Jacob ?

– Voilà un moment maintenant que je travaille comme fouleur, ça commence à me peser. C'est un emploi sale et difficile. Avec le départ de Quirijn, Evert va devoir former quelqu'un d'autre. Je suppose que ce sera Klaas, qui devra donc être remplacé aux fours.

– Tu veux suivre un apprentissage de cuiseur ?

– Le commerce est florissant. De plus en plus de faïenceries ouvrent leurs portes. La fin du commerce ne semble pas pour demain. Oui, je crois qu'il me serait utile d'apprendre le métier.

– Pourquoi me poses-tu la question ? C'est à Evert que tu dois t'adresser pour ce genre de choses.

– Oui, bien sûr. Mais tout le monde sait que tu as beaucoup d'influence à la faïencerie. Ton avis compte, Evert t'écoute. Si l'idée vient de toi, il l'approuvera certainement. »

Je retiens difficilement un soupir. J'ai toujours su qu'il reviendrait me demander de l'aide un jour. Côtoyer Jacob tous les jours à la faïencerie, je n'ose même pas y penser. Il travaille pour l'instant dans un autre bâtiment et je le vois peu, mais les fours sont justes à côté de l'atelier de peinture.

« Je te le demande comme une faveur, Catrijn. Tu veux bien m'aider, n'est-ce pas ? » Sa voix est amicale, il semble presque étonné de me voir hésiter. Un sourire innocent éclaire son visage et je sens mes défenses s'effriter. Je me suis peut-être trompée à son sujet, il se peut qu'il n'ait jamais voulu me faire de mal et que sa demande se limite à ce qu'elle est : lui rendre service en le recommandant à Evert. Il est vrai qu'il s'est tenu à l'écart ces derniers mois, ce qui ne prouve rien, malgré tout, et ne fait pas pencher la balance, en fin de compte. Mieux vaut ne pas se fâcher avec certains individus.

« Très bien, je verrai ce que je peux faire. »

31

« Ta famille te manque », déclare Evert pendant le repas du soir. Quand je lui ai fait part de la demande de Jacob, il a continué à manger en silence. J'attendais sa réaction, je l'observais, tout en me demandant quelle réponse j'espérais de lui.

« Tu aimerais que je le forme au métier ?

– Ma famille me manquerait toujours autant, mais effectivement Jacob est la seule personne avec qui je peux encore en parler.

– Je comprends. Je n'y vois aucun inconvénient, Jacob est travailleur, il réussira très bien. Si c'est là ton souhait, je suis prêt à le former.

– Tu envisages de lui apprendre tous nos procédés de cuisson ? Je n'irais peut-être pas jusque-là… »

Evert s'étonne.

« Tu ne voulais pas que je lui apprenne le métier ?

– Si, mais il ne doit pas forcément tout savoir. Moins les gens en sauront sur nos méthodes, mieux nous nous porterons.

– Rassure-toi, je ne raconte pas tout à mes apprentis, je ne suis pas fou ! »

À partir de ce jour, je vois Jacob beaucoup plus régulièrement. Comme il travaille désormais dans l'atelier, il passe toute la journée dans les parages. Il doit aller chercher les céramiques peintes, les enfourner et les défourner. De même que les autres ouvriers, il prépare aussi les pièces achevées pour le transport.

Evert avait raison : il est travailleur et prend son apprentissage très au sérieux. Il me remercie parfois d'un clin d'œil, auquel je réponds par un sourire réservé. Je me demande ce qu'il aurait fait si Evert avait refusé.

Les deux premiers mois de l'année ont passé à la vitesse de l'éclair. Pour le premier anniversaire de la mort de Govert, je me rends à l'église, le seul endroit susceptible d'apaiser un peu mes pensées en ce jour. Mes démons me tourmentent dès le réveil. Quand je lui ai demandé un après-midi de congé, Evert a tout de suite compris, ce qui ne m'a pas étonné. Il connaît mieux que quiconque cette impression d'être poursuivi par les fantômes du passé.

Assise sur mon banc, je laisse monter les souvenirs : je revis la douleur des bleus sur mon corps et des plaies qui me fendent les lèvres, le sifflement dans mes oreilles provoqué par sa dernière gifle, alors qu'il s'était écroulé dans le lit et qu'il cuvait déjà son vin. J'ai dû endurer de tels accès de violence pendant un an, et ils n'ont fait qu'empirer à la mort de notre fils. Ce dimanche-là, en le voyant revenir ivre mort de la taverne, j'avais immédiatement compris que quelque chose n'allait pas. Il avait voulu m'embrasser et j'avais eu un mouvement de recul en sentant son haleine imbibée d'alcool. À la seconde même, un coup de poing me projetait au sol. Après m'avoir donné plusieurs coups de pied dans le ventre et dans les jambes, il avait titubé jusqu'au lit. Une fois sûre qu'il ne se relèverait plus de sitôt, je m'étais redressée et je m'étais traînée jusqu'à la pompe de la cour pour tamponner d'eau ma lèvre en sang. Jacob et Jannetge avaient pris leur journée, ce qui m'avait au moins épargné l'humiliation de leur compassion.

J'étais revenue à la maison et je m'étais arrêtée à l'entrée de la chambre. Aucun bruit ne s'échappait du lit-clos. Beaucoup d'hommes ronflent quand ils ont bu, mais Govert ne poussait de temps à autre qu'un râle sourd, entrecoupé de longs silences qui laissaient penser qu'il ne respirait plus. Au début de notre mariage, ces apnées m'avaient affolée et je l'avais secoué par l'épaule, ce qui m'avait valu une réaction brutale : « Fiche-moi la paix, pauvre cruche ! » Puis il s'était retourné sur le flanc. Les fois suivantes, je l'avais surveillé avec plus d'attention et compté les secondes qui séparaient chaque respiration. Chaque fois qu'il reprenait son souffle, je ressentais la déception de le savoir encore en vie.

J'ignore ce qui m'a poussée ce jour-là à passer à l'acte. La scène n'avait pas été différente des précédentes et je m'étais faite à l'idée que ces violences dureraient probablement toute ma vie. J'avais compris qu'il ne changerait jamais et que j'aurais toujours, quelque part sur le corps, une blessure à cacher, et que même mes enfants connaîtraient le même sort si je venais un jour à en mettre au monde. Mais c'est peut-être ce jour-là que j'ai vraiment pris conscience de la femme que j'étais devenue : taciturne, timorée, renfermée sur elle-même, incapable de rire ou d'apprécier les choses de la vie. Je connaissais ce genre de femmes, j'en croisais suffisamment au village. Elles avaient toujours suscité ma pitié, en même temps que le dégoût.

Portée par une impulsion, j'ai marché jusqu'au lit-clos et j'ai saisi un oreiller. Mes mains ne tremblaient pas, à aucun moment je n'ai hésité.

Je me suis penchée sur Govert, sa bouche entrouverte laissait voir sa mâchoire édentée. Il a bougé la tête et j'ai cru un instant qu'il allait ouvrir les yeux, mais, sans lui en laisser le temps, j'ai pressé de toutes mes forces l'oreiller sur son visage. Il s'est réveillé, s'est débattu, mais la boisson l'avait privé de sa vigilance et de sa vigueur. Il ne pouvait rien contre ces mois de rage contenue et d'humiliation, qui me donnaient une force que plus jamais je ne connaîtrais.

Tout s'est passé plus vite que prévu. Sa résistance a flanché, puis par le manque d'oxygène il est devenu inerte sous mes mains. J'ai encore maintenu l'oreiller pendant un long moment sur son visage, jusqu'à ce que j'aie la certitude qu'il ne vivait plus. Retenant mon souffle, je l'ai regardé.

J'aurais pu être envahie de remords, ou accablée par mon geste, mais le seul sentiment que j'ai éprouvé à ce moment précis a été un immense soulagement.

Il était mort. Enfin.

« Je peux vous aider ? »

Une voix grave et chaude me fait sursauter. Je tourne la tête : le pasteur se tient dans l'allée centrale, l'air soucieux.

« Je vous observe depuis un moment. J'ai été touché par l'intensité de vos prières. Si je peux vous être utile en quoi que ce soit… me dit-il avec bienveillance. Vous êtes la femme d'Evert van Nulandt, n'est-ce pas ?

– Oui, je suis Catrijn. Vous nous avez mariés il y a quelques mois. »

Il hoche la tête, s'assied à côté de moi.

« Je me posais une question, dis-je, un peu hésitante.

– Laquelle ?

– Nos fautes nous sont-elles toujours pardonnées ? »

Il me lance un regard en coin.

« En principe, elles le sont. Personne ne traverse l'existence sans commettre des faux pas, nous sommes tous pécheurs. Mais nous pouvons toujours implorer le pardon du Tout-Puissant.

– Comment ?

– En le Lui demandant. Nous devons faire preuve d'un repentir sincère et nous amender. Il existe plusieurs façons.

– Et en l'absence de repentir ? »

Son visage se rembrunit.

« Les choses sont plus difficiles. »

Je baisse la tête, fixant mes mains repliées sur mes genoux.

« Est-il concevable de commettre des péchés parce qu'on n'a pas d'autre choix ?

– Nous avons toujours le choix, Catrijn. La seule chose que Dieu nous demande est de nous détourner des ténèbres. Mais je peux comprendre que ce ne soit pas toujours facile.

– Vous est-il déjà arrivé de faire des mauvais choix ?

– Bien entendu, lorsque j'étais plus jeune notamment. Je ne me souciais alors ni de Dieu ni des commandements. Mais cette époque est loin derrière moi.

– Parce que vous vous êtes repenti et amendé.

– Précisément. »

Je reste muette. Il me scrute du regard.

« Votre problème est-il si grave, Catrijn ? Pourquoi redoutez-vous à ce point le jugement de Dieu ?

– Comme je vous l'expliquais, mon père, parce que je n'éprouve aucun regret.

– Regrettez-vous au moins d'avoir enfreint les règles de Dieu ?

– Oui, sans aucun doute.

– Par crainte du châtiment ou par conscience d'avoir péché ?

– Par crainte du châtiment, mon père. Mais je n'ai pas un mauvais fond. Toute ma vie, j'ai fait ce qu'il fallait. Je me suis montrée obéissante, aussi bien envers mes parents qu'envers mon mari. Je donne toujours quelque chose aux miséreux qui me tendent la main. Nos bonnes actions sont-elles prises en compte lors du Jugement dernier, mon père ? »

Je ne prends pas la peine d'ajouter que j'ai aussi partagé deux fois la couche d'un homme qui n'était pas mon mari, car ces péchés ne me semblent pas comparables à celui qui justifie ma présence ici.

« Hélas, nous ne pouvons pas compenser nos péchés de cette façon, Catrijn. Dieu ne transige pas. Tous nos péchés doivent être punis. »

Un frisson me traverse.

« Je vais brûler en enfer ?

– Ce n'est pas si simple. Vous savez, j'imagine, que Jésus est venu et mort sur terre pour s'acquitter de nos dettes et nous apporter le salut. Le péché dégrade notre rapport à Dieu, qui le sanctionne, mais pas en nous privant de la vie éternelle. Son Amour est si grand que Dieu peut aussi, dans certains cas, nous pardonner notre incapacité à regretter nos propres péchés.

– Comment savons-nous que l'absolution nous a été accordée, mon père ? »

Le pasteur m'adresse un sourire bienveillant, pose la main sur son cœur et répond : « Nous le ressentons au plus profond de nous. »

32

Je quitte l'église un peu apaisée. Ma discussion avec le pasteur m'a fait du bien. La lumière du soleil me semble plus délicate, moins vive, et la foule sur la place du marché moins oppressante. Je m'arrête un instant, profitant de la clémence du temps et de l'agréable animation qui m'entoure. Puis je pense à ma famille et un intense sentiment de manque me prend à la gorge.

« Tu m'as l'air bien pensive ! »

Je me retourne et tombe sur le visage rieur d'Aleid. Elle est avec sa fille, qui m'adresse une petite révérence.

« J'hésitais entre retourner à l'atelier et flâner pour profiter de ce temps magnifique.

– Tu travailles assez, Catrijn ! Je suis sûr qu'Evert te pardonnera d'avoir passé un peu de temps avec moi.

– Je n'en doute pas.

– Je t'ai vue sortir de l'église. C'est une heure inhabituelle pour prier. »

Je ressens une pointe d'hésitation dans sa voix, comme si elle craignait de se mêler de ce qui ne la regarde pas.

« Govert, mon premier mari, est mort il y a tout juste un an.

– Evert m'a effectivement raconté que tu avais été mariée. Aujourd'hui est donc l'anniversaire du début de ton veuvage ? »

Je confirme d'un signe de tête.

« Ce doit être difficile pour toi, dit Aleid en posant la main sur mon bras. Si tu veux, tu peux marcher un peu avec nous jusqu'à la maison, nous pourrons en parler si tu en ressens le besoin. »

La mort de Govert est bien la dernière chose dont j'aie envie de parler, mais elle ne me laisse pas le temps de trouver une excuse et ajoute :

« Et puis, moi aussi, j'ai quelque chose à te dire. »

Une expression dans ses yeux rend tout refus difficile, j'accepte donc la proposition. Parlant de choses et d'autres, nous nous rendons à pied vers leur maison de la Choorstraat. La grande bâtisse à l'imposante façade richement décorée est digne du prévôt qui l'occupe.

J'entre à contrecœur. Dans le hall, j'observe de nouveau la peinture que j'avais remarquée lorsque j'étais venue ici pour louer une maison. Je la regarde un peu plus attentivement cette fois. Elle n'a rien d'extraordinaire. Vêtus d'habits noirs, vieillots, Isaäc et Aleid sont assis sur des chaises au milieu du tableau. Ils sont flanqués de leurs deux enfants qui se tiennent droits comme des cierges, Jenneke à côté de sa mère et Michiel près de son père. Leurs vêtements rappellent ceux de leurs parents.

« Je n'aime pas cette peinture, commente Aleid. Nous avons demandé à Johannes de nous en faire une autre, un peu moins austère.

– Je crois que vous ne serez pas déçus, ses tableaux sont tellement réalistes.

– Je trouve aussi ! Celui-ci est trop grave et un rien désuet. »

Aleid me précède dans le petit salon, à l'arrière de la bâtisse. Nous prenons place sur deux tabourets près de la fenêtre. Jenneke est partie dans la cour, je la vois jouer avec une balle qui rebondit. La lumière du soleil entre librement dans la pièce par les vitres à bords biseautés. Une servante vient nous proposer du thé.

« Volontiers, Aagje, lui répond Aleid, qui se tourne ensuite vers moi : Tu connais cette boisson ? »

Je hoche la tête, j'en servais à Brigitta autrefois. Un jour, j'en avais même goûté une gorgée dans la cuisine, à la dérobée, mais je n'avais pas vraiment apprécié. Trop amer. Cependant, le thé reste une boisson chère et j'accepte donc le petit godet en grès que nous apporte Aagje, que je remercie d'un signe de tête.

« Il faudrait, à vrai dire, le servir dans un autre récipient, observe Aleid. Pas en verre, il deviendrait trop chaud. Le grès est tellement grossier !

– Il faudrait idéalement de petits godets.

– Quelque chose de plus joli et de plus raffiné. Le thé est une boisson onéreuse, qu'on ne devrait pas servir comme du lait. »

Pensive, j'observe le récipient en grès. Il est massif et lourd.

« Je vais en parler à Evert. Nous pourrons certainement imaginer quelque chose de plus élégant. Dans quoi boit-on le thé en Orient ?

– Dans de petits bols, je crois. Mais ils sont très rares ici. »

Je sens une vague d'excitation monter en moi, comme chaque fois que je suis prise d'une impulsion créatrice. J'imagine déjà dans le four des dizaines, ou plutôt des centaines de bols fins, délicatement décorés de scènes orientales. J'ai envie de courir à la maison dessiner une première esquisse, mais je fais l'effort de rester pour écouter Aleid. Je lui accorde toute mon attention lorsqu'elle évoque mon séjour à l'hôpital.

« Nous avons eu très peur pour toi quand ton état s'est aggravé. Tu étais vraiment mal en point.

– La fièvre a bien failli me tuer.

– Tu t'es même mise à délirer. Du moins... »

Aleid marque un temps d'arrêt, regarde sa jupe noire.

« Du moins ?

– Du moins j'ai longtemps pensé qu'il s'agissait de délires, car je ne peux pas imaginer que... »

Je suis prise de panique. « Que veux-tu dire ? Qu'ai-je dit exactement ?

– Tu as parlé de ton mari. Govert, je crois ? »

Je hoche la tête d'un air hébété. Il est facile parfois de deviner ce que les gens vont dire avant même qu'ils n'ouvrent la bouche.

« Tu as prononcé son nom à plusieurs reprises, tu as dit que c'était ta faute, que Dieu allait te punir. Puis tu as parlé d'étouffement. »

C'est comme si mon cœur s'était arrêté. D'ordinaire, les battements s'accélèrent quand on a peur, mais cette fois c'est l'inverse. Un bruit sourd, un grondement sinistre, me frappe la poitrine. La tête me tourne, j'avale une gorgée de thé amer pour me ressaisir.

« Que voulais-tu dire, Catrijn ? »

La voix d'Aleid a perdu sa bienveillance, son ton est plus impératif.

Lui raconter que je n'en ai aucune idée ne suffirait pas, je dois dissiper sa méfiance.

« Quand il avait trop bu, sa respiration était irrégulière. Il lui arrivait parfois de ne plus respirer du tout pendant de longues secondes. Alors je le secouais et il se réveillait en sursaut. »

Je fais mine de contempler un vase de fleurs posé sur la table pour éviter l'œil scrutateur d'Aleid.

« Le jour de sa mort, il était revenu de l'auberge complètement ivre. Il s'était écroulé dans le lit-clos. J'aurais dû rester à son chevet, mais j'avais du travail. Il y a toujours beaucoup à faire à la ferme en fin d'après-midi. Je suis donc sortie dans la cour. »

Je pose mon godet à moitié vide sur la table et hasarde un regard vers Aleid, qui me considère avec scepticisme.

« Quand je suis revenue dans la pièce à vivre, tout était calme, trop calme. J'ai été jusqu'au lit et j'ai trouvé Govert la bouche béante. » Je ferme les yeux et ajoute dans un murmure : « Il ne respirait plus.

– Et ensuite ? » Je devine de la compassion dans la voix d'Aleid, même si la méfiance n'a pas totalement quitté son regard.

« J'ai essayé de le réveiller, je l'ai secoué de toutes mes forces. Il m'a fallu un moment pour admettre qu'il était mort, je n'arrivais pas à le croire.

– Quand tu étais malade, tu disais qu'il avait été étouffé.

– C'est l'impression que j'ai eue, il avait la bouche grande ouverte, comme s'il avait essayé en vain de trouver l'air qui lui manquait. »

Aleid regarde dans le vide, pensive.

« Il était couché sur le dos ?

– Oui

– C'est très dangereux ! La langue peut tomber dans la gorge et bloquer la respiration. Normalement, on se réveille à ce moment-là, mais pas quand on est ivre. Avait-il des vomissures autour de la bouche ? »

L'explication aurait été idéale, mais j'aurais dû en parler tout de suite. Je secoue la tête.

Aleid se penche vers moi et pose la main sur mon bras.

« Tu n'as pas à t'en vouloir, Catrijn. Ce n'est pas ta faute.

– Mais si j'étais restée avec lui...

– Pendant des heures ? Alors que tu avais du travail à la ferme ? Il n'aurait simplement pas dû boire à ce point.

– C'est vrai... »

Je reste figée sur mon tabouret, puis lui demande :

« Quelqu'un d'autre est-il au courant ?

– De ce que tu as dit quand tu étais malade ? Personne. Si j'en avais parlé à Isaäc, il aurait été contraint de prendre contact avec le prévôt d'Alkmaar. C'est pourquoi j'ai préféré te poser la question d'abord.

– Tu croyais vraiment que...

– Difficile de voir les choses autrement. Je ne t'en croyais pas capable, mais d'un autre côté, on ne se connaît pas vraiment, toi et moi...

– Tu as raison. Moi aussi, j'aurais été méfiante.

– Je suis contente que tu le prennes de cette façon. »

Elle me sourit, puis continue :

« Je ne savais trop que faire. J'ai finalement préféré ne rien dire, de peur des ragots. Les gens parlent vite et imaginent toujours le pire.

– Je suis bien d'accord. Merci beaucoup, Aleid. »

Nous restons un moment assises dans un silence malcommode. Du moins pour moi. Aleid semble plongée dans ses pensées.

« Moi aussi, j'ai été mariée une première fois. De force. Mes parents avaient choisi pour moi et je n'avais qu'à m'en accommoder. J'avais dix-sept ans.

– Si jeune ?

– Je n'étais encore qu'une gamine. Mon mari était beaucoup plus vieux, et il ne m'attirait pas du tout. L'amour n'est jamais venu, même avec les années, contrairement aux prévisions de mes parents. Un peu de complicité entre nous aurait pu rendre les choses plus supportables, mais il me traitait comme sa servante. Il n'avait de cesse de me rabaisser, quand il ne m'ignorait pas tout simplement. Tous les matins, je me réveillais avec le regret de ne pas m'être opposée à cette union forcée. Et puis, au bout de cinq ans, Dieu m'a libérée en envoyant une épidémie de variole. Deux semaines plus tard, j'étais veuve. »

Joignant les mains, elle porte le regard au loin par la fenêtre, puis le pose sur sa fille qui joue toujours dans la cour.

« Je me suis occupée de lui pendant sa maladie, bien sûr, mais je n'ai pas prié pour sa guérison. Je m'agenouillais à son chevet, les mains jointes et doigts entrelacés, mais je ne savais pas que demander à Dieu. J'ai fini par m'en remettre à Sa décision, et mon mari est mort. Pendant longtemps, je me suis sentie coupable. Je me disais que, si j'avais entouré mes prières de plus de détermination, elles auraient peut-être été entendues. »

Elle regarde un instant ses mains repliées sur ses genoux, puis relève la tête.

« Nous surestimons notre pouvoir. Personne ne sait si nous avons une influence sur le destin ou s'il est écrit d'avance. Sa mort reflète peut-être simplement la volonté de Dieu. »

Nos yeux se rencontrent.

« Oui, j'aime aussi à le croire. »

33

Nous sommes probablement tous tourmentés par la culpabilité et la peur. Que sait-on finalement de ceux qui nous entourent ? Nous avons tous nos petits et nos grands secrets, autour desquels nous bâtissons notre vie tant bien que mal.

Ma crainte que la vérité n'éclate tôt ou tard au grand jour s'était quelque peu estompée. Elle n'avait pas totalement disparu, mais elle avait été reléguée à l'arrière-plan. Elle a soudain resurgi, comme un agresseur dans une ruelle sombre, et j'ai du mal à m'en défaire de nouveau.

Aleid a-t-elle cru mon histoire ou a-t-elle seulement fait semblant ? Pendant quelques semaines, je m'attends à voir le prévôt et ses magistrats frapper à ma porte à tout moment. Et puis doucement, après un mois, je recommence à croire qu'il ne m'arrivera rien.

Je travaille plus dur que jamais. J'esquisse des projets de bols à thé aux bords hauts et fins. J'y peins des motifs de roses et des personnages chinois buvant le thé. Quand je les montre à Evert et qu'il discute avec Quirijn du procédé de cuisson, j'éprouve un bien-être que je n'avais plus ressenti depuis des semaines. Le travail a sur moi un effet apaisant et m'empêche de ruminer mes tracas, en dépit de la proximité permanente de Jacob. Même s'il ne s'approche jamais de moi, sa présence me met toujours mal à l'aise. Il m'observe. Je le vois du coin de l'œil quand je peins, je sens son regard braqué sur moi. Je l'aperçois dans le reflet d'une vitre, ou bien je le perçois intuitivement.

Alors que le printemps touche à sa fin, nous lançons la production des tasses à thé, comme Evert les a appelées. Elles connaissent immédiatement un franc succès.

De leur côté, Quirijn et Engeltje préparent l'ouverture de leur faïencerie. Le 1er juin, Quirijn s'inscrit à la guilde comme maître-faïencier et ouvre avec Wouter van Eenhoorn sa fabrique de céramique, baptisée Le Flacon de porcelaine. Malgré cette nouvelle concurrence, nous peinons à absorber le volume de commandes, de sorte que notre amitié avec Quirijn n'en est pas entachée.

Nous nous voyons régulièrement le dimanche, que ce soit pour une balade en bateau ou une promenade en dehors de la ville. Nous avons pris pour habitude de terminer la journée ensemble à la terrasse d'une auberge, où nous partageons sur une table en bois un bon repas, du vin et la compagnie des uns et des autres. Ces sorties sont infiniment agréables et me mettent en joie.

« Je te trouve radieuse, Catrijn, me lance Quirijn, qui me regarde avec attention. Evert, est-ce que tu réalises au moins la chance que tu as ? Ta femme semble embellir de jour en jour !

– Je ne crois pas aux miracles, mais là, je dois bien te donner raison ! »

Il m'adresse un clin d'œil et je ris. Nous avons gardé le secret un moment, mais en ce bel après-midi d'été un échange de regard avec Evert suffit pour me pousser à annoncer la bonne nouvelle à nos amis.

Leurs vœux de bonheur sont chaleureux et sincères. Dans une ambiance joyeuse, nous commandons un autre godet et trinquons à l'avenir. Pour la première fois depuis des années, je suis heureuse.

Mais le bonheur est fragile. Au moment précis où je baisse la garde et où je me remets à croire que la vie peut aussi être un fleuve tranquille, une nouvelle me glace le sang. Alors que je me promène avec Anna entre les étals du marché, quelqu'un prononce le mot « peste ».

Je me retourne brusquement vers l'auteur de l'annonce. Âgé d'une quarantaine d'années, vêtu d'un pourpoint et de chausses, l'homme a le visage buriné. Une hotte munie de deux lanières est posée à ses pieds.

« Comment dites-vous ? La peste ? »

Le colporteur opine d'un air lugubre.

« J'en ai bien peur, madame. Elle est en France et se dirige vers nous.

– Où est-elle exactement ?

– Elle a déjà gagné Anvers. La peste est une voyageuse véloce. »

Je suis prise de sueurs froides et de vertiges. D'autres citadins se rassemblent autour de nous, je lis la peur sur leur visage.

« Dans quelles villes se trouve-t-elle ? demande Anna.

– Impossible d'en dresser la liste, madame, elle est partout ! À Anvers, la moitié des habitants sont déjà morts. Ils n'ont pas assez de cercueils et doivent jeter les victimes dans des fosses communes. »

Une rumeur sourde parcourt l'assemblée.

« N'écoutez pas ce vieux dégénéré ! La moitié de la ville ? Comment pourrait-il le savoir ? tonne un poissonnier derrière son étal.

– Je viens de là, je l'ai vu de mes propres yeux.

– Ben voyons ! Et pourquoi ne l'as-tu pas attrapée alors ? À moins que tu ne sois aussi un pesteux. Que viens-tu faire ici ? Ce sont les gens de ton espèce qui propagent les maladies ! »

Une clameur approbatrice s'élève dans l'assistance, les regards hostiles se multiplient.

« Je ne suis pas malade, parce que j'ai été assez malin pour me tenir à l'écart ! se défend l'homme en haussant la voix. Et aussi parce que j'ai un remède contre la peste. Je l'ai ici, regardez ! » Il farfouille dans sa hotte et en sort un petit flacon.

« Cet élixir m'a protégé. Il n'est d'aucune utilité si vous êtes déjà malade, l'effet n'est que préventif. Prenez-en deux gorgées trois fois par jour et vous échapperez à la maladie.

– Qu'as-tu mis dans cet élixir ? demande avec méfiance une femme robuste, les bras croisés devant la poitrine.

– Une recette secrète, transmise dans ma famille depuis des générations. Je n'en dévoile pas les ingrédients, car je suis marchand, madame, et il me faut bien vivre de quelque chose. L'élixir est à vendre, il ne me reste plus que quelques flacons. J'ai sauvé de nombreuses vies avant d'arriver ici. Vous ne me croyez pas ? Je me tiens pourtant devant vous ! Comment aurais-je pu sortir vivant d'une région ravagée par la peste ? » À ces mots, l'homme prend quelques flacons dans sa hotte et les brandit sous le nez des badauds.

« Décidez-vous sans tarder ! Quand les émanations mortelles de la peste envahiront les rues, vous saurez que je vous ai dit la vérité. »

Je regarde les flacons, hésitante. « Combien en demandes-tu ?

– Dix sous par flacon, madame, ce qui n'est pas grand-chose pour une vie sauve.

– Nous allons en prendre un! s'exclame Anna d'une voie angoissée.

– Comment savoir qu'il y a bien une épidémie de peste? C'est la première fois que j'en entends parler!» Le poissonnier tient un cabillaud dans une main et un couteau à filer dans l'autre. Il renifle bruyamment, tranche la tête du poisson et la jette sur le sol.

Un homme élégamment vêtu vient se joindre au groupe.

«Cet homme dit vrai. Anvers est ravagé par la peste. Le fléau a aussi gagné Breda et Bois-le-Duc, il pourrait très bien monter plus au nord.»

L'assistance est à présent nombreuse et les paroles du marchand circulent bon train. Une jeune femme portant un enfant dans les bras s'avance. «Je t'en prends un flacon.»

Tandis que beaucoup hésitent, d'autres plongent la main dans leur bourse et s'approchent du colporteur. Je me mets à compter mes pièces, tout comme Anna, quand une main se pose sur mon épaule.

«Ne te fais pas avoir, Catrijn. Personne ne connaît de remède contre la peste, et ce charlatan pas plus qu'un autre.» Johannes me prend par le bras et m'entraîne à l'écart de la foule.

«Mais il n'est pas tombé malade! dis-je en observant la cohue autour du colporteur.

– Il n'est sans doute jamais allé à Anvers, il a seulement entendu parler de l'épidémie. Si même les meilleurs médecins du pays ne trouvent pas de remède, je ne vois pas comment cet homme pourrait en avoir un.»

Dans un soupir, je laisse retomber mes pièces dans ma bourse.

«Tu as raison. Toi aussi, Anna, range ton argent.

– Ces annonces font peur à tout le monde, et ce genre d'escroc essaie d'en profiter.

– Tu crois que la peste peut arriver à Delft ?

– Je l'ignore. Elle peut très bien dévaster le Sud et nous épargner. Ces épidémies disparaissent comme elles sont venues. »

Nous nous trouvons à présent au coin de la place du marché.

« Mon nouvel atelier est juste à côté, reprend Johannes. Tu as envie de le voir ?

– Avec plaisir ! » dis-je, accueillant cette diversion avec joie.

Nous marchons jusqu'au Voldersgracht et nous arrêtons devant une grande maison à pignon triangulaire. Johannes nous ouvre la petite porte latérale et nous précède dans une venelle au milieu de laquelle se trouve une porte basse, que nous passons. L'atelier est une pièce carrée, dont les hautes fenêtres laissent pénétrer une jolie lumière tamisée. Deux chevalets ont été installés au milieu de l'espace. Plusieurs tables sont couvertes de pots de peinture, de pinceaux, de couteaux à palette et de chiffons. Des toiles vierges sont posées contre un mur, auquel fait face une cheminée.

« Cela me permet de travailler aussi pendant l'hiver, commente Johannes en désignant le foyer. Et l'atelier est orienté au nord, ce qui protège mes toiles du soleil. Bref, cet endroit est parfait !

– C'est vrai, il est magnifique. »

Je m'avance vers la toile posée sur le chevalet.

« Et je constate que tu n'as pas tardé à te mettre au travail !

– Cette toile s'appellera *Le Christ dans la maison de Marthe et Marie*. Elle est pratiquement terminée. Qu'est-ce que tu en penses ? »

Je fais un pas en arrière. D'ordinaire, je n'aime pas trop les scènes religieuses, mais ce tableau du Christ parlant à deux femmes dégage une impression d'intimité très chaleureuse. Seule l'auréole vaporeuse peinte autour de la tête de Jésus trahit sa divinité. La fraîcheur des couleurs, l'expression des trois personnages, le naturel de leur posture donnent à la toile une force qui me laisse sans voix.

« C'est splendide, Johannes. Vraiment splendide.

– Content que tu aimes ! » dit-il en hochant la tête avec satisfaction. Soudain, un détail semble attirer son attention.

« Quelque chose a changé chez toi… Tu te tiens autrement. »

J'esquisse un sourire timide.

« C'est possible. Je suis enceinte. De quatre mois déjà.

– Ah oui ? Eh bien, toutes mes félicitations ! »

Se fendant d'un large sourire, il m'observe des pieds à la tête. Puis l'expression de son visage change, sa bouche se relâche, son regard se fait plus doux.

« Te voir comme cela, avec ton manteau jaune dans la lumière blême, me donne envie de te peindre. »

Sa remarque me met un peu mal à l'aise, je ne sais trop comment me tenir. Johannes m'observe d'un air songeur, comme s'il voulait figer mon image dans son esprit.

« Tu devrais poser pour moi un jour », dit-il dans un murmure qui s'adresse davantage à lui-même qu'à moi.

Ne sachant que répondre, je garde le silence, prisonnière de son regard. Il semble alors revenir à lui, comme s'il se réveillait en sursaut.

« Je m'en souviendrai, dit-il, les yeux toujours braqués sur moi. Je m'en souviendrai. »

34

Sur le chemin du retour, Anna et moi restons particulièrement silencieuses. Alors que la peste accapare toutes mes pensées, j'ai du mal à comprendre comment la vie autour de moi peut suivre tranquillement son cours, comment les habitants peuvent continuer à parler et à rire, les enfants à hurler de joie en poursuivant un chat dans la rue, les marchands à s'échanger railleries et brocards, comme si de rien n'était. L'annonce de la peste devrait être sur toutes les lèvres.

Je prends peut-être la chose trop au tragique, ma grossesse me rend émotive. Après tout, nous sommes très loin d'Anvers.

Mais je suis angoissée. En rentrant à la maison, je cherche immédiatement Evert et le trouve dans la cour intérieure, où il donne des instructions pour le déchargement d'une cargaison de bois de chauffage. Une fois qu'il a payé le cocher, je lui raconte ce que j'ai entendu sur le marché, tandis que les ouvriers rangent le bois à l'intérieur.

« La peste ? Où ça ?

– À Anvers, Breda et Bois-le-Duc.

– Je n'en ai pas entendu parler. »

Klaas s'approche de nous, il a manifestement une question à poser à Evert, mais mon mari lui fait signe qu'il est occupé et se retourne vers moi.

« Ne t'inquiète pas, ma chérie. Si la peste a infesté ces villes, rien ne dit qu'elle arrivera jusqu'à Delft.

– Mais c'est possible ! » Je pose une main sur mon ventre et sens les larmes me monter aux yeux.

Manifestement inquiet, Evert me regarde. « Attends une seconde », finit-il par dire avant de s'éloigner.

Je le vois discuter avec le vendeur de bois, dont le cheval a la tête penchée au-dessus d'un seau d'eau. Au bout d'un moment, Evert me fait signe.

« Explique à ma femme ce que tu sais à propos du Sud. »

Le vendeur de bois m'adresse un regard rassurant.

« Tout va bien, madame. J'ai croisé ce matin un habitant de Bois-le-Duc et il ne m'a pas parlé de peste. Je crois que cet homme que vous avez vu sur la place était un charlatan. Il suffit de prononcer le mot « peste » pour que les gens ouvrent leur bourse et achètent un remède miracle.

– Quelqu'un d'autre a confirmé ses dires ! » J'insiste, toujours pas rassurée. « Un homme élégant a affirmé que l'épidémie avait déjà gagné Breda et Bois-le-Duc.

– Un complice, intervient Evert d'une voix grave. Ce genre d'escroc ne travaille jamais seul. À l'heure qu'il est, ils sont en train de compter leur butin dans une taverne. »

Confirmant la réponse d'Evert d'un signe de tête, le vendeur de bois retourne vers son coche et monte sur le siège.

« Et même si c'était vrai, madame, que pourrions-nous y faire ! Notre sort est entre les mains de Dieu. »

Ces derniers mots résonnent dans ma tête tout le reste de la soirée. Leur fatalisme n'est pas de nature à m'apaiser. La peste a souvent rôdé dans les parages, elle a frappé Alkmaar il y a cinq ans, mais voilà bien longtemps qu'elle n'a pas touché De Rijp. Si longtemps que je n'y ai jamais été confrontée directement, ce qui ne signifie pas que j'ignore à quel point elle peut être terrible. Mes grands-parents et mes parents ont traversé de graves épidémies, et tout le monde connaît quelqu'un qui en est mort. On la présente comme une atrocité. Les gens qui attrapent la peste pneumonique sont immédiatement condamnés : d'abord pris de fortes fièvres, ils toussent, crachent du sang et du pus, suffoquent, puis perdent connaissance et meurent. La peste bubonique offre un peu plus de chances de survie, mais vous fait traverser l'enfer. Les frissons, puis la fièvre sont les premiers signes de la maladie. Ensuite, des pustules apparaissent partout sur le corps. Elles grossissent et noircissent avant de se transformer en ulcères purulents. La première phase aiguë de la maladie peut durer une dizaine de jours et seuls quelques rares malades survivent à cette période. Elle disparaît ensuite quelques jours, souvent pour mieux revenir dans un assaut encore plus violent, qui tue alors tous les malades, sans exception.

Pour le moment, nous ne semblons pas directement menacés. Nos affaires à la faïencerie impliquent des contacts quotidiens avec des cochers, des bateliers et des marchands itinérants, et, chaque fois, nous prenons des renseignements. Les messages qui nous parviennent du Sud sont contradictoires. Il y a de nombreux morts à Breda et à Bois-le-Duc, nous dit l'un ; les deux villes sont épargnées, nous affirme l'autre. Un troisième nous raconte que quelques cas ont bien été observés, mais qu'il n'est pas question d'épidémie. D'après les dernières nouvelles, Anvers serait la dernière ville touchée et la maladie serait en perte de vitesse.

« Tu vois, il n'y a pas de quoi s'inquiéter », en conclut Evert au départ du dernier client de la boutique. Il enroule ses bras autour de ma taille et m'embrasse dans le cou. « Tout ira bien. »

Le coup de massue tombe à la mi-juillet. J'apprends la nouvelle sur le marché aux volailles, entre la Choorstraat et le Poelbrug. L'épidémie de peste a éclaté à Dordrecht et à Gorinchem, et elle est violente. Les gens ne parlent plus désormais que de cet événement, l'inquiétude est sur tous les visages. Le crieur public annonce que la ville a pris des mesures pour éviter que la peste ne frappe Delft.

J'aperçois Engeltje au loin, elle tient la main de ses deux filles. Je vais à leur rencontre. Elle retourne vers moi un visage blême. « Catrijn, tu as entendu ?

– Les autorités vont prendre des mesures, fermer les portes de la ville.

– On dit que la peste se propage dans l'air, par des vapeurs toxiques. Comment peut-on faire ?

– Je n'en sais rien. » Je lis la peur dans les yeux de Catharina et Geertruyd.

« C'est quoi, la peste ? demande Geertruyd d'une voix étranglée.

– Une maladie, ma chérie. Mais elle est loin d'ici.

– Où exactement ?

– Très loin, à Dordrecht.

– Pourquoi tout le monde a peur, alors ? » Catharina regarde autour d'elle sans comprendre.

« Je dois passer chez l'apothicaire, dit Engeltje. Il a une poudre de protection à avaler. Essaye de t'en procurer avant qu'il n'y en ait plus. »

Je hoche la tête et les suis des yeux, les filles tenant avec confiance la main de leur maman. Depuis ma discussion avec Johannes, je ne crois plus trop aux prétendus pouvoirs de ces remèdes. Son raisonnement était pertinent, car si ces produits étaient vraiment efficaces, la peste aurait été éradiquée depuis bien longtemps. Je me souviens des paroles du cocher, qui disait que notre vie et notre mort ne dépendent que de la volonté de Dieu. Spontanément je pose la main sur mon ventre en me mordant les lèvres.

Personne ne sait vraiment comment la peste se propage, seulement qu'elle est très contagieuse. Mais il n'est pas possible d'interrompre complètement le commerce avec les régions rurales environnantes et les autres villes, car il nous faut bien manger. La ville a mis en place des autorisations d'accès très strictes. On dit que les vapeurs pestilentielles imprègnent la peau, les cheveux et les vêtements, si bien que les colporteurs, les troupes de théâtre, les cochers et les bateliers ne sont plus les bienvenus à Delft. Les autres voyageurs sont soumis à un interrogatoire minutieux et quiconque vient de régions infectées est invité à faire demi-tour sur-le-champ.

Le commerce se poursuit avec les zones du pays qui n'ont pas été touchées par la maladie, malgré les risques. Beaucoup de marchands venant des régions contaminées essaient de braver les interdictions en modifiant leur itinéraire à l'approche de la ville. Même si les gardiens des portes sont attentifs aux moindres signes d'infection des arrivants, ils ne peuvent garantir que personne n'est passé entre les mailles du filet. Souvent, les malades eux-mêmes ne sont pas conscients de l'être.

Malgré les mesures tout aussi strictes mises en place dans les villes voisines, Gouda et Rotterdam sont rapidement infectées. La maladie se rapproche dangereusement de Delft.

« Tu as peur ? » me demande un jour Jacob.

Alors que je suis en train d'épousseter les céramiques exposées sur les étagères, pour les rares clients qui fréquentent encore les lieux, Jacob pose sur la table une caisse remplie de paille et y place délicatement un grand vase destiné à un riche marchand d'Amsterdam.

« Pas toi ? Tout le monde a peur. Ce vase est peut-être le dernier que nous expédions, et il risque fort de ne jamais arriver à destination.

– Jusqu'ici, rien ne nous a été renvoyé. La peste n'est pas à Delft, déclare Jacob pour se rassurer.

– Pas encore. Mais on dit qu'elle fait des ravages à Rotterdam, qui est juste à côté.

– Elle n'est pas non plus à Schiedam, pourtant encore plus proche de Rotterdam. Cela ne veut rien dire. »

Il me lance un regard en coin.

« Mais même si l'épidémie arrivait jusqu'ici, tu t'en sortiras, comme toujours. »

Nous continuons à travailler en silence quelques instants, puis Jacob reprend :

« Tu sais, Catrijn, je t'admire. Jamais je n'aurais imaginé que tu mènes aussi bien ta barque. On se ressemble beaucoup, finalement. »

Je fronce les sourcils. « Ah bon, tu trouves ?

– J'en suis convaincu. Nous voulons tous les deux une vie meilleure et nous sommes prêts à faire ce qu'il faut pour arriver à nos fins. Tu as commencé par décrocher ce travail, puis tu t'es mariée avec le patron, et tu portes à présent son enfant. Difficile de faire mieux.

– Que ce soit clair : j'ai choisi d'épouser Evert parce que je suis amoureuse de lui et pas par intérêt », dis-je froidement.

Il ricane.

« Je n'en doute pas. Mais qu'il soit à la tête d'une faïencerie comme celle-ci ne t'a sûrement pas déplu. Et moi non plus, d'ailleurs. J'espère seulement que la peste ne viendra pas tout gâcher. »

35

Ce soir-là, je me blottis contre Evert. Il fait chaud sous le drap, les portes du lit-clos sont grandes ouvertes. Je n'arrive pas à dormir.

« Je veux que tu partes », dit-il soudain.

Je le distingue à peine dans la pénombre.

« Tu veux que je quitte la ville pour me mettre à l'abri ?

– La situation devient trop dangereuse.

– La peste peut épargner Delft, surtout avec toutes les mesures prises par la ville.

– Toutes les villes ont pris des mesures, chaque fois les mêmes. Elles ne sont d'aucun secours. Tu pourrais retourner au village, auprès des tiens. »

Je me retourne sur le dos et mon regard se pose sur le lattage en bois du lit-clos. Rentrer chez moi… Pourquoi pas ? La peste se propage moins vite à la campagne qu'à la ville. Ce serait aussi une occasion de revoir mes parents, mes frères, et tous ceux du village, même s'ils doivent avoir en cette période d'épidémie d'autres préoccupations que mon retour. Mais je me rends compte qu'Evert n'a parlé que de moi.

« Tu viens aussi, n'est-ce pas ?

– Je ne peux pas abandonner la faïencerie. Le nombre de commandes a fortement chuté depuis l'arrivée de la peste. Les quelques commandes qu'il me reste sont trop importantes, je ne peux pas tout abandonner.

– Je ne te laisserai pas seul ici ! Nous serions en sécurité à De Rijp et ce serait l'occasion de te présenter ma famille. Je refuse de partir si tu restes.

– Il le faudra pourtant, répond-il avec fermeté. Tu dois t'enfuir avant qu'elle arrive, je ne veux pas que vous couriez le moindre risque, le bébé et toi. » Il me caresse la joue. « Tu n'as pas le choix. J'expédie une cargaison de tasses à thé à Den Helder dans quelques jours. Wout Kock sera le batelier, tu le connais bien. Tu navigueras avec lui jusqu'à Alkmaar, puis tu pourras rejoindre De Rijp par tes propres moyens. »

Je reste muette quelques instants.

« Tout est déjà réglé, on dirait.

– Oui, et il est inutile d'en discuter. Je veux que tu partes, Catrijn. J'ai déjà perdu ma femme et mes enfants une fois, je ne veux pas que l'histoire se répète. »

Ceux qui fuient la peste ne sont pas bien vus. Ils perturbent le commerce et la vie sociale, ils paralysent les villes avant même l'arrivée de la maladie. À grand renfort de placards, les autorités essaient de convaincre les habitants qu'ils ne courent aucun danger et qu'il est inutile de partir.

Jusque-là les gens ont écouté les consignes, mais le lendemain de ma discussion avec Evert, des rumeurs annoncent les premiers cas de peste à Delft et la ville cède à la panique. Ceux qui peuvent se le permettre plient bagage pour se réfugier dans leur maison de campagne ou dans d'autres villes. Les déserteurs restent toutefois minoritaires.

« Partir n'a aucun sens, décrète Aleid, que je rencontre en ville. Dieu a décidé depuis longtemps qui serait épargné. Ceux qui choisissent de fuir emporteront avec eux leurs péchés.

– Si tout est décidé d'avance, pourquoi la ville ferme-t-elle ses portes et pourquoi ces mesures sont-elles prises ? Dieu n'a pas pitié des pauvres d'esprits, Il veut que nous fassions preuve de raison.

– Dieu a créé la peste et l'a rendue contagieuse. Il décide de ceux qui l'attraperont et de ceux qui survivront. Voilà pourquoi nous restons ici et tu devrais en faire de même. »

Je pose la main sur mon ventre sans répondre. Il est peut-être vrai que j'emporterai mes péchés et que je mérite de mourir misérablement, mais mon enfant, lui, n'y est pour rien. Une fois rentrée à la maison, je monte sans tarder à l'étage préparer mes affaires.

Je dis au revoir à mes amis le jour même. Nous nous étreignons un long moment.

« J'espère que la peste ne montera pas plus au nord et que tu resteras en sécurité, me dit Johannes.

– Vous devriez partir, vous aussi.

– On y pense, on se décidera peut-être. »

Nous échangeons un regard et un sourire, mais sans une once de joie.

Evert et moi passons la nuit collés l'un à l'autre. À chaque caresse, à chaque baiser, je prends davantage conscience que c'est peut-être la dernière. Nous finissons par nous endormir et le lendemain matin, alors que la lumière du soleil se fraie un chemin à travers les volets, je me mets à pleurer.

« Ne pleure pas, mon amour. Tout ira bien. » D'un geste tendre, il essuie une larme qui perle sur ma joue et m'embrasse.

« Promets-moi de partir sur-le-champ si les choses tournent mal, commandes ou pas commandes.

– Je te le promets. Je compte bien te retrouver un jour et voir grandir notre enfant. »

Nous nous habillons. Evert saisit mon baluchon et nous prenons le chemin du canal, sur les eaux duquel flottent des lambeaux de brume. Wout est déjà sur place et embarque le chargement avec l'aide de Klaas.

Jacob est lui aussi sur le quai. Je n'avais pas pris la peine de lui dire au revoir. Il ne parle pas, mais nos yeux se croisent plusieurs fois.

« Prends garde à Mart », me glisse-t-il quand même quand il passe à côté de moi, puis il poursuit sa route et rentre dans la boutique.

« Il est temps d'y aller, un long voyage vous attend. » Evert tend mon sac à Wout et me serre dans ses bras.

Un dernier baiser, une longue étreinte, et je monte à bord. Le bateau, relativement grand, dispose d'un rouf où je pourrai m'abriter. Je m'installe sur la banquette et, tandis que Wout prend appui sur sa perche pour bouter le bateau au milieu du canal, je lance un dernier signe à mon mari.

Evert me souffle un baiser et nous regarde nous éloigner jusqu'à ce que nous passions sous le Kapelsbrug.

Il est encore très tôt, l'air est frais. Prévoyante, j'ai heureusement enfilé une double couche de vêtements. Alors que nous naviguons sur le Schie, je ressens une intense fatigue monter en moi. J'ai été très occupée à la faïencerie ces derniers temps. En outre, j'en suis à mon cinquième mois de grossesse, j'ai vite mal au dos et mes nuits sont agitées. Je crois que j'ai passé plus de temps, ces dernières semaines, à ruminer dans mon lit qu'à dormir. Je m'allonge sur la banquette, tire une couverture sur moi et m'assoupis.

Je dors une bonne partie de la matinée, et nous avons déjà bien avancé quand j'ouvre les yeux, un peu courbatue. La lumière du soleil inonde généreusement le toit du rouf, je transpire. J'enlève une épaisseur de vêtements et sors sur le pont. Un vent frais me balaie le visage. Le paysage des polders s'étend paisiblement autour de moi, les prés sont couverts de fleurs d'été, les roseaux dansent le long de la berge, la lumière ricoche sur les eaux.

J'inspire profondément et vais rejoindre Wout à la barre. Deux garçons athlétiques, qui l'aident à décharger et surveillent la cargaison lorsque le bateau est à quai, me saluent d'un signe de tête.

« Où sommes-nous ? »

Wout tourne la tête vers moi.

« On a fait plus de la moitié du chemin, vous avez dormi un long moment. »

Nous échangeons encore quelques mots, sur le temps et notre heure d'arrivée à Leyde, mais rien sur ce que nous laissons derrière nous.

Nous progressons vite, si bien que nous atteignons Leyde en début de soirée. L'entrée dans la ville n'est pas simple, le connaissement est passé au peigne fin. Personne ne sait encore que la peste a gagné Delft, et on finit par nous laisser entrer. Nous repartons aux aurores le lendemain après une brève nuit dans une auberge. Cette matinée encore, je rattrape un peu de sommeil. La journée s'annonce longue, car la distance qu'il nous faut parcourir est plus grande que la veille. Lorsque nous arrivons enfin à Haarlem dans la soirée, je suis exténuée. Heureusement, Alkmaar n'est plus très loin, et nous décidons de repartir un peu plus tard le lendemain matin.

En fin d'après-midi, alors que les murs de la ville apparaissent au loin, mon cœur se met à battre plus vite. Je quitte le rouf et m'avance contre la rambarde. Mon châle fermement enroulé autour de ma tête me protège de la morsure du vent. Je retrouve Alkmaar, la ville que j'ai quittée il y a un an, alors si incertaine de l'avenir qui m'attendait. J'y reviens aujourd'hui avec un travail que j'aime, mariée et enceinte d'un enfant. Qui aurait pu l'imaginer ?

Le sourire aux lèvres, j'observe cette vue si familière, les moulins qui bordent le Zeglis, les tours majestueuses des portes de la ville, la Grande Église, et une vive émotion me prend à la gorge. Je suis chez moi.

36

À Alkmaar, la vie suit son cours. Les barges vont et viennent, on charge et on décharge les cargaisons, le commerce bat son plein sur le marché aux fromages. Çà et là, j'entends vaguement parler de la peste, mais le sujet est loin d'être sur toutes les lèvres. Ici, on pense que la maladie est confinée dans le Sud et je n'ai aucune intention d'attirer l'attention sur moi en rétablissant la vérité.

Je quitte Wout et le reste de l'équipage à hauteur de la Boompoort, puis descends le Bierkade où les tavernes se succèdent en enfilade. Le marché aux fromages vient de se terminer. Mon père et mes frères vont souvent dans l'une ou l'autre auberge, après leur journée de travail, pour se désaltérer ou conclure leurs affaires. Mais ils ne s'éternisent jamais, car ils doivent encore rentrer au village. Il semblerait qu'ils soient partis de bonne heure aujourd'hui, car je ne les trouve nulle part.

Ayant jeté un œil dans les tavernes à proximité du marché, sans succès, je continue ma route en ville, jusqu'à l'auberge des Treize Poutres. Cela fait plus d'un an que je n'ai pas vu Melis et Brecht. Je marche de plus en plus vite et, à l'approche de la taverne, je cours presque. Enfin, je pousse la porte, hors d'haleine.

Nos retrouvailles sont plus ferventes encore que je ne l'avais imaginé. De joie, Brecht laisse tomber le pichet qu'elle a dans les mains, alors que Melis se précipite sur moi, bras tendus, et me serre vigoureusement contre lui.

« Catrijn ! Mais comment est-ce possible ? Je ne pensais pas que nous te reverrions un jour ! » me lance Brecht d'une voix émue.

Elle se met à pleurer, je la prends dans mes bras.

« Comment as-tu pu imaginer une chose pareille ? »

Elle m'emmène dans la pièce à vivre, à l'arrière de l'auberge.

« Où étais-tu ? Raconte-moi tout ! »

Je ne compte pas lui dire la vérité, je m'embarque dans un récit confus et évasif, auquel elle coupe court rapidement.

« Tu as quitté Amsterdam sans laisser d'adresse. Pourquoi, Catrijn ?

– J'ai envoyé plusieurs messages, mais ils ne vous sont jamais parvenus, apparemment. » J'ai du mal à lui mentir face à face et elle n'est pas dupe.

« Ce n'est pas vrai. Tu es partie à la sauvette et tu n'as rien envoyé du tout. Je crois savoir pourquoi. »

Nos regards se rencontrent, je suis la première à baisser les yeux.

« Tu t'es enfuie, Catrijn, reprend Brecht d'une voix douce. Le prévôt est passé par ici, il te cherchait. »

Je relève la tête. Je peux voir le reflet de ma propre peur dans ses yeux.

« Il a dit pourquoi ?

– Il voulait te parler de Govert. »

Un silence tombe, que je meuble d'un profond soupir.

« Explique-moi tout, Brecht.

– Non, toi, explique-moi tout ! C'est vrai ce qu'on raconte ?

– Ce qu'on raconte ?

– Que tu as tué ton mari. »

Quand on veut garder un secret, mieux vaut ne faire confiance à personne, pas même à sa meilleure amie. Je ne peux pas lui mentir, mais je ne peux pas non plus avouer mon acte, alors je garde le silence.

« Oh ! mon Dieu ! Inutile de dire quoi que ce soit, Catrijn, j'ai compris. Je crois d'ailleurs que je l'ai toujours su. Après tout ce que ce salaud t'a fait subir, personne ne peut t'en vouloir.

– Il était ivre mort. Il s'est effondré dans le lit et s'est étouffé.

– Je n'en doute pas, Catrijn. Veille à garder cette version des faits et ne dis jamais rien d'autre à personne, même pas à moi. On ne pourra rien prouver. » Elle me prend la main et ajoute : « Melis connaît le prévôt Van Veen. Le frère de Govert est allé le voir.

– Mart… Il n'a jamais pu accepter que l'héritage me revienne après seulement un an de mariage.

– Je sais. Melis a dit au prévôt qu'il avait de bonnes raisons de t'accuser à tort. Tu dois t'appuyer sur cet argument.

– Et le prévôt, qu'a-t-il dit exactement ?

– Qu'il voulait te poser des questions. Il est resté un moment, Melis lui a servi quelques bières et Van Veen a expliqué que le médecin qui avait ausculté Govert avait remarqué des petits points rouges dans ses yeux, ce qui pourrait indiquer qu'il a été étouffé.

– Il voulait donc me parler… »

Impossible pour moi de cacher mon inquiétude. Mon cœur frappe à grands coups contre ma poitrine, mon visage blêmit.

« À ta place, je ne m'éterniserais pas. Tu n'aurais pas dû revenir. »

« Brecht a raison. »

Je me retourne, Melis se tient à l'entrée de la pièce.

« Il paraît que les autorités veulent juste te parler, mais ce sera très vite un véritable interrogatoire. »

Je déglutis avec peine. Ces interrogatoires, j'en ai assez entendu parler. Des images de doigts broyés par des vis et d'articulations brisées par des poulies me traversent l'esprit. Peu probable dans ces conditions que le bourreau n'obtienne pas des aveux. En cas de doute sur la culpabilité d'un suspect, on n'hésite pas à le torturer, partant du principe que Dieu aidera les innocents à supporter la douleur.

« Tu dois partir, Catrijn. J'ignore où tu étais pendant tout ce temps, mais tu dois retourner d'où tu viens.

– Je ne peux pas, dis-je dans un murmure. En tout cas pas tout de suite.

– Pourquoi ? »

J'hésite un instant, puis décide de leur dire la vérité.

« Je suis partie pour fuir la peste. »

Cette annonce fait l'effet d'une bombe. Brecht porte sa main devant sa bouche, Melis est pétrifié.

« Qu'est-ce que tu dis ? demande-t-il d'une voix étranglée.

– Deux ou trois cas s'étaient déclarés quand j'ai quitté la ville, dans un quartier loin de chez moi. Je ne suis pas malade, dis-je précipitamment, mais vous comprendrez que je ne peux pas retourner là-bas. »

Brecht et Melis échangent un regard.

« De quelle ville parles-tu ? demande Brecht d'une voix angoissée. C'est tout près d'Alkmaar ?

– Non, j'ai voyagé trois jours pour revenir ici. Vous n'avez pas à vous inquiéter. »

Mais, naturellement, ils sont inquiets.

« Breda est à bien plus de trois jours de voyage. Nous avons appris que la peste avait envahi cette ville. Mais en fait la maladie est beaucoup plus proche de nous. » Brecht me sonde du regard. Je m'efforce de les rassurer.

« Les gens parlent beaucoup. Rien ne dit que l'épidémie viendra vers le nord. Elle pourrait très bien partir vers l'est ou disparaître comme elle est venue. »

Ils ne semblent plus m'écouter et me considèrent d'un autre œil. Brecht fait un pas en arrière, s'essuie les mains sur son tablier.

« Tu ne peux pas rester ici, Catrijn, reprend-elle sur un ton d'excuse. Nous n'avons plus de lits.

– Ah bon ?

– Je suis sincèrement navrée.

– Ne vous en faites pas, je trouverai bien une autre auberge à Alkmaar. »

Suit un silence embarrassé, puis Melis m'indique la porte. « Va voir à l'auberge Moriaenshooft, il devrait y avoir de la place. »

Je hoche la tête, lance un dernier regard à Brecht qui reste figée sur place, les bras croisés devant sa poitrine. Comprenant qu'elle ne dira plus rien, je quitte les lieux.

37

Il me tarde de m'éloigner d'Alkmaar, mais pour le moment il est préférable que je reste en ville. Tant que je n'en saurai pas plus sur l'ambiance qui règne au village, mieux vaut ne pas me montrer. Impossible de naviguer jusqu'à De Rijp sans être vue, tous ceux qui empruntent cette route se connaissent, et le trajet à pied ne me garantira pas plus de discrétion. Le mieux est donc d'attendre que ma famille revienne au marché aux fromages.

Je trouve un réduit sombre sur l'Houttil, chez Stien, une vieille dame qui loue les pièces de sa maison et qui vit elle-même dans une petite remise donnant sur la cour intérieure. L'habitation est à un jet de pierre du marché aux fromages, ce qui me permettra de rester à l'abri des regards. Je vais prendre l'air dans la cour de temps en temps et ne sors en ville que pour aller me chercher à manger.

Je regrette de devoir me cacher, j'aurais aimé rendre visite à de vieilles connaissances et me promener à travers la ville. J'occupe mes journées en aidant Stien à entretenir son potager. Ma discrétion attise naturellement sa curiosité, elle se demande pourquoi je me tiens ainsi à l'écart. J'avais préparé une explication pour ne pas éveiller ses soupçons : je suis tombée enceinte d'un homme avec qui je ne suis pas mariée et je fuis la colère de ma famille. J'attends le retour du père, parti en mer, et qui ignore encore l'existence de l'enfant.

Stien accepte mes explications sans chercher à en savoir plus, elle en a probablement vu d'autres. Elle se conduit même en protectrice en allant faire les courses et en cuisinant pour nous deux, de sorte que je n'ai même plus à sortir. Sa gentillesse éveille en moi un sentiment de culpabilité, parce que je n'aime pas lui mentir, mais je m'efforce de ne pas y penser. Après tout, je ne lui fais aucun mal.

Quelques jours après mon arrivée, elle m'annonce que la peste progresse, que la maladie ravage La Haye, Rotterdam et Delft, et qu'elle a désormais gagné Leyde et Amsterdam.

« Elle arrive, dit-elle d'une voix sombre. Ce sera bientôt notre tour. »

Je lui demande plus de renseignements sur la situation à Delft, mais elle ne sait rien d'autre. D'après les rumeurs, la peste tue chaque jour une centaine de personnes à Leyde et à Amsterdam.

« Elle n'est pas encore arrivée à Haarlem, nous serons peut-être épargnés. »

Tout le monde suit avec inquiétude la situation à Haarlem. Chaque jour, les gens se pressent à la Boompoort pour y entendre le récit des bateliers.

À Leyde, les cadavres sont jetés sur le bord des rues pour être ramassés par des charrettes, et il est désormais interdit de sonner le glas à Amsterdam afin de ne pas attiser la peur des habitants. Je pense régulièrement à Adriaen et à Brigitta.

Malgré ces lugubres nouvelles, la vie suit son cours à Alkmaar – avec quelques restrictions, car les étrangers ne peuvent plus entrer dans l'enceinte de la ville. Seuls les paysans des alentours ont encore le droit de venir approvisionner les marchés. Le marché aux fromages hebdomadaire est maintenu le vendredi matin, mais le prochain pourrait bien être le dernier, et une foule énorme est attendue. Le jeudi soir, les premiers paysans se présentent en ville avec charrettes et chariots, soit à pied par la Digue, soit en traversant le Zeglis sur des barques à fond plat.

Ils apportent du fromage, mais aussi des fruits, des légumes, du pain et des biscottes, des volailles, de la viande et du poisson. Alkmaar n'est pas équipé d'une place assez vaste pour accueillir un seul grand marché, si bien que des étals débordent sur les ponts et le long des canaux. Une partie du quai près du poids public est réservée aux fromages. L'an dernier, des maisons ont été détruites pour gagner de l'espace et aménager une sorte de petite place.

Dans l'espoir de trouver ma famille, je m'aventure dans la rue. Mon père voudra à coup sûr profiter de cette occasion pour écouler ses marchandises avant que la peste ne vienne jouer les trouble-fête, et ma mère aura pris soin d'emporter les poireaux, betteraves et autres choux du jardin potager. Mais j'ai beau les chercher partout, ils restent introuvables. Déçue, je reprends le chemin de la chambre que j'ai louée. Au coin d'une rue, je croise Brecht. Nous évitons la collision de justesse, inutile donc de faire mine de nous ignorer. Visiblement mal à l'aise, elle me regarde sans ouvrir la bouche.

J'écarte les bras : « Je n'ai pas la peste, Brecht.

– Je n'ai jamais prétendu le contraire, nous n'avions simplement pas de place pour toi.

– Si j'avais été contaminée, je serais déjà tombée malade à l'heure qu'il est, comme la moitié de la ville.

– Je sais bien. Écoute, Catrijn, je suis vraiment désolée, tu nous as fait une peur bleue en parlant de la peste. Mais nous t'avons dit la vérité, nous n'avions plus de lit pour toi à l'auberge, sauf dans notre espace privé.

– Ce n'est rien, je comprends votre réaction.

– Nous sommes toujours amies, n'est-ce pas ? Je m'en veux, j'aurais dû t'aider au lieu de te demander de partir. »

Nous nous serrons dans les bras. Brecht me demande où je loge à présent. Je lui réponds qu'il est préférable qu'elle ne le sache pas, au cas où le prévôt reviendrait à la charge.

« Je ne lui dirai jamais où tu es. De toute façon, il a certainement d'autres préoccupations en ce moment. Tout le monde ne parle que de l'épidémie.

– Vous devriez rentrer auprès de votre famille à Schagen.

– Et l'auberge ? On ne peut pas l'abandonner, tu sais ce qu'il arrivera ! »

Elle a raison. Même s'il est compréhensible que les gens fuient la maladie, les déserteurs ne sont pas bien vus par ceux qui restent. Tout le monde n'a pas les moyens d'aller ailleurs, et souvent les maisons des fuyards sont pillées ou dégradées.

« Vous devez quand même partir, dis-je avec insistance. Mieux vaut perdre l'auberge que la vie ! »

Brecht secoue la tête, résignée.

« Melis ne veut pas en entendre parler. Il dit que Dieu décide de ceux qui tomberont malades et qu'il est inutile de vouloir échapper à son destin. Je suis d'accord avec lui.

– Pas moi ! Dieu n'a aucune pitié pour les pauvres d'esprit. Il nous a donné un cerveau pour réfléchir et des jambes pour courir. Je compte bien m'en servir. »

Le lendemain, l'espoir qu'Alkmaar soit épargné est balayé comme une feuille au vent. La nouvelle traverse la ville en un éclair : neuf malades !

Les malheureux sont immédiatement admis au lazaret des pestiférés de la Paternosterstraat. Non seulement pour se voir prodiguer des soins, mais surtout pour être isolés et éviter la contamination. La ville grouille de marchands et de paysans venus des environs.

Je me suis levée tôt. Au poids public, les premiers fromages sont mis en piles, chaque couche étant soigneusement recouverte d'herbe pour être protégée du soleil. À partir de 7 heures, la marchandise est placée sur les étals car le marché commence à 10 heures précises. Je suis sur place bien avant. Du poids public, j'ai une vue imprenable sur les itinéraires d'acheminement et sur l'activité dans le bâtiment. Tous les fromages sont pesés afin de calculer le montant de l'octroi à payer à la ville. À l'intérieur du bâtiment, à côté des deux grandes balances, deux peseurs contrôlent les pesées.

Dehors, sur le quai, les fromages sont empilés en rangées soignées. Il y a un peu moins de monde que prévu. Le mot « peste » revient constamment dans les conversations et je comprends à des bribes de discussion interceptées çà et là que de nombreux paysans arrivés aux portes de la ville ont préféré faire demi-tour. Mes parents en font certainement partie, car je ne les ai toujours pas vus. Plus les minutes passent, plus je suis convaincue que je ne les verrai pas, mais je continue néanmoins à guetter les alentours.

Les affaires marchent bien à l'apothicairerie La Rose blanche, juste à ma droite. La file d'attente des clients s'étend jusqu'au pont.

« Ail et clous de girofle ! affirme un client. Mâchez-en toute la journée pour vous protéger des vapeurs pestilentielles. »

Un vieil homme explique qu'il faut couvrir les bubons d'un cataplasme de levain, de fiente de pigeon, d'oignons, de figues, de bulbes de lys et d'huile de scorpion. Ce produit est difficile à se procurer, il espère que l'apothicaire en aura.

Chacun y va de ses propres remèdes. Plus ils sont exotiques, plus les gens ont tendance à s'y fier. Je me souviens que le docteur Geelvinck, qui soignait Brigitta, avait fait lui aussi une recommandation. Nous avions parlé des bienfaits du laudanum et d'un ingrédient oriental spécial, l'opium, capable apparemment de miracles.

Sans réfléchir davantage, je me glisse dans la file d'attente. Le laudanum coûte cher, j'avais eu un choc lorsque j'avais dû en acheter pour Brigitta. Mais j'ai assez d'argent sur moi et si ce remède marche vraiment, je paierai ce qu'il faut.

Je piétine un long moment avant de pouvoir entrer. L'intérieur est plongé dans une obscurité qui contraste avec la lumière extérieure. Peu à peu, mes yeux s'habituent et je remarque l'impressionnante collection d'objets exotiques qui s'expose devant moi. Des placards qui montent jusqu'au plafond sont garnis de pots et de flacons aux inscriptions mystérieuses, de pierres de différentes couleurs, de salamandres séchées, de fanons de baleine et de carcasses d'animaux. Des boîtes de grains de poivre, de clous de girofle et de graines de sénevé s'entassent sur le comptoir, derrière lequel se tient l'apothicaire Moeriaans. Il m'interroge du regard.

Je suis venue plusieurs fois ici, mais pas assez pour qu'il me reconnaisse. Je lui demande du laudanum, il fronce les sourcils.

« Du laudanum ? Contre la peste ?

– L'effet est paraît-il préventif.

– Qui vous a dit cela ?
– Un médecin d'Amsterdam.
– Où les rues sont jonchées de mourants ? »
Je hausse les épaules, je n'ai aucune envie de débattre avec lui.
« Vous en avez ou pas ?
– Quelle quantité vous faut-il ?
– Combien en avez-vous en réserve ? »

Le silence s'est installé derrière moi. Les autres clients suivent la conversation avec intérêt. Quand Moeriaans pose les flacons les uns après les autres sur le comptoir, une rumeur parcourt la boutique. Au dixième flacon je lève la main car je n'ai pas les moyens d'en acheter plus. La somme est déjà rondelette. Postée devant le comptoir, je compte mes pièces, tandis que l'agitation monte dans mon dos. J'achète un sachet pour y placer les flacons. J'ai à peine quitté les lieux que les clients se bousculent pour acheter les flacons restants.

Mon sac dans les bras, je retourne sur le marché aux fromages où enfin j'aperçois mon père. Avec force gestes, il discute avec le placier de l'endroit où s'installer pour vendre ses fromages. L'homme lui indique un emplacement sur la droite, et mon père, tournant la tête, m'aperçoit. Bouche bée, il reste d'abord figé sur place, puis se dirige vers moi, droit à travers la foule.

J'avance de mon côté dans sa direction et, à mi-chemin, nous tombons dans les bras l'un de l'autre.

« Catrijn, mon Dieu, Catrijn ! » bégaye-t-il.

Mon père n'a jamais été un grand sentimental, mais cette fois son étreinte manque de me broyer les os.

« Que fais-tu ici ? Tu as bonne mine ! »

Il m'examine des pieds à la tête et ses yeux s'arrêtent sur mon ventre. À sa question muette, je réponds d'un signe de tête et il se fend d'un large sourire.

« Où sont ta mère et les garçons ? Ils vont être fous de joie ! »

Le mot est faible. Nos retrouvailles prennent des allures de liesse et je suis ballottée entre les uns et les autres, qui me serrent dans leurs bras. Tous parlent en même temps, m'assaillent de questions dans une joyeuse cacophonie, à laquelle mon père met un terme.

« Doucement, les garçons. Catrijn n'arrive pas à en placer une ! D'ailleurs, nous n'avons pas le temps de discuter, il faut vendre notre stock au plus vite.

– La peste est en ville, papa.

– Justement ! Nous avons appris la nouvelle en chemin, mais nous étions déjà presque arrivés. On écoule la marchandise et on débarrasse le plancher. »

À 10 heures précises, la cloche annonce l'ouverture du marché. Malgré ma crainte de voir apparaître le prévôt, j'aide ma mère à l'étal de fruits et légumes pendant que les hommes s'occupent des fromages.

Mes souvenirs d'antan reviennent. De temps à autre, je jette un regard à ma famille et un bonheur intense me submerge. Ma mère me pince la joue.

« Je suis si heureuse de te revoir, me dit-elle. C'est merveilleux que tu attendes un enfant. Ta grossesse en est où ?

– À cinq mois et demi, maman.

– Tu restes ici jusqu'à la naissance ? Tu rentres avec nous à la maison, j'espère ? »

J'opine, nous nous sourions.

Deux heures plus tard, nous avons tout vendu. Tandis que les porteurs chargent les dernières meules sur leur brancard en trottinant, mon père laisse glisser la recette du jour dans son sac de cuir, puis relève la tête.

« Filons d'ici ! »

38

Je n'ai pas le temps de dire au revoir à Brecht et Melis, juste celui d'un rapide détour par chez Stien pour récupérer mes affaires à la hâte. Comme elle n'est pas chez elle, je dépose le montant du loyer que je lui dois sur son lit. Mon baluchon à la main, je m'engage dans la ruelle. Au moment de fermer la porte, j'aperçois le prévôt Van Veen au coin de la rue, en compagnie de quatre gardes armés. L'un d'eux marche devant les autres et porte un long sceptre, la Main de Justice, signe d'une arrestation imminente.

Je rentre à reculons dans le couloir, referme la porte et bondis à travers la cour. Je jette mon baluchon par-dessus la palissade que j'escalade aussitôt, non sans difficulté.

Je fonce par des cours, des jardins et des venelles, en me félicitant de connaître aussi bien la ville. Après un détour interminable, j'arrive sur le marché aux fromages. Ma famille m'attend sur le bateau.

« Tu es en nage ! » remarque Dirk en m'aidant à monter à bord.

Je ne réponds pas. Un coup d'œil discret par-dessus mon épaule me rassure : je suis hors de danger. Je m'assois à côté de mon frère qui, pour scruter minutieusement le quai, se décale un peu sur le côté, de sorte que son corps robuste me soustrait aux regards. Puis il commande : « Larguez les amarres ! »

Mon cœur ne retrouve son calme que lorsque, passant sous la Boompoort, nous sortons de la ville.

Bien que nous ayons tant à nous dire, comme toujours dans notre famille, l'essentiel reste implicite. Ils relatent de long en large le gigantesque incendie qui a touché le village l'an dernier et le mariage de Dirk avec Klaartje Sijmonsdochter. Je la connais bien, nous jouions souvent ensemble étant petites. Je leur raconte mon expérience d'intendante à Amsterdam et la chance que j'ai eue de trouver un travail comme peintre dans une faïencerie de Delft. Je ne parle ni de Jacob ni des raisons qui m'ont poussée à ne plus donner de nouvelles, et personne ne cherche à en savoir davantage.

Tous se réjouissent de savoir que j'attends un enfant.

« Quel dommage que ton mari n'ait pas pu venir, regrette ma mère. J'aurais tant aimé faire sa connaissance. »

Nous parlons de choses et d'autres le reste du voyage et, après deux heures de navigation, quand j'aperçois les premières fermes du village, le nom de Govert n'a pas été prononcé une seule fois. J'évoque prudemment le cas de Mart.

« Il essaie toujours de savoir où tu es, dit mon père. Mais nous n'avons rien dit. »

Le dos tourné à la partie la plus large du canal, les cheveux dissimulés sous ma coiffe, je me serre contre mon frère pour que les passants me prennent pour sa femme. Je ne me sens soulagée qu'une fois le bateau engagé dans le chenal derrière la ferme et prêt à accoster. Pour la première fois de ma vie, je me réjouis que la maison de mes parents soit éloignée du village.

Avec émotion, je laisse mon regard glisser sur les contours familiers de la bâtisse, le toit de chaume rongé par le temps, les murs d'argile et les bâtiments annexes légèrement affaissés.

Lau saute dans l'herbe et me tend la main pour m'aider à sortir du bateau.

Alors que nous marchons vers la ferme, Klaartje sort de la maison et vient à notre rencontre. « Catrijn ! » s'exclame-t-elle en me serrant contre elle. Bras dessus, bras dessous, elle m'entraîne à l'intérieur.

« Je me réjouis de te savoir de retour. Tu leur as beaucoup manqué, tu sais. Comment vas-tu ? Je vois que tu attends un bébé ? »

Je hoche la tête en souriant à Klaartje et pousse la porte. À la minute où je mets le pied dans la cuisine, une vague de souvenirs nostalgiques m'emporte. Les pots et les poêlons posés sur les étagères, la longue table que mon père a fabriquée de ses propres mains et où je mangeais lorsque j'étais petite fille, le foyer et ses carrelages représentant des scènes du quotidien et des animaux, que ma mère utilisait pour illustrer les histoires qu'elle inventait, les meubles que j'ai peints à mon adolescence – tout m'est si familier. Je pose la main sur un des motifs de fleurs qui décorent la commode et je souris.

Durant les jours suivants, j'évite soigneusement de me montrer. Il y a assez de travail à la ferme, inutile d'aller voir plus loin. D'autant que la peste progresse. Alkmaar est lourdement touché. De la cour, j'aperçois au-dessus de la ville les panaches de fumée dégagés par les torches de goudron qu'on a accrochées aux murs des maisons pour éloigner les vapeurs pestilentielles. Mes angoisses tournent en boucle dans ma tête, passant d'Evert à Brecht puis à Melis.

Des messages affolés nous parviennent des bateaux qui naviguent sur le canal derrière la ferme. À Alkmaar, plusieurs cortèges funèbres prendraient chaque jour le chemin de la Grande Église. Les tombes à ciel ouvert dégageraient une puanteur insoutenable et des P de cuivre, destinés à avertir la population de la présence de pesteux dans les maisons, seraient cloués sur un nombre grandissant de portes.

On soupçonne la maladie de se transmettre apparemment par l'homme et les autorités de la ville ne veulent prendre aucun risque. Les ventes de peaux, de lainages et d'habits de seconde main sont interdites. Les chiffonniers et les tenanciers de monts-de-piété doivent arrêter leur commerce. Mais en réalité l'ordonnance est inutile, car tout le monde évite de les fréquenter et de croiser leur route. La même règle s'applique aux marchands de fourrure, de chausses et de coiffes : tous sont expulsés sans ménagement.

Les paysans doivent mener commerce en dehors de la ville. Le lait n'est pas interdit, au contraire des fruits et des légumes. Certains produits sont connus pour favoriser la propagation de la peste et, par précaution, les ventes en sont suspendues, notamment celle des prunes, particulièrement visées pour leur ressemblance frappante avec les bubons de la peste.

Dix-sept kilomètres seulement séparent De Rijp de la ville, et la peur que la maladie n'atteigne le village est grande. Mon père chasse tout étranger qui entre dans l'enceinte de la ferme et nous interdit d'aller au village. Nous subvenons à nos propres besoins, sans contact avec l'extérieur.

Je donne un flacon de laudanum à chacun des membres de ma famille, qui l'acceptent avec scepticisme. Il y a tant de remèdes en circulation que plus personne ne sait à quel saint se vouer, mais l'argument qu'il m'a été conseillé par un médecin du patriciat d'Amsterdam finit par les convaincre.

Une semaine après mon arrivée, je sens pour la première fois mon enfant bouger dans mon ventre ; le jour même où la peste fait son apparition à De Rijp.

Un village n'a pas de portes à verrouiller ni de murs pour tenir les indésirables à l'écart. Il s'étale, impuissant, au milieu des champs. Jadis, quand j'étais enfant, je voulais habiter au cœur du bourg, près de l'école et de mes camarades de jeux. Aujourd'hui, je remercie le ciel que notre ferme isolée soit l'une des dernières habitations avant la grande étendue des polders.

Dans un silence pesant, nous poursuivons notre travail sans relever la tête, sauf de temps en temps quand nous entendons retentir au loin le son grave des cloches funèbres.

La chaleur étouffante de ce début d'août n'est entrecoupée que par des averses tièdes et éparses. Mon père et les garçons ont pris du retard dans le travail des foins et passent de longues journées aux champs. Ce jour-là, je suis en train de baratter le beurre à l'étable quand une silhouette apparaît dans l'ouverture de la porte, me cachant de la lumière qui entrait par là. Sans arrêter mon ouvrage, je lève la tête, m'attendant à voir mon père ou l'un des garçons. Mais c'est le frère de Govert qui se tient devant moi, et l'expression que je lis sur son visage me glace le sang.

De peur, je lâche la batte.

« Catrijn, je savais que je te trouverais ici. »

Il me faut un certain temps pour récupérer l'usage de la parole.

« Mart, je peux faire quelque chose pour toi ? »

Il laisse échapper un rire désagréable.

« On peut le dire comme ça, oui. J'attends ce moment depuis longtemps. Très longtemps. Je me suis demandé si Jacob arriverait un jour à mettre la main sur toi.

– Jacob ? Je ne comprends pas…

– Je l'avais chargé de suivre ta trace, mais il n'y est pas arrivé. Et voilà à présent que tu réapparais comme par enchantement.

– De quoi tu parles ? Jacob m'a trouvée presque tout de suite. Nous nous sommes vus à Amsterdam il y a un an et demi.

– Ah oui ? Alors ce fumier m'a roulé dans la farine ! Mais ce n'est rien, puisque tu es là à présent. Il est grand temps que nous ayons une petite conversation, toi et moi. »

Je suis terrifiée. Il a le visage rouge et crispé, et de larges auréoles de transpiration sous les aisselles. Govert avait un physique de bûcheron et son frère n'a rien à lui envier de ce côté-là. Instinctivement, je regarde autour de moi, comme si j'ignorais que la porte devant laquelle il se trouve est la seule issue possible.

« De quoi… de quoi tu veux parler ? dis-je d'une voix faible.

– De Govert. De sa mort. Le prévôt dit qu'il n'y a pas de preuve, pourtant nous savons tous les deux ce qu'il en est. Tout le monde le sait. Mais j'imagine que tu n'as pas l'intention d'avouer, hein ? Non, jamais tu n'avoueras. »

Il s'avance lentement dans ma direction, titube légèrement, comme s'il était ivre. Je pose la main sur le couvercle de la baratte.

« Il est mort étouffé, ça se voyait à ses yeux. Le médecin a dit qu'il a pu s'étouffer dans ses vomissures. Tu en as vu, toi, du vomi ? Pas moi ! Il avait bien un peu de bave, sûrement pas assez pour s'étrangler. L'apothicaire a confirmé les dires du médecin, mais le temps que je demande à un autre docteur d'Alkmaar de venir le voir, Govert était déjà six pieds sous terre. Tu ne voulais pas perdre de temps... »

Je le regarde sans rien dire. Ses yeux ne sont pas comme d'habitude, et sa voix est différente elle aussi. Comme si sa langue était gonflée dans sa bouche. Je suis soudain assaillie d'un sombre pressentiment.

« Reste où tu es ! dis-je sur le ton de la menace.

– Laisse-moi te prendre dans mes bras, Catrijn.

– Ne m'approche pas ! »

Alors qu'il continue d'avancer vers moi comme s'il ne m'entendait pas, il porte tout à coup ses mains à ses cuisses et d'un seul coup baisse ses chausses. Puis il relève sa tunique pour me montrer son sexe. Terrorisée, je fais un pas en arrière. Sur son aine, un ignoble bubon violacé tranche avec la blancheur de sa peau. Je comprends que son but n'est pas celui que j'imaginais.

J'aspire bruyamment un peu d'air en pinçant les lèvres.

« Je suis venu te donner un cadeau d'adieu, Catrijn, dit-il en remontant ses chausses. Je ne peux quand même pas mourir sans prendre une dernière fois ma chère belle-sœur dans mes bras ? Après ça, tes péchés te seront pardonnés, ton sort sera entre les mains de Dieu. Qu'est-ce que tu as, Catrijn ? Tu es toute pâle ? Aurais-tu peur de Son jugement ? »

Je serre le couvercle de la baratte tellement fort que mes doigts blanchissent. Je suis prise au piège, impossible de m'échapper. Je lâche alors le couvercle et je saisis la batte.

« Plus un pas ! » dis-je en brandissant le bâton de chêne à l'extrémité arrondie.

Sans me laisser le temps de réagir, il attrape le bout du bâton et tente de me l'arracher des mains. De toutes mes forces, je serre la batte si fort que je me libère de l'emprise de Mart. Je le frappe. Le coup l'atteint à hauteur de l'épaule. Son visage se crispe de douleur et je suspecte la présence d'un autre bubon sous son aisselle. Mais l'heure n'est pas à la compassion ; je soulève de nouveau la batte pour lui assener un autre coup. C'est alors qu'il se jette en avant, tombe sur la baratte et s'effondre sur moi. Je crie si fort que ma gorge me brûle, je hurle à la mort, fermant les yeux, tandis que Mart gît sur moi, le corps couvert de pustules pestilentielles. J'entends la voix de ma mère au loin et j'arrête de crier. Je réalise qu'il ne bouge plus.

Pleurant à chaudes larmes, secouée de sanglots et hors d'haleine, je me glisse de dessous son corps inerte. Assise le dos contre le mur, je lève les yeux vers ma mère, qui est penchée au-dessus de Mart, un morceau de bois à la main. Klaartje se tient derrière elle, le poing devant la bouche.

Je me relève et regarde mon beau-frère avec dégoût.

« Il a la peste ! Oh mon Dieu, il s'est couché sur moi !

– Enlève tes vêtements, je vais les brûler. Et va te laver sous la pompe. Dépêche-toi Catrijn, ne reste pas plantée là ! »

Je lance un dernier regard à Mart, et je sors de l'étable en courant.

39

Jamais je ne me suis déshabillée aussi vite. En plein milieu de la cour, à la vue de n'importe quel visiteur. C'est donc ainsi que Dieu a choisi de me faire payer ma dette, par l'entremise du frère de Govert. Le choix semble logique. Mais je ne compte pas me laisser vaincre aussi facilement. Je me rince abondamment à la pompe, puis me presse à l'intérieur pour enfiler d'autres habits. Quand je ressors, mes vêtements ne sont déjà plus qu'un amas de cendres et de tissu calciné, que ma mère balaye et évacue sur le tas de déchets.

À ce moment-là, mon père arrive dans la cour, accompagné de Lau et de Dirk.

« J'ai vu de la fumée », dit-il en regardant sans comprendre la tache noire laissée sur le sol.

Ma mère lui indique l'étable, puis ouvre la porte qu'elle avait fermée à clé.

« Il s'est jeté sur Catrijn. Il a la peste. »

Ce dernier mot fige mon père sur place, alors qu'il s'apprêtait à entrer.

« La peste ?

– Qu'est-il venu faire ici ? demande Dirk.

– Il est venu pour Catrijn. »

Nous regardons Mart à terre. Mon père ne dit rien, les garçons non plus. Mart semble soudain revenir à lui et pousse un gémissement.

« Qu'est-ce qu'on fait de lui ? demande Lau.

– Rien, répond mon père en tournant brusquement les talons. Il n'a qu'à se débrouiller, ne l'approchez pas. »

Malgré l'interdiction, dans la soirée je vais jeter un coup d'œil à l'étable. Restée à bonne distance, j'observe Mart. Couché sur le dos, il fixe le plafond. Puis il tourne lentement la tête vers moi, la bouche ouverte. Sa langue est noire et complètement boursouflée. Prise de panique, je fais un pas en arrière.

« Ne pars pas, dit-il dans un gémissement à peine audible. S'il te plaît. »

Ignorant ses faibles cris, je saisis une jatte en bois posée sur une planche et vais la remplir à la pompe. Je reviens sur mes pas. Sans oser m'approcher, je pose la jatte sur le sol et la pousse vers lui à l'aide d'un manche à balai. Il pose gauchement les lèvres sur le bord et avale quelques gorgées d'eau.

Je l'observe en frissonnant d'épouvante. Du sang coule de son nez et sa bouche, ses yeux sont exorbités par la fièvre. Sa tunique est relevée par endroits et j'aperçois sous sa peau des taches violacées et noirâtres. Et des bubons, aussi, qui semblent s'être multipliés depuis cet après-midi.

Un godet vide à côté de lui m'indique que quelqu'un d'autre est venu lui apporter de l'eau. C'est tout ce que nous pouvons faire pour lui.

« Catrijn », dit-il d'une voix rauque alors que je m'apprête à partir.

Je l'interroge du regard.

« Govert… Tu l'as fait ou pas ? »

Je reste un instant silencieuse, hésitant sur la réponse à donner. Je finis par dire d'une voix douce : « Quelle importance à présent ? »

Il tourne lentement la tête et lève les yeux au ciel, comme s'il entrevoyait déjà les lueurs de la voie qu'il s'apprête à emprunter.

Le lendemain matin, mon père veut voir l'état du malade. Mart est mort. Avec l'aide de Lau, il enroule le corps dans un drap et le tire jusqu'au bas-côté de la route. Une charrette viendra le chercher le jour suivant, de même que tous les autres pestiférés.

Ma mère et moi nettoyons le sol à l'eau bouillante, puis nous brûlons tous nos vêtements. Après quoi, le verrou poussé, nous reprenons nos activités.

Pendant plusieurs jours, nous nous guettons les uns les autres avec une vigilance extrême. Le moindre toussotement, le moindre signe de température, le moindre mal de tête provoque une immédiate inquiétude. Mon état en particulier fait l'objet d'un suivi rapproché. Chaque matin, au réveil, mon premier réflexe est de vérifier mes aines et mes aisselles. Je palpe mon corps en permanence, à l'affût de toute anomalie. J'exerce de légères pressions avec les doigts pour détecter la présence de gonflements suspects sous ma peau, et ce n'est que lorsque je suis sûre de n'avoir rien trouvé que je reprends, soulagée, une grande bouffée d'air. Je reste néanmoins sur mes gardes toute la journée, car la peste peut se déclarer n'importe quand. Comme tous les membres de la famille, trois fois par jour je prends du laudanum qui m'apaise et me rend aussi légèrement amorphe.

J'ignore si je le dois au laudanum ou au peu de crédit dont je jouis encore auprès de Dieu, mais je ne tombe pas malade. Ma famille non plus et, au bout d'une semaine, j'ose enfin me dire que nous avons échappé à la peste.

Au village, la maladie est passée en coup de vent, ne laissant derrière elle que quelques victimes. Sur la situation à Alkmaar, les nouvelles nous parviennent indirectement et j'interpelle un colporteur que j'aperçois près de notre propriété pour lui demander des renseignements sur l'auberge des Treize Poutres.

« La taverne à côté de la Geersterpoort ? Elle est fermée, jeune dame. Un grand P est cloué sur la porte. »

Je fixe le marchand, sous le choc.

« Ils ne sont quand même pas tous les deux…

– Quand l'un l'attrape, l'autre le suit généralement de près. Mais qui sait, certains survivent. Gardez courage, jeune dame. »

Je m'efforce de suivre ce conseil, même si ce n'est pas facile. Le lendemain, un autre passant me confirme que le tenancier de l'auberge des Treize Poutres et sa femme sont morts. Cette nuit-là, je pleure toutes les larmes de mon corps avant de réussir à m'endormir.

À la mi-août, le nombre de nouveaux cas de peste est en baisse et je commence à envisager mon retour à Delft.

Ma mère aimerait que je reste au village jusqu'à l'accouchement, mais je ne m'imagine pas tenir aussi longtemps. Mon ventre devient de plus en plus encombrant et, si je ne pars pas bientôt, je ne pourrai plus supporter le voyage. Un départ après l'accouchement ne me semble pas plus indiqué. Et puis, j'ai envie de rentrer. Evert me manque et je me fais du souci, pour lui ainsi que pour mes amis. Nous avons reçu tellement de messages contradictoires sur la situation dans les différentes villes du pays que je ne sais plus à quoi m'en tenir.

Je prends la route sous un ciel venteux et couvert de nuages. La séparation est difficile, d'autant que nous ne savons pas quand nous nous reverrons. Mon père a fait le sacrifice d'une journée de travail pour m'accompagner en charrette sur une partie du chemin. Tandis que nous roulons vers la Zaanstreek, il me dit :

« Je n'aime pas que tu entreprennes ce long voyage toute seule, surtout dans ton état. Tu comptes vraiment aller à pied jusqu'à Delft ?

– Je pensais prendre le coche d'eau à Haarlem.

– On ne te laissera pas monter à bord en apprenant d'où tu viens. Tout le Nord est suspect.

– Je sais, papa. J'irai à pied s'il le faut. »

Perdue dans mes pensées, je regarde sans le voir le paysage qui défile autour de nous.

« Dis, papa, tu ne trouves pas bizarre que la peste ait épargné Haarlem et d'autres villes ?

– Il y avait certainement plus de pécheurs aux endroits touchés par l'épidémie. Il arrive un moment où le Seigneur en a assez et se sent contraint d'agir.

– Il ne semble pas avoir la même tolérance pour tout le monde… »

Mon père me lance un regard en coin.

« Je n'en sais rien, ma fille. Personne ne te donnera jamais la réponse à cette question, pas même l'Église. Nous n'avons d'autre choix que de faire de notre mieux.

– Est-ce que cela suffit ?

– Je le pense. Nous vivons, nous sommes en bonne santé, la peste nous a épargnés. Nous l'avons donc, d'une façon ou d'une autre, probablement mérité. »

Nous passons le hameau de Spijkerboor et bifurquons vers Knollendam. C'est ici que nos chemins se séparent. Je regarde droit devant moi, hésitant sur ce que je m'apprête à lui confier.

« Papa, je dois te dire une chose. »

Mon père laisse retomber les rênes sur le dos du cheval et secoue la tête.

« Non, ma fille, c'est inutile. »

Nous nous disons au revoir sur le chemin qui longe le Zaan. Il me serre contre lui, m'embrasse, puis fait demi-tour. Au travers des roseaux qui ondulent le long du cours d'eau, je le regarde s'éloigner. Il me fait un dernier signe avant de disparaître derrière un bosquet. Je ramasse mon sac. En marchant bien, je peux être à Haarlem avant la tombée de la nuit.

40

Le trajet à pied est long, mais pas désagréable. De Knollendam à Assendelft, bercée par le doux clapotis de l'eau, je longe des dizaines de moulins à vent, où je m'arrête de temps à autre pour boire un peu d'eau et parfois même, un godet de lait. Des auberges offrent aux voyageurs un peu de repos ou un repas, et j'y trouve des bandages pour panser mes pieds douloureux.

Remarquant mon ventre, un paysan me propose de monter dans sa charrette qui me conduit tout droit à Westzaan. La peste a évité la région et semble loin des préoccupations des habitants. Je laisse courir mon regard sur les prés qui m'entourent, suis des yeux les buses et autres busards qui tournoient loin au-dessus de nos têtes, et profite de la quiétude des villages que nous traversons.

À Westzaan, après avoir pris congé du paysan je me promène un peu sur le port, où moulins et scieries surplombent les mouvements des bateaux. Je n'ai aucun mal à trouver une place à bon prix sur l'un des fonds plats qui s'apprêtent à partir, voiles brunes claquant au vent. Le batelier laisse Haarlem sur sa gauche et passe son chemin, personne n'embarquera ici. Il ne s'arrête pas davantage à Leyde, encore ravagé par la peste.

« Je décharge ma cargaison à Spaarnwoude, où les habitants de Haarlem peuvent venir chercher ce dont ils ont besoin. Je retourne ensuite sur Zaandam, où nous serons en sécurité.

– Connaissez-vous quelqu'un avec qui je pourrais poursuivre ma route ? »

Il hoche la tête.

« Je vais vous trouver ça. Jusqu'où allez-vous ? Delft ? Ce n'est pas tout près...

– Savez-vous si la peste y sévit toujours ?

– Aux dernières nouvelles, elle avait disparu.

– Elle a fait beaucoup de morts ?

– Pas autant qu'à Leyde et à Amsterdam, mais je crois savoir que les cloches funèbres y ont sonné plus d'une fois. »

Pleine d'angoisse, je prends place au milieu des marchandises et garde le silence pour le reste du voyage.

Je passe la nuit à Spaarnwoude. Les coches sont à quai, mais le batelier qui m'a débarquée a trouvé un arrangement pour que je monte à bord d'un autre bateau le lendemain. Comme les liaisons régulières ont été suspendues, les fonds plats, les chaloupes et les radeaux se bousculent sur les canaux. Tout ce qui flotte est mis à l'eau.

En dehors des murs de la ville, le commerce suit son cours. Même autour de Leyde, dont la situation donne lieu aux récits les plus effrayants. Le batelier qui m'emmène longe la ville avant de me déposer à Leiderdorp, d'où il prend une autre direction. Je m'installe dans une auberge pour la nuit.

Hélas, le lendemain je ne parviens pas à trouver un bateau. Tous se montrent réticents à faire monter une étrangère à bord. Je ne connais pas meilleure fortune sur la terre ferme.

« Vous avez beau affirmer le contraire, rien ne me prouve que vous ne venez pas de Leyde, jeune dame, me lance un paysan sur sa charrette remplie de betteraves. Personne ne prendra le risque de vous emmener, j'en ai bien peur. »

Je n'ai pas d'autre choix que de finir la route à pied. Impossible pour moi d'accélérer le pas, mais même en marchant lentement, je peux être à la maison avant la nuit.

Le chemin de halage qui longe le Vliet me conduira tout droit jusqu'à Delft. Mes pieds pleins d'ampoules me font souffrir le martyre, en dépit des bandages. Quand la douleur devient trop forte, je me repose quelques instants, sans jamais m'éterniser. Si près de la maison, chaque minute de retard est une minute de trop. Pendant longtemps, j'ai réussi à maîtriser l'atroce incertitude qui entoure le sort d'Evert, mais je ne peux plus m'en défendre à présent. J'ai besoin de savoir comment il va, s'il est malade, s'il vit encore.

Fatigue ou pas, j'avance machinalement un pied après l'autre. Aucun batelier ne me propose de m'emmener, et je ne demande plus rien à personne. À quelques exceptions près, toutes les maisons me racontent la même histoire : chaque porte est barrée d'une botte de paille ou marquée de la lettre P. Une puanteur oppressante plane dans les hameaux que je traverse. Je devrais éviter les villages, mais le détour serait trop long. Je passe donc en plein milieu, empruntant des rues désertes d'où la vie s'est retirée. Des planches de bois ont été clouées sur les fenêtres de nombreuses boutiques et de maisons, et les places de marché sont vides. Mes pieds me font toujours aussi mal, mais spontanément je marche plus vite, et chaque fois que je quitte l'un de ces villages fantômes je pousse un soupir de soulagement.

Aux alentours de midi, je commence à avoir faim. Les murs de Delft semblent tout proches, mais les apparences sont trompeuses, surtout le ventre vide. Je m'engage dans le sentier menant à une ferme et entre dans la cour. Un chien accroché à une chaîne aboie comment un enragé à mon arrivée, mais personne ne vient. Sur la porte d'entrée, je ne vois pas de P.

J'avance, hésitante, hasardant un œil çà et là, dans les granges ouvertes et les bâtiments annexes. Tout est calme, les étables sont vides. J'aperçois quelques vaches dans le pré, à l'angle d'un bâtiment, qui se mettent à meugler en me voyant.

Je rechigne à entrer dans l'habitation sans y être invitée, mais comme personne ne se présente, je n'ai pas le choix. Au seuil de la porte de la cuisine, j'appelle une ou deux fois. Toujours personne. Du pain, des fruits et du fromage sont posés sur la longue table. Affamée, je ne quitte pas les vivres des yeux.

Un couloir sombre s'ouvre devant moi. Un bruit me parvient et, immobile, je prête l'oreille. Plus rien. Au même moment, une odeur infecte m'envahit le nez. Je fais demi-tour pour m'enfuir, mais le bruit – des chocs sur du bois – retentit de nouveau.

Une voix dans ma tête me crie de partir, mais je ne l'écoute pas. J'ouvre la porte la plus proche, qui donne, comme je m'y attends, sur le foyer. Une puanteur effroyable me prend à la gorge, une odeur que je connais bien.

Quelqu'un se trouve dans le lit-clos. Les bruits sont ceux de pieds et de mains qui frappent le lattage, accompagnés de cris étouffés et de gémissements sourds. D'où je suis, je me rends compte que ce n'est pas un adulte qui gît là, mais un enfant. Je m'approche lentement, chaque pas est une victoire sur moi-même. C'est une petite fille, elle doit avoir six ou sept ans. Elle est moite de sueur, ses cheveux blonds sont collés sur son visage rougi par la fièvre. Sa poitrine se soulève et s'abaisse par secousses, elle semble manquer d'air. Un fin drap la recouvre à moitié, humide de transpiration. Son petit corps fragile présente au moins six bubons violacés et plusieurs hématomes ; elle est couverte de taches.

« Oh ! mon Dieu ! » dis-je dans un souffle.

Il ne faut pas être médecin pour savoir que cette petite fille est condamnée. Je connais bien quelques herbes médicinales capables de soigner le mal de gorge ou de calmer les douleurs des règles, mais que faire pour soulager quelqu'un qui a la peste ? Le peu de laudanum qu'il me reste ne lui sera d'aucun secours, sinon peut-être un bref soulagement.

Je me décide à aller chercher mon baluchon, que j'ai laissé à la porte de la cuisine. En rentrant dans la pièce, je suis frappée par un changement : la lumière est moins vive. Je constate en même temps l'origine de cette obscurité soudaine : un homme se tient dans l'embrasure de la porte, les yeux braqués sur moi.

41

Nous nous regardons en silence. Je finis par murmurer : « Je suis désolée, j'ai entendu des cris et je suis entrée. »

Sans répondre, il me considère d'un air sombre. Je m'aperçois que celui qui me fait face n'est en réalité qu'un jeune garçon. Malgré sa grande taille, il ne doit pas avoir plus de quinze ans. Une fente court de sa lèvre supérieure à la base de son nez.

« Je venais chercher mon baluchon, il y a à l'intérieur un remède qui peut aider cette petite fille. » Je lui montre le sac du doigt.

Après une longue hésitation, sans me quitter des yeux, il ramasse le bagage et me le tend.

Soulagée, je pose le baluchon sur la table et cherche le flacon. Le garçon vient se poster à côté de moi.

« Cette enfant dans le lit-clos, c'est ta petite sœur, j'imagine ? »

Il hoche la tête.

« Comment s'appelle-t-elle ?

– Willemijn. Elle est malade.

– Oui, j'ai vu.

– Elle va mourir. »

Il y a quelque chose de singulier dans sa façon de se tenir et de parler, et ce n'est pas à cause de son bec-de-lièvre. Je le considère avec attention.

« Je ne vais pas pouvoir la guérir, dis-je d'une voix douce. Mais je peux l'aider à avoir moins mal. Qu'est-ce que tu en dis ? »

Il hoche encore la tête. Je sors le flacon de mon paquet et le lui montre. Tandis que nous quittons la cuisine, il me dit :

« Ils tombent d'abord malades et puis ils meurent. Tous sans exception.

– Sauf toi, apparemment. »

Il hausse les épaules.

« Comment tu t'appelles ?

– Lucas.

– Moi, c'est Catrijn. Y a-t-il quelqu'un d'autre dans la maison, Lucas ?

– Ils sont tous morts. Et toi, tu vas mourir aussi ?

– Je n'en ai pas l'intention. »

Sa question me rappelle que je dois prendre mon laudanum. J'ai aperçu des godets dans l'armoire de la pièce à vivre, j'en prends trois et verse un fond de liquide dans chacun d'eux. J'en tends un à Lucas et avale le contenu de l'autre.

Il regarde le liquide incolore avec méfiance.

« C'est quoi ?

– Avale-le d'un trait et tu ne tomberas pas malade. »

Tandis que Lucas vide son godet en faisant la grimace, je m'avance au chevet de Willemijn. Je ne veux pas la toucher, mais comment faire autrement ? Elle doit se redresser pour boire. Je glisse un deuxième oreiller derrière sa tête et je verse le laudanum entre ses lèvres crevassées. Elle boit avec avidité, sans tenir compte de l'amertume du liquide.

« Maman », susurre-t-elle alors en me prenant la main.

Tétanisée, je suis incapable de me dégager.

« Doucement, dis-je d'une voix rassurante quand elle se met à sangloter. Je suis là. »

Je dégage ses cheveux de son visage moite, tandis qu'une immense pitié s'empare soudain de moi. Je lui chante une ancienne berceuse pour la calmer. Bientôt, le laudanum commence à agir. Les traits de son visage se relâchent peu à peu, puis elle s'endort. Je dégage prudemment ma main.

« Elle est morte ? me demande Lucas, qui a observé toute la scène derrière moi.

– Elle dort.

– Maman aussi, elle s'est endormie, mais elle ne s'est jamais réveillée. »

Assise sur le rebord du lit-clos, je lui demande :

« Où est ta maman à présent ? »

Lucas me fait signe de le suivre, jusque dans la cuisine, puis dehors. Je remarque ce que je n'avais pas vu à mon arrivée : six tombes ont été fraîchement creusées dans le sol de la cour de la ferme, à côté de la grange.

Je passe la nuit auprès de Willemijn, les fenêtres grandes ouvertes pour évacuer la puanteur. Réticente à utiliser les lits de la famille, je me couche à même le sol, la tête sur mon baluchon.

Je n'ai plus peur de la peste, ou peut-être suis-je trop fatiguée pour continuer à lutter contre l'inéluctable. Quand mon heure aura sonné, Il viendra me chercher. J'ai décidé de ne plus me laisser ronger par l'angoisse et je n'ai aucunement l'intention d'abandonner cette petite fille mourante. Si Dieu est bel et bien capable de reconnaître nos mérites, Il en tiendra compte le moment venu.

Ma nuit est agitée. Je me traîne de nombreuses fois jusqu'au lit-clos, engourdie de sommeil, pour donner à boire à Willemijn ou pour la consoler. Au petit matin, du sang s'est mis à couler de son nez et sa bouche, et je reste auprès d'elle jusqu'à sa mort, tenant sa petite main dans la mienne.

Lucas refait son apparition un peu plus tard dans la matinée. J'ignore où il a passé la nuit, mais il n'était pas à la ferme. Il a peut-être préféré dormir à la belle étoile, ce qui serait plein de bon sens. Deux lièvres morts pendouillent au bout de ses bras. J'ai vu beaucoup de peaux et de fourrures d'animaux dans la maison, et je sais maintenant qui était le braconnier dans la famille. Je ne serais pas étonnée d'apprendre que Lucas passe le plus clair de son temps dans la nature plutôt que chez lui, ce qui expliquerait pourquoi il est toujours en vie alors que sa famille a péri.

Je lui donne sa dose de laudanum, prends la mienne et lui annonce prudemment que sa sœur est morte. À peine fait-il quelques pas jusqu'au lit-clos pour regarder le corps de sa sœur rongé par la maladie. Il se retourne alors brusquement et sort de la pièce.

Je le retrouve dans la cour, creusant un septième trou.

« Tu ne préfères pas un enterrement chrétien ? Quelqu'un pourrait venir la chercher. »

Il secoue la tête sans s'interrompre. Je le regarde faire : il préfère sans doute que les membres de sa famille reposent ici ensemble, plutôt que d'être jetés dans une fosse commune. Ils pourront toujours être réenterrés plus tard.

Une fois le trou jugé suffisamment grand et profond, nous retournons ensemble à l'intérieur de la ferme, enveloppons Willemijn dans un drap et la portons jusqu'à la tombe. Lucas commence aussitôt à reboucher le trou, tandis que je coupe quelques roses jaunes d'une beauté insolente qui poussent en grand nombre le long de la maison. J'en dépose quelques-unes sur chaque tombe. Ensuite, nous restons tous deux un moment devant elles en silence.

« Connais-tu quelqu'un qui pourrait te recueillir ? Tu as de la famille dans le coin ?

– Oncle Jan et tante Barbara à Delft.

– Tu devrais aller chez eux. »

Il secoue de nouveau la tête.

« Je veux rester ici. »

Ce n'est évidemment pas envisageable. Il est trop jeune pour vivre tout seul. Il s'agit vraisemblablement d'une ferme à bail, car je n'ai vu nulle part le moindre objet coûteux ni le moindre signe de prospérité. Les animaux sont peut-être à eux, mais rien n'est moins sûr. Le propriétaire louera la ferme à d'autres paysans, et il faudra trouver une solution pour Lucas. Il est évident que ce garçon n'est pas normal et qu'il ne peut être traité comme n'importe quel adolescent de son âge. Avec son bec-de-lièvre, en plus, il a bien peu d'atouts. Je l'imagine menant une vie de vagabond, exploité sur un chantier ou pire, exposé dans une foire. Les gens peuvent se montrer très cruels envers quelqu'un de différent.

« Nous pourrions partir ensemble, je vais justement à Delft. » Je guette sa réponse, m'attendant à essuyer un nouveau refus, mais à ma grande surprise il accepte et se dirige vers la ferme. Quand je rentre à mon tour pour savoir ce qu'il fait, son baluchon est déjà prêt.

Avec ou sans permission, nous décidons d'utiliser la charrette et le cheval. Je parcours la maison avant de partir et ramasse quelques objets, que je fourre dans un sac. Lucas n'y attache probablement pas beaucoup d'importance à l'heure qu'il est, mais plus tard ce sera peut-être différent. J'ai recueilli des souvenirs de chacun des membres de sa famille : la poupée de Willemijn, les pinces en cuivre de la coiffe de sa mère, la pipe de son père, la brosse à cheveux de sa sœur aînée, les catapultes et casquettes de ses frères cadets. Je ne connais pas leur nom, Lucas refuse de me parler d'eux.

Tandis qu'il prépare l'attelage, je trais les vaches, qui meuglent sous le poids de leurs pis. L'opération, plus que familière pour moi, ne me prend que quelques minutes. Nous versons le lait dans des bidons à couvercle, que nous chargeons dans la charrette, de même que les vivres qu'il reste, comme le fromage et les saucisses sèches. Je cueille aussi les fruits des arbres, même ces prunes qui ont si mauvaise réputation. Je ne peux imaginer un instant qu'après tout ce que j'ai enduré, j'attrape la peste à cause de ce fruit. Enfin, je libère le chien, qui file à travers champs sans se retourner.

Je monte sur la charrette, Lucas à côté de moi. Tandis que nous quittons la ferme, j'adresse un dernier adieu muet à la rangée de tombes. Lucas regarde droit devant lui, impassible.

42

Un peu après midi, nous passons l'imposante voûte de la Haagpoort et entrons dans Delft en cahotant. J'ai été tellement crispée pendant le voyage que les rênes collent à mes mains moites. Dès notre arrivée en ville, j'épie le moindre signe laissé par la peste. Mes premières impressions sont optimistes, je trouve moins de P tracés à la chaux sur les portes que je ne le redoutais.

Suivant les indications de Lucas, je conduis l'attelage jusqu'à la maison de sa famille, dans la Molenstraat. C'est une boulangerie. Au moment précis où nous arrivons, son oncle Jan souffle dans la corne pour signaler au voisinage que du pain frais est disponible. Du moins je suppose que c'est son oncle, car Lucas lui fait signe lorsque nous nous approchons.

L'homme laisse retomber sa corne et s'avance vers nous. Il s'arrête à quelques mètres.

« Lucas ! » s'exclame-t-il.

Descendue du siège, je me présente. En quelques phrases, je lui raconte comment j'ai fait la rencontre de son neveu et lui annonce la mort de sa famille.

« Ils sont morts ? Tous ? » Atterré par cette nouvelle, il n'en fait pas moins un pas en arrière.

« Pourquoi venez-vous ici ? Nous ne voulons pas attraper la peste !

– Lucas n'est pas malade. S'il était contaminé, on le verrait à l'heure qu'il est. Vous êtes son oncle, pouvez-vous le recueillir chez vous ? »

Jan ne répond pas tout de suite. Une femme maigre au visage marqué apparaît derrière lui et nous considère avec curiosité.

« Qui est-ce, Jan ? Dieu du ciel, Lucas ! »

D'abord surprise, elle comprend vite pourquoi son neveu se tient devant sa porte.

« Cornelis et Maria sont morts, prononce-t-elle dans un murmure.

– Ce sont ses parents ?

– Je suis la sœur de Maria, sa maman. Et les autres enfants ? Sont-ils tous… »

Je hoche la tête. Des larmes perlent aux yeux de la boulangère, mais elle ne semble pas disposée à accueillir son neveu chez elle. Lucas reste assis sur la charrette et fixe son oncle et sa tante, le visage inexpressif.

« Il n'a pas la peste, dis-je de nouveau.

– Il n'en a pas l'air. » Barbara hésite un instant, puis avance de quelques pas.

« Viens là, mon garçon, rentre avec moi. Toutes ces affaires sont à toi ?

– Tout, sauf ça, dis-je en prenant mon baluchon. Si vous avez besoin de quoi que ce soit, j'habite sur le Gheer, à la faïencerie La Fleur de lotus.

– Oui, nous la connaissons, dit Jan.

– Savez-vous à tout hasard si… » Craignant trop la réponse, je ravale ma question.

Ils secouent tous les deux la tête.

« Nous n'allons jamais dans cette partie de la ville.

– Je comprends. Je dois partir. Bonne chance, Lucas.

– Au revoir », répond-il simplement.

Je lui fais un signe de tête et je m'en vais.

Il faut que je traverse la ville d'un bout à l'autre, aussi je presse le pas pour rentrer chez moi. Sur la place du marché, je jette un regard inquiet à la porte de l'auberge Mechelen, sur laquelle je ne vois heureusement aucun P. Je continue à grandes enjambées sur le Koornmarkt, puis m'engage sur le Gheer. Tout le long du chemin j'ai compté les P et les bottes de paille, et je sens monter en moi un optimisme prudent. La Fleur de lotus enfin en vue, je me mets à courir.

Le choc qui me pétrifie quand je vois le grand P écrit à la chaux sur la porte me fait l'effet d'un coup de poing dans la poitrine. J'expulse brutalement l'air que j'ai dans les poumons, puis je suffoque, prise de vertiges, incapable de croire ce que j'ai sous les yeux.

Des planches de bois barrent les fenêtres de la boutique, les bateaux sont à l'abandon sur le canal, il n'y a plus la moindre trace d'activité. Je m'approche de la fenêtre et jette un coup d'œil par un interstice entre deux planches. Les marchandises sont à l'intérieur, mais je ne vois personne.

« Catrijn ? »

Je me retourne d'un seul coup. Jacob se tient devant moi, sa casquette dans les mains.

« Tu es revenue… »

Je ne réponds pas, comme pour retarder encore un peu l'inévitable question. Mais je n'ai pas à ouvrir la bouche, tout est clairement lisible sur le visage de Jacob.

« Evert ? dis-je dans un murmure.

– Tout a été très vite. Un bubon est apparu et c'était fini. Certains malades souffrent le martyre pendant des jours, mais pas lui. »

Il tourne et retourne sa casquette entre ses mains, puis soupire profondément.

« Tous les ouvriers sont partis. Anna aussi. Du jour au lendemain, il n'y avait plus personne. J'ai tout barricadé. »

Le chagrin qui me submerge est si violent que je m'étouffe. Jacob me prend par le bras.

« Viens », dit-il.

Il m'emmène chez Engeltje et Quirijn, qui m'accueillent avec émotion et me donnent un godet de vin rouge pour m'aider à retrouver quelques couleurs.

J'écoute, hébétée, le récit des derniers jours d'Evert et de son inquiétude à mon égard. Il leur a fait promettre de prendre soin de moi, disent-ils, et ils me confirment qu'il n'a pas souffert longtemps, qu'il est mort bien plus vite qu'ils ne le craignaient. Vient ensuite l'énumération de mes amis et connaissances emportées par la maladie, comme Aleid et ses deux jumelles. Seul Isaäc a survécu, grâce à un procès qui l'a retenu à Haarlem. Quand il est revenu, sa femme et ses enfants étaient déjà enterrés.

Anna est morte, elle aussi. Pour échapper à la peste, elle est allée chez une tante, à Leyde, quelques jours après mon départ, autrement dit à l'endroit précis où l'épidémie a été la plus violente. Ce sont ses enfants, restés à Delft en bonne santé, qui ont prévenu mes amis.

Je suis terrassée. Le chagrin ne connaît pas de superlatif, nous n'avons pas plus de larmes dans le corps que nous ne pouvons en produire. Il arrive un moment où on n'arrive même plus à pleurer, où on reste muet et incapable du moindre mouvement.

Je me lève, lentement.

« Que vas-tu faire ? me demande Engeltje.

– Rentrer chez moi. Quirijn, Jacob, pourriez-vous enlever ces planches des fenêtres ? J'aimerais entrer dans la maison. »

La faïencerie baigne dans un silence irréel. Les cuves de glaçure d'étain, les tours et les caisses de céramique sont à leur place, comme si nous étions dimanche et que les activités allaient reprendre le lendemain. Seuls la peinture séchée dans les pots et les fours refroidis trahissent le caractère anormal de la situation. Maintenant que les fenêtres sont dégagées, la lumière naturelle baigne de nouveau l'espace, dévoilant la couche de poussière qui a recouvert les céramiques et les plans de travail.

« Si je peux faire quoi que ce soit… » me dit Quirijn.

Sans me retourner, je lui réponds : « J'aimerais rester seule un moment. »

Des pas s'éloignent, la porte se referme. Je prends une profonde inspiration, je ferme les yeux et laisse la douleur m'envahir.

« Evert », dis-je dans un murmure.

Ces dernières semaines, j'ai si souvent pensé à nos retrouvailles que je n'arrive pas à croire qu'il ait disparu de ma vie à jamais. Je n'ai pas eu la possibilité de prendre soin de lui alors qu'il était mourant, je n'ai même pas pu lui dire adieu. Quelles pensées lui ont traversé l'esprit lorsqu'il a découvert sur lui le bubon ? A-t-il pensé à moi quand la fièvre a assailli son corps, quand les saignements lui ont dérobé ses dernières forces ? Où est-il enterré ? À l'église ou dans une fosse commune, comme dans le cas des épidémies ? J'espère de tout mon cœur qu'au moins il repose à l'église.

J'erre à travers l'atelier désert, dans la boutique, puis je monte lentement les escaliers. La pièce à l'étage sent le renfermé, une de ces odeurs qui occupent les lieux restés trop longtemps sans aération. Mais pour le reste, tout semble indiquer qu'Evert pourrait revenir d'une minute à l'autre. Une assiette de haricots et de poisson, encore intacte, est posée sur la table, à côté d'un gobelet de bière plate. Je trouve aussi le livre de caisse, qu'il était probablement en train de feuilleter lorsque la peste a lancé son assaut.

Les draps et la paillasse ont été sortis du lit-clos. Les consignes prescrivent que la literie des victimes doit être brûlée pour éviter les contaminations.

J'observe quelques secondes le lit-clos inoccupé, puis j'ouvre grand les fenêtres.

Evert est enterré à la Nieuwe Kerk. Accompagnée de Quirijn, d'Engeltje, de Johannes et de Digna, je vais me recueillir sur sa tombe. J'observe un long moment la pierre gravée. Toujours dans l'incrédulité, je m'accroupis et effleure du bout des doigts les lettres de son nom.

Mattias et Adriaen devraient être là. J'ai envoyé une lettre à Amsterdam. La réponse m'a indiqué qu'Adriaen avait survécu à la peste, mais qu'il était encore trop faible pour voyager. Brigitta se porte bien. Quant à Mattias, il navigue quelque part dans le monde, sans la moindre idée de ce qui s'est passé ici.

Il ne reviendra peut-être jamais, exilé pour toujours sur ces terres lointaines et inconnues. À moins qu'il ne soit mort, lui aussi.

« Tu as comblé Evert de bonheur, Catrijn, me dit Johannes. Il a été malheureux pendant très longtemps. Je suis content que, grâce à toi, il ait connu la joie dans les derniers mois de sa vie. »

Je hoche doucement la tête et me dirige vers la tombe d'Aleid. Nous prions, discutons un moment, puis sortons de l'église.

« Il est peut-être encore un peu tôt, mais as-tu déjà une idée de ce que tu vas faire ? » me demande Engeltje quand nous rentrons à la maison. Elle m'a raccompagnée jusque chez moi et nous partageons un godet de bière dans un coin ensoleillé de la cour intérieure, désormais dépeuplée.

J'avale une gorgée.

« Je n'en ai aucune idée.

– Tu pourrais revendre la faïencerie. Les affaires marchaient bien, tu en obtiendras un bon prix. La fabrique t'appartient désormais. »

Elle a raison. Je ne suis pas obligée de chercher de travail, ni de faire le ménage dans la maison d'un notable et d'astiquer sa cuisine. Je suis propriétaire d'une entreprise. Mais une entreprise à laquelle je ne connais rien.

« La Fleur de lotus attire beaucoup de convoitises. Plusieurs personnes ont déjà demandé si elle était à vendre, m'explique Engeltje.

– Je ne sais pas, je ne crois pas que ce soit la chose à faire.

– Je comprends tout à fait, crois-moi. Tu as énormément contribué au succès de la faïencerie, et je sais à quel point il serait difficile de t'en séparer. Mais maintenant qu'Evert n'est plus là, tu as un choix à faire. Tu es sa veuve, tu as le droit de poursuivre ses affaires, mais tu n'es pas qualifiée. Le volet commercial doit être géré par un homme.

– Je pourrais peut-être engager un contremaître.

– Ou bien nous la vendre, à Quirijn et à moi. Tu pourrais alors venir travailler chez nous, nous serions heureux d'engager une artiste peintre aussi talentueuse que toi.

– Vous feriez cela ?

– Bien entendu ! Et tu gagnerais un bon salaire. »

Mon regard se perd dehors, où Quirijn et Jacob colmatent les trous laissés dans les châssis avec un mélange de poussière de bois et de colle.

Des petits coups de pied dans le ventre détournent mon attention, et je baisse la tête. Qu'aurait souhaité Evert ? Avant tout que je prenne soin de moi-même et de notre enfant. Il aurait aussi, sans nul doute, voulu transmettre la faïencerie à son héritier ou à son héritière. Puis je me dis qu'en définitive mon avis importe peu : j'ai le devoir, vis-à-vis de mon mari disparu, de garder La Fleur de lotus dans la famille.

43

Je n'ai aucun mal à trouver de la main-d'œuvre. Dès l'annonce de la réouverture de La Fleur de lotus, les candidatures affluent de toutes parts. Des ouvriers très qualifiés, dont un certain nombre de l'extrême Sud qui ont fui la peste en gagnant la Flandre. J'engage une intendante, Heijltje, une jeune fille d'une vingtaine d'années qui ne rechigne pas à la besogne.

Pour être honnête, je dois reconnaître que Jacob est aussi d'une grande aide. Qui aurait pensé qu'un jour je le tiendrais de nouveau en estime ? Nous évaluons ensemble cuiseurs, enfourneurs, peintres, fouleurs et autres tourneurs qui se présentent pour un emploi. La décision finale me revient, mais Jacob pose d'excellentes questions et présente de si bons arguments que je suis obligée de tenir compte de son avis.

Je réembauche Klaas et Lambert, qui s'étaient réfugiés quelque temps chez un membre de leur famille dans les environs et qui sont à présent heureux de pouvoir reprendre du service à la faïencerie. Sceptique, Jacob essaie de me dissuader, mais je reste sur mes positions. Evert ne s'est jamais plaint d'eux, bien au contraire ; il les aurait sans nul doute gardés.

« C'est toi qui vois, me lance Jacob avec un haussement d'épaules. Le problème n'est pas qu'ils sont jeunes, mais qu'ils sont lents. Ou plutôt paresseux. Mais c'est comme tu voudras. L'important pour l'instant est d'avoir de la main-d'œuvre, nous pourrons toujours les renvoyer plus tard. »

Je constate qu'il emploie de plus en plus souvent le mot « nous », mais je ne le lui fais pas remarquer. Je vois là plutôt un signe d'implication. Du moment qu'il reste conscient que c'est moi qui dirige, la situation me convient.

Une semaine après mon retour, Frans se présente à la porte de la fabrique.

« J'ai appris que tu étais revenue. Evert est mort ?

– Effectivement.

– Je suis désolé. Toutes mes condoléances. »

Je hoche la tête, attendant la suite.

« J'ai aussi appris que La Fleur de lotus allait rouvrir.

– Oui, bientôt.

– C'est toi qui vas la diriger ?

– Oui. J'aimerais que tu reviennes, Frans. J'ai besoin de toi. »

Il me considère sans rien dire.

« Comment comptes-tu t'arranger ?

– En tant que veuve d'Evert, je suis habilitée à reprendre son affaire. J'ai besoin d'un maître-cuiseur et de quelqu'un qui puisse régler l'aspect commercial en mon nom.

– Tu as déjà trouvé ?

– Pas encore. Jacob m'apporte une aide précieuse, mais il n'est pas non plus qualifié. »

L'air songeur, Frans laisse glisser son regard sur la façade.

« Moi, je le suis. Evert m'a toujours impliqué dans ses affaires.

– Très bien. Tu pourrais t'occuper de l'administration, des contrats, des livraisons, de ce genre de choses. Je dirigerais moi-même la production. Pour la cuisson, nous engagerons quelqu'un.

– Je veux aussi une augmentation de salaire.

– Tu l'auras», lui dis-je en lui ouvrant plus grand la porte.

Le travail est un bon remède contre le chagrin. Il ne remplace pas le vide causé par la peine, mais il permet au moins de ne pas y penser constamment. Evert me manque, son corps robuste et chaud, sa voix grave, le regard aimant qu'il posait sur moi. Un homme me regardera-t-il encore un jour de cette façon? Jacob peut-être, mais c'est différent. Il me déshabille du regard en permanence, quelle que soit la façon dont je suis vêtue.

Je veille à ne jamais me retrouver seule avec lui quand nous devons discuter des affaires de la faïencerie, ce qui arrive souvent. Quirijn m'aide à recruter un maître-cuiseur, Korstiaan Zegers, qui a emménagé récemment à Delft avec sa famille. Ensuite, tout va très vite, et La Fleur de lotus retrouve rapidement son activité d'antan. Des charrettes remplies d'argile envahissent la cour intérieure et déchargent leur contenu dans les bassins, que les fouleurs piétinent généreusement pour en éliminer les bulles d'air. Dans l'atelier, des tourneurs s'affairent derrière leur tour de potier, les cuves sont remplies de glaçure stannifère, et les fours portés à température. Nous produisons de nouveau notre faïence bleu et blanc, les affaires marchent bien. Personne ne semble se soucier qu'une femme soit aux commandes, du moment que nous faisons du travail de qualité, ce qui est le cas. Le glaçage est parfait et les motifs bleu cobalt sont soignés et précis.

Nous recevons tant de commandes que les tables de séchage sont couvertes d'assiettes, de bols et de plats en terre glaise, en attente de première cuisson. Je libère de l'espace au grenier, dans la partie d'ordinaire habitée, pour y mettre à sécher d'autres céramiques.

Alors que je suis en plein travail dans le grenier, des pas résonnent dans l'escalier. Par-dessus mon épaule je vois apparaître la tête de Jacob. Je me redresse d'un coup.

« Je suis venu voir si tu avais besoin d'aide, explique-t-il en entrant.

– Pas avant cet après-midi. Les tourneurs sont toujours à l'œuvre, j'essaie simplement de faire un peu de place.

– C'est un bel endroit, très spacieux. »

Je hoche la tête en lui tournant le dos, dans l'espoir qu'il parte. J'entends effectivement ses pas, mais ils se rapprochent. Je me retourne d'un seul coup, Jacob se tient juste devant moi. Je recule d'un pas, il avance. Il ne dit rien, se contente de me regarder dans les yeux, et je n'ai à ce moment plus de doute sur ses intentions.

« Jacob, je crois que… » Avant même que je puisse finir ma phrase, il m'attire vers lui et presse sa bouche contre la mienne. Brutalement je me dégage de son étreinte et le fusille du regard.

« Tu as perdu la tête ?

– Allons, Catrijn, tu sens bien qu'il y a quelque chose entre nous ?

– Je ne sens rien du tout ! Sauf de la colère à cause de ce que tu viens de faire ! Retourne en bas et laisse-moi tranquille ! »

Il me regarde, surpris, puis laisse échapper un ricanement.

« Ton esprit de contradiction m'étonnera toujours. Il faut savoir se faire désirer avec toi, hein ? C'est ce que tu aimes ! Je ne déteste pas m'amuser, mais j'en ai assez de ce petit jeu entre nous. J'ai besoin que les choses soient nettes.

– Quel jeu ? De quoi tu parles ? Je croyais avoir été assez claire. »

D'abord décontenancé par ma réaction, il se reprend rapidement et glisse alors les mains dans ses poches, comme pour m'indiquer que je n'ai rien à craindre.

« Je t'aime, Catrijn. »

C'est à moi, maintenant, de perdre contenance.

« Qu'est-ce que tu dis ?

– Tu as bien entendu. Je t'aime, Catrijn, et je veux être avec toi. Je t'aimais déjà du temps où tu étais mariée à Govert. »

Je peux à peine en croire mes oreilles.

« Dans ce cas, tu as une bien drôle façon de montrer tes sentiments !

– C'est-à-dire ? Je ne t'ai jamais fait de mal. Je t'ai même protégée. »

L'envie me prend d'éclater de rire, mais la colère l'emporte.

« Tu m'as menacée, tu m'as fait chanter et tu m'as volé la moitié de mes économies ! »

Il pousse un soupir.

« Encore cette histoire ? Je t'ai rendu un énorme service en gardant le silence et en échange, tu m'as donné un petit coup de pouce quand j'en avais besoin. Il me semble que nous y avons tous les deux gagné, non ? Catrijn, écoute, jamais je ne t'aurais dénoncée. Mart m'avait engagé pour retrouver ta trace, mais je ne lui ai jamais dit où tu étais. Pour quelle raison, à ton avis ? Parce que j'ai toujours su que nous étions faits l'un pour l'autre. On est pareils, toi et moi, on est taillés dans le même bois. On sait ce qu'on veut et on ne laisse jamais personne nous barrer la route. »

J'ai beau chercher, aucune réponse ne me vient pour combler le silence qui s'abat. Il se trompe complètement à mon sujet, mais le lui dire ne me semble pas raisonnable tant que je suis ici, seule avec lui. Nous nous regardons longuement, jusqu'à ce que Jacob reprenne : « Je ne veux pas précipiter les choses, pas si tôt après la mort d'Evert, même si nous savons tous les deux pourquoi tu t'es mariée avec lui. Je ne t'en veux pas, et je te comprends. Fais-moi signe quand tu seras prête, je t'attendrai. »

À ces mots, il tourne les talons et redescend les escaliers.

44

Quand on croit la comprendre, avec ses hauts et ses bas, quand on croit qu'elle ne nous surprendra plus, la vie prend parfois un tournant inattendu. Je n'ai aucune idée de la façon dont je dois faire face à la situation, de ce que fera Jacob si je le rejette. En même temps, je me demande si je ne me suis pas trompée sur son compte. Quoi qu'il en soit, je ne ressens rien pour lui. Je n'ai pas non plus besoin de lui, il y a assez de prétendants qui seraient ravis d'épouser une veuve à la tête d'une fabrique prospère. Pour bon nombre de femmes qui se retrouvent seules, un nouveau mariage représente la meilleure solution. Mais je n'ai pour le moment aucune envie de me remarier avec quiconque.

Un samedi après-midi, après la distribution des sacs de paye au personnel, Klaas reste avec moi dans le bureau. Il attend que tout le monde quitte les lieux pour m'annoncer qu'il souhaite me parler.

Je l'interroge du regard.

« Je voulais vous dire je me réjouis que vous ayez repris la fabrique. Le patron aurait été content, lui aussi.

– Oui, je crois. » Je lui souris.

« Je ne l'ai jamais dit, mais je suis très triste qu'il ne soit plus parmi nous. Cependant, j'ai du mal à comprendre une chose. Quand le patron est tombé malade, j'ai eu peur de la contagion. Il m'a affirmé que ce n'était qu'un rhume, qu'il n'avait pas la peste et qu'il était inutile de fuir. Il m'a montré qu'il n'avait pas de bubons sur le corps, et du coup je suis resté. Le lendemain, le patron n'est pas venu à l'atelier et, quand Frans est allé voir, il était mort.

– Attends, Klaas. Assieds-toi un instant et explique-moi. Quand cela s'est-il passé ? Combien de temps mon mari a-t-il été malade exactement ?

– Il a été très enrhumé pendant plusieurs jours. D'après lui, il n'avait pas attrapé la peste et effectivement il n'en avait pas l'air. Comme personne ne connaissait vraiment tous les symptômes de la maladie, nous étions quand même inquiets. Plusieurs ouvriers ont préféré partir, moi je suis resté. Il avait grand besoin de moi après le départ de la moitié du personnel.

– Ta loyauté t'honore. Et ensuite ? Il a eu de la fièvre ? Ou mal quelque part ?

– Il était surtout fatigué. Mme Engeltje van Cleynhoven est venue le voir, et j'ai entendu le patron lui dire qu'il allait se coucher tôt.

– Mme Van Cleynhoven était inquiète ?

– Un peu. Elle lui a posé quelques questions sur son état. Elle lui a dit qu'il devait se reposer et qu'il irait mieux après. »

Il est possible que la peste l'ait frappé tard dans la soirée, j'ai entendu suffisamment d'histoires d'attaques foudroyantes pour le savoir. D'autant qu'Evert n'était pas dans son assiette depuis quelques jours. Mais tout de même, j'ai du mal à comprendre comment son état a pu se dégrader aussi rapidement.

« Dis-moi, Klaas, qui a vu mon mari pour la dernière fois ?

– Jacob, répond-il sans hésiter. Il avait préparé un médicament pour le patron, et il est monté à l'étage pour lui donner le bol. »

J'essaie de me remémorer la pièce telle qu'elle était quand je suis rentrée à la maison. Je n'ai pas le souvenir d'avoir vu un bol.

« De quel genre de médicament s'agissait-il ? »

Klaas hausse les épaules.

« Je ne sais pas, mais il avait une couleur bizarre. Après avoir rangé l'atelier, je suis monté, moi aussi. Je savais que je n'aurais pas dû, que je n'avais rien à faire dans la maison du patron, mais je voulais proposer mon aide. Jacob est resté longtemps en haut. J'étais au milieu des escaliers quand il est redescendu. Il m'a dit de faire demi-tour, que le patron dormait.

– Comment a-t-il réagi quand il t'a vu ? Il a eu peur ?

– Un peu, mais pas trop. Il m'a juste demandé de redescendre en me montrant le bas des marches.

– Ensuite, es-tu remonté pour voir comment ça allait ? »

Klaas secoue la tête.

« Non, sur le moment, je l'ai cru sur parole. »

Cette dernière phrase attire mon attention.

« Tu n'es plus de cet avis à présent ?

– Le lendemain, en apprenant que le patron était mort, je n'ai pas arrêté de repenser à ce médicament. Quand Jacob est redescendu, il tenait le bol vide derrière lui. Il en avait renversé quelques gouttes. Je suis retourné voir le patron le lendemain. Le liquide était encore là, mais le bois de l'escalier l'avait complètement absorbé. Je me suis demandé quel genre de médicament c'était. »

Nos regards se croisent. Le silence qui s'installe est lourd de non-dits.

« Merci, Klaas, j'aimerais que cette conversation reste entre nous pour le moment. »

Je me rends chez Engeltje et Quirijn le soir même. Comme ils s'apprêtaient à manger, ils m'invitent à me joindre à eux. J'attends que les enfants terminent leur repas avant d'aborder le sujet.

Ils échangent un regard, un peu mal à l'aise. Ils ont remarqué que j'allais mieux et n'ont naturellement aucune envie de m'infliger un nouveau choc. Mais il faut croire qu'ils me jugent suffisamment apaisée, car Engeltje se décide à me raconter ce que je veux entendre.

« J'ai effectivement été chez lui en fin d'après-midi. Il ne se sentait pas bien, il avait mal à la gorge et se disait très fatigué, mais ces malaises n'avaient pas l'air de le tracasser outre mesure. Peut-être faisait-il semblant, pour ne pas nous inquiéter… Quoi qu'il en soit, je lui ai conseillé d'aller se coucher tôt, il a dit qu'il le ferait. C'est la dernière fois que je l'ai vu.

– Et quand tu as appris sa mort, le lendemain…

– Je me suis immédiatement rendu chez vous, explique Quirijn. Frans était venu m'avertir après avoir trouvé le corps d'Evert sans vie. Il avait l'air apaisé, comme s'il était mort dans son sommeil. La peste doit l'avoir frappé très violemment. C'est une chose qui arrive souvent.

– Comment sais-tu qu'il est mort de la peste ? Tu as vu des bubons ?

– Non, il était couvert d'un drap jusqu'à la poitrine. J'ai vu des taches violacées dans le cou, mais je n'ai pas regardé plus bas. Pour être honnête, je n'ai pas osé m'approcher de lui.

– Et Frans ?

– Il ne l'a pas touché. Il s'est précipité chez moi pour m'avertir. Et puis les hommes de la ville sont venus chercher le cadavre… »

Quirijn hoche la tête.

« Je regrette, Catrijn », dit-il sans préciser l'objet de ses regrets. Il s'en veut probablement d'avoir évité son ami alors qu'il était malade et de ne pas avoir osé franchir la porte quand il est mort.

Je remercie mes amis pour le repas et reprends la direction du Gheer. Les jours raccourcissent, le crépuscule tombe de plus en plus tôt sur le canal. L'atelier est éclairé par les bougies et les braises des fours qui restent allumés en permanence. Frans assure le service du soir et de la nuit. Il déplace une manne remplie de bois quand je pousse la porte. Nous n'avons jamais vraiment évoqué ensemble les circonstances de la mort d'Evert. Je lui pose la question, mais il ne m'apprend rien que je ne sais déjà. Il confirme les dires de Quirijn : Evert avait l'air apaisé. Les marques qu'il avait sur la poitrine et le cou seraient la seule indication qu'il est mort de la peste.

« Il devait avoir au moins un bubon quelque part, dis-je.

– Sans doute, mais je n'en ai pas vu. »

Frans me regarde d'un air désolé.

« Je n'ai pas cherché à en trouver, Catrijn. Je n'osais pas le toucher.

– Je comprends. »

Bien sûr, je comprends. Non seulement ce que Frans m'explique, mais tout le reste. Les soupçons que j'ai eus dans l'après-midi en examinant l'escalier se muent en certitudes à la vue du lit-clos, où je n'ai pas osé me coucher depuis mon retour à la maison, même si la paillasse et les draps contaminés ont été retirés. Depuis mon retour j'ai passé toutes mes nuits dans la cuisine. Si je ne l'avais pas fait, j'aurais vu beaucoup plus tôt la tache sur la face intérieure de notre lit-clos.

45

Je ne ferme pas l'œil de la nuit. Heure après heure, les pensées tournent dans ma tête, et ce n'est qu'au lever du jour que je trouve enfin le sommeil. Mais il est de courte durée, et j'ai l'impression d'avoir à peine fermé les yeux que déjà je les rouvre. J'ignore ce qui me réveille : nous sommes dimanche, un calme serein règne sur le Gheer habituellement si animé.

Assise à la fenêtre qui donne sur la cour intérieure déserte, je pense encore une fois à mon plan. La conversation que je m'apprête à avoir est susceptible de causer de gros ennuis, mais elle pourrait aussi signifier la fin de mes tracas.

J'enfile mes habits du dimanche et ma coiffe bordée de dentelle pour aller à l'église. Après un petit déjeuner léger, je me mets en route pour la Nieuwe Kerk. J'avais pris pour habitude d'y aller avec Evert et je ressens, en marchant vers l'église, le vide douloureux de son absence. Je ne reste toutefois pas seule longtemps car je rencontre plusieurs connaissances en chemin et pour finir nous formons un petit groupe. Alors que je prends place sur le banc, mes yeux se dirigent vers Isaäc, assis le dos voûté, sans femme ni enfants. Plusieurs familles de Delft sont en deuil, mais aucune n'a été touchée aussi violemment que la sienne.

Après le service, tandis qu'il traverse dans l'allée centrale, je me glisse à côté de lui.

« Catrijn, dit-il en souriant sans vigueur.

– Comment vas-tu, Isaäc ?

– Comme tu peux l'imaginer… »

Je hoche la tête.

« Et toi ? Tu t'en sors ?

– Je fais mon possible.

– Quel malheur pour toi d'être deux fois veuve en à peine un an et demi !

– La vie ne m'a effectivement pas fait de cadeaux, mais je m'en sors. »

Côte à côte, nous sortons sur le parvis, où nous retrouvons la lumière du soleil de septembre.

« Aleid et les enfants portaient des petits sacs de débris de pierre autour du cou. Elle était convaincue qu'ils les protégeraient. Beaucoup d'habitants de Delft portaient des morceaux de pierres taillées quand la peste a frappé la ville, et les murs de certaines églises sont à présent balafrés d'entailles. Je ne peux pas croire que Dieu ait voulu qu'on dégrade ainsi l'église.

– J'avoue que je ne comprends plus vraiment Ses intentions », dis-je. Isaäc approuve.

« La vie n'est pas facile, mais nous ne pouvons pas Lui en attribuer la faute. Nous sommes tous pécheurs, poursuit-il.

– Toi qui es prévôt, tu es bien placé pour en témoigner.

– Sans nul doute. Il est impensable de voir à quel point si peu de gens se conforment aux règles et aux commandements. Vieux, jeunes, hommes et femmes… Dans la plupart des cas, ce ne sont que de petits délits, mais tout de même.

– Il y a si peu de vrais crimes ?

– Un certain nombre de délits ont une issue fatale, mais les meurtres avec préméditation sont rares. Il y a quelques mois, on m'a demandé d'intervenir dans une affaire à Leyde. Une femme mariée, qui était tombée amoureuse d'un autre homme, avait empoisonné son mari avant de fuir se réfugier à Delft.

– Et alors ? Elle a été jugée ?

– Elle a été condamnée à la corde. »

Nous sommes à présent au milieu de la place du marché.

« Comment prouve-t-on ce genre de crimes ?

– En ce cas, c'était très facile. On a retrouvé de la mort-aux-rats dans sa fosse d'aisances. Elle y avait jeté le reste du poison. En outre, d'après le médecin, son mari présentait tous les signes d'un empoisonnement.

– Mais quelqu'un d'autre aurait pu le faire ?

– Elle était la seule à avoir un mobile. Quand nous avons interrogé l'amant, il a avoué que la femme préparait son plan depuis un moment. Il s'y était opposé, mais elle l'avait quand même mis à exécution. Nous n'avons pas pu inculper l'amant, faute de preuve, mais la femme a fini par avouer et a été condamnée.

– Grâce à l'interrogatoire…

– Non, l'interrogatoire n'est autorisé que lorsque le suspect est pris en flagrant délit. Nous avons aussi besoin d'aveux pour pouvoir exécuter la sentence. En cas de doute, nous ne procédons pas à un interrogatoire, seulement à une audition. Parfois, quelques jours d'isolement au cachot peuvent aider à délier les langues. Mais le chevalet n'est presque plus utilisé, nous vivons quand même au XVIIe siècle.

– Autrement dit, si les prévenus persistent à nier les faits, ils ne sont pas condamnés ?

– En quelque sorte. Sauf s'ils ont été pris en flagrant délit par plusieurs témoins.

– Plusieurs témoins ?

– Un seul ne suffit pas, car n'importe qui pourrait être condamné par quelqu'un qui lui voudrait du mal. Dans ce cas, une preuve supplémentaire est nécessaire. »

J'ai soudain l'impression que le soleil brille avec plus de vigueur, que sa chaleur gagne en intensité, que les bruits et les couleurs qui m'entourent sont plus vifs et plus éclatants.

« C'est la règle dans toutes les villes ?

– Bien sûr. La justice s'applique de la même façon dans tout le pays. Mais pourquoi toutes ces questions, Catrijn ? Tu n'as rien à te reprocher, j'espère ? » Il pose sa question sur le ton de la plaisanterie, mais son regard scrutateur est fixé sur moi.

Je me saisis du premier prétexte qui me vient à l'esprit.

« Je soupçonne l'un de mes ouvriers de vol. Je me demande simplement comment aborder le problème.

– Si tu as besoin d'aide, je peux venir lui poser quelques questions.

– Ce ne sont que des soupçons pour le moment, il est possible que nous ayons simplement égaré ce qui a disparu. Attendons encore un peu. Merci, Isaäc. »

Je ponctue cette dernière phrase d'un sourire et me détourne de lui, pour lui faire comprendre que je rentre chez moi.

« Avec plaisir, Catrijn. Je reste à ta disposition. »

Je me fends d'un nouveau sourire et prends congé. Au bout de la place du marché, je bifurque dans une ruelle adjacente. Je hasarde un œil par-dessus mon épaule et remarque qu'Isaäc me suit toujours du regard.

46

J'aurais préféré reporter à lundi la deuxième conversation que j'avais prévue pour ne pas être seule avec mon interlocuteur, mais lorsque je rentre à la maison la porte de l'atelier est ouverte. Je trouve Jacob près des fours.

« Que fais-tu ici ?

– Je surveille le feu », répond Jacob, les yeux rivés sur l'un des fours.

« Tu n'as pas été à l'église ?

– Voilà bien longtemps que je n'y vais plus. » Il se tourne vers moi. « Il faut qu'on parle, Catrijn. Le silence a trop duré, je veux une réponse.

– Tu l'auras demain.

– Je la veux aujourd'hui. Qu'auras-tu à me dire demain que tu ne sais déjà ?

– Très bien, comme tu voudras. Je ne me marierai pas avec toi, Jacob. Je ne t'aime pas et cela ne m'apporterait aucun avantage sur le plan des affaires. »

Voilà, c'est dit. Avec calme et maîtrise.

Le visage de Jacob se métamorphose, comme s'il se liquéfiait. Son regard se glace, son sourire disparaît.

« Aucun avantage ? Tu n'y as pas bien réfléchi, Catrijn. Je peux faire couler à moi seul toute cette entreprise, et toi avec.

– Je ne crois pas, non. » Mon assurance tranquille le déstabilise, je le vois à sa façon de froncer les sourcils.

« Ah oui, j'ai failli oublier : tu es renvoyé. »

Il s'avance lentement vers moi.

« Tu n'as pas le droit, Catrijn, tu ne peux pas me renvoyer !

– Pourtant, je viens de le faire. Tu vas rassembler tes affaires et quitter la ville sur-le-champ. Si tu n'es pas parti demain, je vais voir le prévôt et je te dénonce pour meurtre. »

Son visage se décompose, il semble passer par toutes les émotions.

« Quoi ? C'est toi qui vas me dénoncer ?

– Oui, pour le meurtre d'Evert. J'ignore ce que tu lui as donné, mais certainement pas de quoi le remettre sur pied. C'était quoi ? Des feuilles de digitale ? Tu connais assez ces plantes toxiques pour en préparer une mixture mortelle. Pratique, cette épidémie de peste, pas vrai ? Le moment idéal pour te débarrasser de quelqu'un de gênant sans éveiller les soupçons. Tu lui as donné une dose suffisamment forte pendant qu'il mangeait ou qu'il buvait, et il est mort. C'est pour cette raison qu'il avait l'air si apaisé quand on l'a retrouvé : son cœur a cessé de battre dans son sommeil. »

Jacob éclate de rire. Mes accusations ne semblent pas l'atteindre, il fait mine de les prendre comme un compliment.

« Quelle imagination ! Evert avait la peste, Catrijn. Plusieurs témoins l'ont vu.

– Ils ont vu quoi ? Le bleu avec lequel tu lui as barbouillé le cou ? J'ai mélangé de la couleur hier soir et j'ai obtenu le même bleu nuit que celui que tu as utilisé pour faire croire à des hématomes. Malheureusement pour toi, tu en as renversé un peu sur l'escalier et sur le bord du lit-clos. »

Sans perdre son sourire, Jacob vient se poster juste devant moi.

« Tu vas garder tout ça gentiment pour toi, Catrijn. Car tu n'es pas non plus aussi candide et innocente que tu essaies de le faire croire. D'ailleurs, tu ne m'as jamais raconté ce que tu avais ressenti ce soir-là, en pressant l'oreiller sur le visage de Govert pour l'étouffer. Il s'est réveillé ? Il s'est débattu ? A-t-il compris qu'il allait mourir ? Evert, au moins, n'a rien remarqué. Tu peux m'accuser, mais tu ne vaux pas mieux que moi !

– Govert me battait ! Il a tué mon enfant, il a fait de ma vie un enfer ! Il m'aurait tuée tôt ou tard si je ne l'avais pas devancé.

– Un meurtre reste un meurtre, je ne vois pas la différence.

– La différence, c'est qu'Evert ne t'a jamais fait de mal, au contraire ! Tu l'as assassiné pour te marier avec moi et mettre la main sur sa faïencerie. Comment as-tu pu croire un instant que j'allais t'épouser ? Tu me donnes envie de vomir ! » Je lui crache pratiquement ces mots à la figure.

Jacob m'attrape par le bras.

« Et pourtant, c'est que tu vas faire ! Tu seras ma femme, belle et obéissante, et nous dirigerons cette fabrique ensemble. Je serai le père de ton enfant, et nous en aurons d'autres. Je me réjouis déjà à l'idée de les faire avec toi ! » Il éclate alors d'un rire gras.

« Tu peux toujours rêver ! Jamais ça n'arrivera, jamais ! dis-je en dégageant mon bras. Tu n'as plus les moyens de me menacer ni de me faire chanter, Jacob. J'ai parlé à Isaäc, le prévôt de Delft, et il m'a dit qu'un seul témoin ne suffit pas pour condamner un suspect. Il faut une preuve supplémentaire, et tu n'en as pas. Malheureusement, la loi vaut aussi pour toi, sinon tu croupirais déjà au Steen à l'heure qu'il est ! Mais je ne doute pas que Dieu saura te trouver un châtiment adéquat le moment venu. »

Un silence tendu s'abat dans l'atelier, nous nous défions du regard.

« Bien, dit-il ensuite. Vu la situation... Tu n'as qu'à faire comme bon te semble, Catrijn. Je t'ai offert ma protection et une vie confortable. Si tu n'en veux pas, je ne vais pas te forcer. Mais je ne te permets pas de m'enlever mon travail. Regarde ! »

Il me montre ses bras couverts de brûlures.

« Je me suis investi dans cette fabrique, corps et âme. J'ai droit à ma part, et tu vas me la racheter.

– Ça recommence ? Tu n'auras rien ! Tu vas partir d'ici et tout de suite ! »

Il rit de nouveau.

« Hargneuse, comme toujours. C'est dommage, nous allions bien ensemble. Mais tout bien réfléchi, je préfère une femme plus docile. Reste donc à savoir ce que je vais faire de toi, car tu es assez folle pour aller voir le prévôt et tout lui déballer. »

Il regarde autour de lui, puis s'approche du four.

« Écoute un peu mon idée. Tu étais seule dans l'atelier, tu as voulu ouvrir le four et pour une raison inconnue, la manche de ta chemise a pris feu. Un incendie s'est déclaré, il n'y avait personne pour t'aider et tu as péri dans les flammes. Quel malheur ! On retrouvera ton corps calciné dans les décombres et tous tes nouveaux amis viendront pleurer ta mort à ton enterrement. À ce moment, je serai déjà loin. »

Il ouvre alors la porte du four et y introduit un long bâton dont il plonge l'extrémité en feu dans la manne de petits bois posée à ses pieds, qui s'enflamme aussitôt.

« Arrête ! » Je me jette sur lui, le pousse sur le côté et donne un coup de pied dans la manne afin de piétiner et d'éteindre le feu.

Tout en riant, il met le feu à d'autres endroits, trempant sa torche dans les réserves de peinture et d'huile, et dans la paille qui sert à l'emballage des céramiques. Après un début hésitant, les flammes se propagent à tout l'atelier.

Affolée, je regarde autour de moi. Il n'y a pas d'eau à portée de main, ma fabrique part en fumée !

Je cours vers la porte d'entrée restée ouverte, mais Jacob s'interpose et, brandissant son bâton incandescent comme une épée, bloque le passage. Son visage affiche une expression étrange, une sorte de grimace qui le rend méconnaissable.

« Jacob, je t'en prie ! »

Sans aucune émotion, il me repousse et m'accule dans un coin. L'atelier est déjà envahi par la fumée, je mets mon bras devant ma bouche pour me protéger des émanations.

« Tu as dit que tu m'aimais, on peut encore en parler si tu veux. Je…

– La ferme ! On a assez parlé. Tu as eu ta chance, tout est terminé, Catrijn. »

Il tend sa torche vers moi et embrase ma longue jupe évasée. Les rubans de dentelle s'enflamment aussitôt en crépitant et le feu remonte rapidement le long de mes vêtements. Paniquée, je replie les bords plus épais de ma jupe pour étouffer les flammes, mais Jacob asperge mes vêtements en divers endroits avec son bâton et je n'ai plus assez de mes deux mains pour lutter. Je me mets à hurler.

« Arrête ! Laisse-moi ! »

Il soulève sa torche pour me frapper encore et je lève spontanément les bras au-dessus de la tête pour intercepter le coup. Le bâton s'abat sur moi et je hurle de peur.

Juste à cet instant, Jacob s'écroule sur le sol comme une poupée de chiffon, sans lâcher la torche. Je lève les yeux et me retrouve face à Klaas, une hache à la main. Du sang se répand par terre, et aussi autre chose, qui coule de la tête de Jacob.

Sans voix, je regarde Klaas, qui me regarde en retour, le visage décomposé.

Des gens apparaissent dans l'embrasure de la porte, formant une masse indistincte dans le contre-jour. Ils crient d'apporter de l'eau, retirent leurs vêtements à la hâte pour étouffer le feu. Deux femmes éteignent les flammes qui consument ma chape et ma jupe, puis me tirent dehors. Des badauds s'attroupent rapidement. On ouvre les portes et les fenêtres, des cris résonnent partout. Un incendie non maîtrisé peut ravager à lui seul toute la ville, et très rapidement la rue entière est dehors. Plusieurs chaînes humaines se forment, des seaux d'eau sont remplis dans le canal et passés de main en main jusqu'à l'habitation en feu.

J'apporte mon aide, je n'ai mal nulle part, les flammes n'ont pas eu le temps d'atteindre les dernières couches de mes vêtements. Je me démène pour sauver ma fabrique et pas une fois je ne regarde à l'intérieur, là où le corps de Jacob se transforme en cendres.

47

Heureusement, Klaas ne reste pas longtemps au Steen. Il est libéré après deux jours de cachot et d'interrogatoire. Les échevins ont fait preuve d'indulgence à son égard. En fin de compte, il a évité que Delft ne soit ravagé par les flammes. En outre, un nombre suffisant de témoins a pu affirmer que j'avais été menacée, même si je crois que le sauvetage de la ville a davantage pesé dans la balance.

La Fleur de lotus s'en sort bien, elle aussi. La fabrique a été très endommagée, mais l'atelier a pu être sauvé grâce à l'intervention rapide de mes voisins. Au terme des réparations, qui me coûtent une importante somme d'argent, nous reprenons nos activités. Korstiaan fait un excellent maître-cuiseur, Klaas remplace Jacob.

Les traces de sang sur le sol de l'atelier s'estompent au fil des jours. La façon dont Jacob est mort me donne des frissons, mais je m'efforce de ne pas y penser. Chaque fois que je passe à cet endroit, je réalise qu'il est sorti de ma vie, et que plus personne ne connaît désormais mon secret. Je suis libre. Il semble que Dieu m'ait finalement accordé crédit.

Septembre et octobre filent à la vitesse de l'éclair et nous passons nos journées dans la fabrique, alors que la pluie tambourine sur les fenêtres. Pendant l'un de ces jours balayés par les trombes d'eau et le vent, Hendrik, un apprenti peintre, s'entraîne sur une pièce défectueuse. Je passe derrière lui avec un flacon de pharmacie que je m'apprête à décorer, jette un regard par-dessus son épaule et m'arrête un instant. À côté des lignes disparates qu'il trace pour tester l'épaisseur de la couleur, je vois une rangée de moulins, dont les ailes sont disposées dans différentes positions.

« Joli travail, dis-je. Tu veux bien me donner cette pièce ? »

Un peu étonné, Hendrik me tend l'objet, que je vais montrer à Korstiaan. Celui-ci s'affaire dans l'atelier, entre les cuves de glaçures stannifères, et donne des instructions à un nouvel ouvrier. J'attends qu'il termine, puis lui montre le pot.

« Des moulins ? demande-t-il en fronçant les sourcils.

– Tu n'aimes pas ?

– Je ne sais pas trop. Les clients veulent des motifs orientaux.

– Nous continuerons à en faire. Mais ils apprécieront peut-être aussi ce type de motifs. On peut peindre des moulins, mais également d'autres scènes de Hollande, comme des paysages urbains, par exemple. »

Korstiaan examine le pot.

« On pourrait effectivement dessiner les murs et les portes de certaines villes. Chacune aurait ainsi sa propre faïence à son image. »

Avec un large sourire, je retourne dans l'atelier proposer l'idée à Frans.

« Tu es sûre ? » Je lis le doute sur son visage. « On a déjà tant à faire. Tu crois vraiment que ces motifs plairont ?

– Si on n'essaie pas, on ne le saura jamais ! Peux-tu faire quelques esquisses des portes d'Amsterdam ? Je m'occupe de celles de Delft. »

Il hausse les épaules. « Très bien, c'est toi la patronne. »

Frans a raison, nous avons trop de travail pour lancer une nouvelle collection de faïences, mais ce n'est pas une raison suffisante pour renoncer. Je suis convaincue que ce type de pièces peut avoir du succès, tout comme je l'étais quand j'ai proposé à Evert de nous lancer dans les motifs orientaux.

Alors que l'automne touche à sa fin, je travaille plus dur que jamais. Mon ventre m'oblige à rester assise la plupart du temps, je mets donc la situation à profit pour faire des essais. Avec Frans, nous réalisons plusieurs esquisses jusqu'à arriver à un résultat qui nous satisfait tous les deux. Nous tirons alors des pochoirs et nous mettons à peindre – d'abord des moulins et des patineurs sur glace, qui connaissent un succès immédiat. Ensuite des représentations d'Amsterdam et de Delft. La demande dépasse mes attentes et notre céramique hollandaise fait l'objet d'un tel engouement que nous élargissons la gamme à d'autres villes, et aussi aux paysages de polders et aux navires.

Quirijn et Engeltje suivent notre exemple. Nous ne nous faisons pas concurrence, car la demande est si forte que même à deux nous ne pouvons presque pas y répondre. Nous nous échangeons quelques commandes et même de la main-d'œuvre en cas de besoin.

Encouragées par notre succès, les faïenceries ouvrent les unes après les autres, le plus souvent dans des brasseries désaffectées. Il y a cinquante ans, Delft prospérait grâce à sa production brassicole, destinée à la navigation maritime. Puis plusieurs villes se sont mises à produire leur propre bière, et la plupart des brasseries de Delft ont fermé leurs portes. Aujourd'hui, ces bâtiments désertés, équipés d'ateliers et de fours, se révèlent particulièrement adaptés à l'aménagement des faïenceries.

Début décembre, une quinzaine de fabriques a déjà ouvert, presque toutes sur le Gheer. Alignées comme des perles sur un fil, elles s'étirent le long du canal, les boutiques à front de rue et les ateliers à l'arrière. D'épais nuages de fumée s'élèvent au-dessus des toits, l'air ambiant est chargé d'une odeur qui nous rappelle en permanence la présence de cette activité. La ville a trouvé un nouvel essor.

Le 15 décembre, je mets au monde une petite fille que je prénomme Eva. L'accouchement se déroule sans complications. Beaucoup de gens me rendent visite à la maison dans les semaines qui suivent et les cadeaux, y compris ceux de clients, arrivent en flot ininterrompu. En dépit du soutien que m'apportent Engeltje et Quirijn, l'absence d'Evert me pèse.

Chaque fois que je regarde la frimousse d'Eva, ses cheveux noirs, ses mains et ses pieds si adorables, je suis envahie d'un sentiment de joie que je n'avais encore jamais ressenti. La vie n'a pas toujours été facile pour moi, mais en définitive j'ai aussi de quoi me réjouir.

Un matin d'hiver, je traverse le marché aux volailles avec Engeltje. Il fait froid et Eva est restée à la maison avec Heijltje. Alors que nous passons devant les étals, une bribe de conversation me parvient. J'intercepte en particulier les mots « retour », « port de Delft », et je m'arrête d'un seul coup.

« Qu'est-ce que tu as ? me demande Engeltje.

– Tu as entendu ? »

Elle secoue la tête.

Je rebrousse chemin et rejoins le petit groupe qui discute près du marchand de beurre.

« Pardonnez-moi, mais j'ai entendu votre conversation. J'ai cru comprendre qu'un navire de la Compagnie est de retour ? »

Les conversations s'arrêtent. Un des hommes hoche la tête.

« Il revient des Indes, les cales remplies d'épices. D'énormes sacs ont été déchargés sur le quai. L'équipage, en revanche, a beaucoup souffert.

– Il en reste moins de la moitié, ajoute une femme à côté de lui. Il paraît que le voyage aller a été terrible, à cause des tempêtes, des maladies et du manque d'eau potable. Ils ont dû embaucher des gens sur place pour pouvoir revenir.

– De quel navire s'agit-il ? » La boule au ventre, je les guette, les uns après les autres.

« Le *Delft*. »

Je n'ai plus une seconde de paix à partir de ce moment-là. Plus de la moitié de l'équipage ! Mattias est-il encore en vie ? Même s'ils sont enfouis au fond de moi, j'ai toujours des sentiments pour lui, un peu comme si nous n'avions jamais été séparés. Mais s'il était mort, j'aurais eu un pressentiment. Je me résigne à attendre, inquiète mais cramponnée à l'espoir.

Les grands navires ne peuvent pas arriver à Delft et accostent à Delfshaven, d'où les cargaisons sont acheminées sur de plus petits bateaux. Malgré le froid, je sors le plus souvent possible dans la rue ou jusqu'au petit port pour suivre les nouvelles. Les premiers marins débarquent à Delft et je leur demande si Mattias était à bord du navire. À mon grand soulagement, j'apprends qu'il a survécu. Personne, en revanche, ne sait où il est en ce moment.

C'est une journée d'hiver grise chargée de lourds nuages qui obscurcissent le ciel, obligeant les ouvriers à cesser le travail plus tôt que d'habitude. Beaucoup sont déjà rentrés chez eux. À l'exception de quelques cuiseurs, je suis seule dans l'atelier. Je suis en train de ranger des affaires dans le bureau quand une silhouette apparaît dans l'ouverture de la porte. Je sais que c'est lui avant même de m'être retournée. Je sens sa présence, l'imminence de nos retrouvailles.

Je fais brusquement volte-face : il est là, presque méconnaissable avec son visage bruni par le soleil, ses cheveux mi-longs et sa barbe. Seuls ses yeux d'un bleu éclatant sont restés les mêmes. Et sa façon de me regarder, aussi, avec une pointe d'avidité qui réveille tous les désirs que j'ai refoulés depuis son départ.

Nous faisons quelques pas l'un vers l'autre, puis il me serre contre lui et je retrouve enfin la vigueur de ses bras autour de ma taille. L'odeur de l'océan a imprégné ses vêtements.

« J'ai si souvent rêvé de ce moment, me dit-il d'une voix douce. J'avais si peur que tu sois partie, que tu aies disparu sans laisser d'adresse. Mais tu es là. »

Il passe sa main dans mes cheveux, dans mon dos, sur mes hanches et m'éloigne un peu de lui pour me regarder. Ses yeux scrutent mon visage. Je sens ses lèvres se poser sur les miennes. Un déferlement de désir me traverse le corps. Je m'accroche à son cou et l'embrasse avec passion. Je n'arrive pas à croire qu'il soit revenu, que je puisse enfin le voir et le toucher. Nous nous embrassons, rions ensemble, puis nous nous embrassons encore. Soudain j'entends Eva pleurer. Le bruit se rapproche et Heijltje apparaît dans mon champ de vision, tenant le bébé dans les bras.

Je m'écarte doucement de Mattias. Il tourne la tête dans un sens, puis l'autre, sans comprendre.

Un peu mal à l'aise, je vais vers Heijltje, qui me tend ma fille.

« Mattias, je te présente Eva. »

Lentement, il semble deviner ce que je m'apprête à lui dire.

« Eva, répète-t-il.

– Ma fille. » Je laisse passer un silence, puis j'ajoute : « Et celle d'Evert. »

Je lis l'incompréhension sur son visage. Je déglutis avec difficulté avant de reprendre.

« Nous nous sommes mariés l'an dernier. »

L'expression sur son visage change alors du tout au tout, la passion cède la place à l'incrédulité, et même à la rage :

« Tu m'avais promis de m'attendre !

– Je ne t'ai rien promis, Mattias. Un an et demi, c'est très long.

– Pendant tout ce temps, j'ai pensé à toi, nuit et jour, j'ai regretté d'être parti et j'ai imploré Dieu pour que tu ne rencontres pas d'autre homme. Jamais je n'aurais cru que tu te marierais avec mon frère dès que j'aurais le dos tourné !

– Tu te trompes, Mattias, les choses ne se sont pas passées ainsi.

– Tu l'as épousé, non ? Tu as même un enfant de lui ! »

C'est alors qu'il semble prendre conscience de quelque chose.

« Où est Evert, d'ailleurs ? »

Un silence envahit le bureau. Évitant son regard, je prends une profonde inspiration.

« Assieds-toi, j'ai des choses à te dire. »

48

J'ignore ce qui m'est le plus difficile à supporter. La colère de Mattias parce que je me suis mariée à son frère ou l'accablement qui s'empare de lui lorsqu'il apprend sa mort. Le choc est d'une violence extrême. Il ne dit rien, le regard perdu dans le vide.

Je lui tends la main pour le réconforter, mais il l'évite. Il sort du bureau à grandes enjambées, je le vois passer sur le Gheer quelques instants plus tard. Abattue, je me laisse tomber sur le bord du bureau.

Durant de longues heures, espérant qu'il revienne, je fais les cent pas avec Eva, qui ne veut pas dormir. Elle doit ressentir mon inquiétude. Quand elle s'assoupit enfin, je reste encore un moment à la fenêtre à guetter le retour de Mattias.

Vers minuit, je renonce et me mets au lit. Couchée sur le côté, je retourne mes pensées dans ma tête. Où est-il? Reviendra-t-il demain? Va-t-il quitter Delft et ne jamais reparaître? Il doit pouvoir comprendre que je n'avais pas le choix, que la vie a continué et que je ne pouvais pas l'attendre.

Je me lève aux aurores, nourris Eva, ouvre les portes de l'atelier aux ouvriers. Après l'arrivée de Frans, quand tout le monde s'est mis au travail, je donne les instructions du jour à Heijltje, j'embrasse ma fille et me rends sur la place du marché. Je pousse la porte de l'auberge Mechelen quelques instants plus tard.

« Tu es bien matinale ! » Digna s'approche de moi, attendant l'explication de ma visite à une heure si inhabituelle.

« As-tu vu Mattias ?

– Oui, il a passé la nuit ici, mais il est déjà reparti.

– Il t'a dit où il allait ?

– Non. Peut-être chez Johannes. Il m'a demandé l'adresse de son atelier avant de partir. » Elle me regarde d'un air compatissant.

« Ce que tu avais à lui dire n'était pas facile à entendre. Comment a-t-il réagi ?

– Mal », dis-je avant de quitter l'auberge.

Je prends la direction du Voldersgracht au petit trot. Pleine d'espoir, j'ouvre la porte de l'atelier de Johannes, qui est en pleine leçon avec un élève. Il se tourne vers moi.

« Catrijn ! Mattias vient juste de partir. » Il m'emmène dans une pièce annexe, à l'abri des oreilles indiscrètes de ses élèves.

« Tu l'as trouvé comment ?

– Sous le choc et très attristé.

– Il était en colère ?

– Contre toi ? Non, il a dit qu'il comprenait, qu'il était parti de sa propre initiative et qu'il était logique que tu ne l'aies pas attendu. Enfin, c'est plutôt moi qui ai dit cela, et il a acquiescé. Il a dit aussi qu'il n'était pas fait pour une relation stable, qu'il n'avait rien à t'offrir.

– Où est-il allé ?

– Au port. »

Je sens le désespoir monter en moi.

« Il revient après un an et demi d'absence et il compte repartir aussitôt ?

– Je regrette, Catrijn. » Johannes passe le bras autour de mes épaules. « Enfin, je regrette surtout qu'il revienne tout chambouler, alors que tu commençais à aller mieux. Laisse-le partir, Catrijn. Il ne te mérite pas. »

J'esquisse un sourire et quitte précipitamment l'atelier. Je cours à toute vitesse en direction du Kolk. En chemin, je lance des regards partout autour de moi, mais je ne vois pas Mattias. Je ne le trouve pas davantage au port. Mes yeux parcourent les nombreux navires amarrés ou en partance. Est-il déjà loin ? J'interpelle tous les marins que je rencontre.

« Van Nulandt ? Oui, il cherchait un bateau pour Amsterdam, me confie l'un d'eux. Ce n'est pas ce qui manque, il n'est sans doute plus là à l'heure qu'il est. »

Je reste immobile sur le quai un long moment. Puis, je me décide à rentrer. Le vide que je ressens au fond de moi me prive de toutes mes forces, de toute ma joie de vivre.

J'arrive à la maison pour trouver Mattias qui m'attend dans la cuisine. Heijltje vient de lui servir un godet de bière, il observe Eva couchée dans son berceau. À mon entrée, un seul regard suffit à Heijltje pour comprendre : elle quitte la pièce sans dire un mot.

« Je croyais que tu étais parti, dis-je en m'appuyant, à bout de souffle, contre le montant de la porte.

– Sans t'avoir offert les cadeaux que je t'ai apportés ? Certainement pas. » Il me montre la table, couverte d'objets étranges. Je n'y jette qu'un rapide coup d'œil.

« Tu l'aimais ? me demande Mattias après un silence.

– Il me manque beaucoup, mais je n'étais pas amoureuse de lui. Il était plutôt mon meilleur ami. Je pouvais compter sur lui, et lui sur moi. C'est parfois une raison suffisante pour se marier. »

Je lui fais le récit des derniers mois. J'omets juste de lui parler de Jacob, qui me semble hors de propos. Je prends soin de tout lui expliquer, la façon dont Evert et moi nous sommes rapprochés l'un de l'autre, notre collaboration, ma jambe cassée et le soutien qu'il m'a apporté à l'hôpital.

« Je te comprends, dit-il quand je m'arrête.

– Vraiment ?

– Catrijn, pendant mon voyage, j'ai eu beaucoup de temps pour réfléchir. J'ai aussi pris conscience que j'aurais dû être plus clair avec toi.

– À propos de quoi ?

– De mes sentiments. Mais j'avais peut-être aussi besoin de ce voyage pour savoir ce que je voulais vraiment.

– Et ? »

J'attends les mots que je n'espérais plus, doutant en même temps de pouvoir les croire. Arriverai-je un jour à lui faire confiance ?

En guise de réponse, il me montre de nouveau les objets posés sur la table et m'explique leur histoire : du corail, de l'ambre jaune, des fossiles, des étoiles de mer, des pierres précieuses. Ils viennent des îles du Cap-Vert, du cap sud de l'Afrique, de Madagascar, du Mozambique et de Ceylan. Autant de noms que je n'ai jamais entendus et qui m'évoquent des mondes pleins de mystères. Mais aussi des mondes où il a pensé à moi, et dont il a rapporté quelques fragments. Pour moi.

Écoutant ses récits passionnés, je vois la joie dans ses yeux tandis qu'il revit chaque instant de son voyage. J'ignore quoi lui répondre quand il a terminé.

« C'est magnifique, dis-je finalement. Tu as vécu une aventure incroyable.

– Une aventure dangereuse, mais en effet incroyable.

– Mattias, tu aimes les voyages, tu en as besoin. »

Percevant un subtil changement d'intonation dans ma voix, il se lève et s'approche de moi.

« J'ai surtout besoin de toi, Catrijn. Pendant tout ce temps, je n'ai cessé de penser à nous. Mais maintenant que je suis rentré…

– Tu as déjà envie de repartir.

– Pas tout de suite. Mais tôt ou tard… oui.

– Dans ce cas, tu dois suivre tes envies. Tu serais malheureux, immobilisé sur la terre ferme.

– Mais je serais tout aussi malheureux sans toi. » Il plonge ses yeux dans les miens et soutient mon regard en silence pendant de longues secondes.

« L'un n'exclut pas nécessairement l'autre, dis-je d'une voix douce. Cette fois, je t'attendrai. »

Il me regarde, manifestement ému.

« Vraiment ? » Il fait glisser son pouce sur mes lèvres.

« Je dois m'absenter, dit-il, mais je reviens dans quelques jours et nous en parlerons à ce moment-là, Catrijn. »

Je hoche la tête, il m'embrasse. Il ramasse son baluchon. Je le raccompagne jusqu'à la porte. Alors que je le regarde s'éloigner, un sourire naît sur mon visage, car je sais à présent qu'il partira encore, mais que toujours il reviendra.

Épilogue

En plein Siècle d'or, le bleu de Delft connaît un succès fulgurant et gagne très vite en popularité. Quiconque souhaite afficher sa prospérité et son bon goût en acquiert. Cet engouement prend naissance avec les premiers voyages exploratoires et les expéditions de la Compagnie unie des Indes orientales qui s'ensuivent, permettant l'importation de porcelaine chinoise originale en Hollande entre 1620 et 1647, jusqu'à ce que la guerre civile qui éclate en Chine y mette un terme. À partir de ce moment, quelques villes hollandaises, dont Delft, Haarlem et Amsterdam, commencent à fabriquer elles-mêmes la céramique tant appréciée. Celle-ci est baptisée « porcelaine hollandaise », le nom « bleu de Delft » n'apparaissant que bien plus tard.

Entre 1654 et 1690, le nombre de faïenceries à Delft explose et vers 1700 on en dénombre près de quarante. La vente de céramique décorative atteint son apogée entre 1680 et 1730. Le bleu de Delft trouve une importante ambassadrice en la personne de Marie II, princesse et épouse anglaise du prince Guillaume II, stathouder des Provinces-Unies. La fascination de la princesse et sa passion de collectionneuse incitent alors d'autres acheteurs royaux et de la haute bourgeoisie à s'intéresser à la faïence.

À la fin du XVIIIe siècle, l'industrie de la céramique s'effondre sous les assauts de la concurrence de la porcelaine anglaise. Les ventes reprennent à la moitié du XIXe siècle, mais après la Seconde Guerre mondiale les célèbres services, autrefois tant appréciés, sont définitivement rangés dans les greniers. Le bleu de Delft a connu son heure de gloire et il est relégué désormais au rang de bibelots ringards et démodés. Sa popularité reste toutefois intacte à l'étranger, en particulier au Japon et aux États-Unis.

Ces dernières années, la céramique bleu et blanc a été progressivement redécouverte aux Pays-Bas. Les avions de la KLM arborent aujourd'hui un fuselage bleu de Delft et les maisons miniatures offertes aux meilleurs clients d'affaires de la compagnie aérienne ont fait littéralement fureur. Ce produit d'exportation est devenu un incontournable ; les rayons décoration des chaînes de magasins Bijenkorf et Xenos proposent du bleu de Delft sous diverses formes, allant des gants de cuisine aux housses de couette, en passant par les sacoches de cycliste et divers gadgets.

Le véritable bleu de Delft reste un produit onéreux, très prisé à l'étranger. À la faïencerie De Porceleyne Fles [1] à Delft, les pièces de céramique sont cuites et peintes de façon artisanale : une visite de la fabrique et de l'atelier de peinture vaut assurément le détour.

1. Le Flacon de porcelaine. *(N.d.T.)*

La faïencerie Le Flacon de porcelaine, fondée sur l'Oosteinde, est aujourd'hui établie sur le Rotterdamseweg, un peu en dehors de la vieille ville. Au siècle dernier, trois autres entreprises ont ouvert leurs portes : De Delftse Pauw [Le Paon de Delft], De Blauwe Tulp [La Tulipe bleue] et De Candelaer [Le Chandelier]. À elles quatre, ces faïenceries perpétuent la tradition du bleu de Delft, au plus grand bonheur des touristes et des amateurs du genre.

Les personnages de Quirijn et d'Engeltje van Cleynhoven sont des figures historiques. En 1655, Quirijn a racheté avec Wouter van Eenhoorn une faïencerie, qu'ils ont baptisée De Porceleyne Fles. Sur le terrain où la fabrique était implantée à l'origine, au numéro 171 de l'Oosteinden, cent vingt objets datant des débuts de la faïencerie ont été retrouvés dans un puits, dont une assiette ornementale portant l'inscription « Engeltie Kleijnoven, 1673 ». Il s'agit probablement d'une assiette souvenir fabriquée à l'occasion des vingt-cinq ans de mariage de Quirijn et Engeltje. Les documents d'archives mentionnent le nom Cleynhoven, écrit à la fois avec un « C » et avec un « K ».

La faïencerie La Fleur de lotus est en revanche sortie de mon imagination, tout comme Catrijn et Evert.

Inutile de préciser que Rembrandt, Nicolaes Maes, Johannes Vermeer, sa femme Catharina et sa mère Digna sont des personnages historiques. Le père de Johannes, Reynier, était le propriétaire de l'auberge Mechelen sur la place du marché. À la mort de ce dernier, Digna reprit l'affaire en 1652. Johannes et Catharina ont vécu longtemps chez elle. Hélas, l'auberge n'existe plus aujourd'hui, elle a été rasée en 1885 lors des travaux d'élargissement de l'Oude Manhuissteeg.

On ne sait pas avec certitude qui a été le maître de Johannes, mais le nom de Carel Fabritius revient régulièrement. Carel est mort à l'âge de trente-deux ans lors de la fameuse explosion de la poudrière de Delft.

Remerciements

Je remercie de tout cœur Jessica van Erkel, directrice de production à la faïencerie De Porceleyne Fles à Delft, pour l'aide qu'elle m'a apportée sur la lecture du manuscrit et dans mes recherches. Sans son accueil bienveillant et les livres qu'elle m'a aimablement prêtés, je n'aurais pas eu accès à une série d'informations essentielles. Jessica a été jusqu'à organiser pour moi une leçon de peinture, dispensée par un peintre sur céramique de la Porceleyne Fles, et je suis désormais l'heureuse propriétaire d'un bleu de Delft authentique, fabriqué de mes mains. Je l'en remercie.

Je souhaiterais aussi associer à ces remerciements mon éditrice, Wanda Gloude, qui m'a donné l'idée d'écrire un roman sur le bleu de Delft, et qui a pris l'initiative d'en faire immédiatement une traduction en anglais. Les bonnes idées sont toujours les bienvenues.

Références bibliographiques

Jos W.L. Hilkhuijsen *et al.* (red.), *Ach lieve tijd. 750 jaar Delft en de Delftenaren*, Zwolle, Waanders, 1995-1997.

Wik Hoekstra-Klein, *"De Porceleyne Fles": periode 1653-1850. Geschiedenis van de Delftse plateelbakkerijen, deel 6*, Delft, Deltech, 2000.

Jonkvrouwe dr. C.H. de Jonge, *Delfts aardewerk*, Rotterdam, Nijgh & Van Ditmar, 1965.

J. Matusz, *Delfts aardewerk*, Amerongen, Gaade, 1977.

Annet Mooij, *De polsslag van de stad. 350 jaar academische geneeskunde in Amsterdam*, Amsterdam, De Arbeiderspers, 1999.

Leo Noordegraaf & Gerrit Valk, *De Gave Gods. De pest in Holland vanaf de late middeleeuwen*, Amsterdam, Bert Bakker, 1996.

Trudy van der Wees, *Door Delfts blauwe ogen*, Soest, Uitgeverij Boekscout.nl, 2012.

Cet ouvrage a été achevé d'imprimer
en mars 2018 dans les ateliers de CPI France

N° d'imprimeur : 145260
Dépôt légal : avril 2018
ISBN 978-2-84876-665-2
Imprimé en France